SINA BLACKWOOD * MATTHIAS ALBRECHT
MARK GALSWORTHY

AF236260

HAPPY END IM KETTENHEMD

Bibliografische Informationen der Deutschen Nationalbibliothek: Die Deutsche Nationalbibliothek verzeichnet diese Publikation in der Deutschen Nationalbibliografie; detaillierte bibliografische Daten sind im Internet über https://dnb.de abrufbar.

Coverbild: adobe stock – 119655813
                                                  Fun Knight © Julien Tromeur
Umschlaggestaltung: Sina Blackwood
Layout: Sina Blackwood

Herstellung und Verlag:
BoD – Books on Demand, Norderstedt
ISBN: 9783755792437

Sina Blackwood * Matthias Albrecht
Mark Galsworthy

****

Happy End im Kettenhemd

****

Und andere Geschichten, bei denen es
dem Ritter heiß in seiner Rüstung wird.

Gesamtausgabe der Kettenhemd-Serie:
Happy End im Kettenhemd, Sexy Hexy, Unterm Berg beim Zwerg,
Drachenkomplott

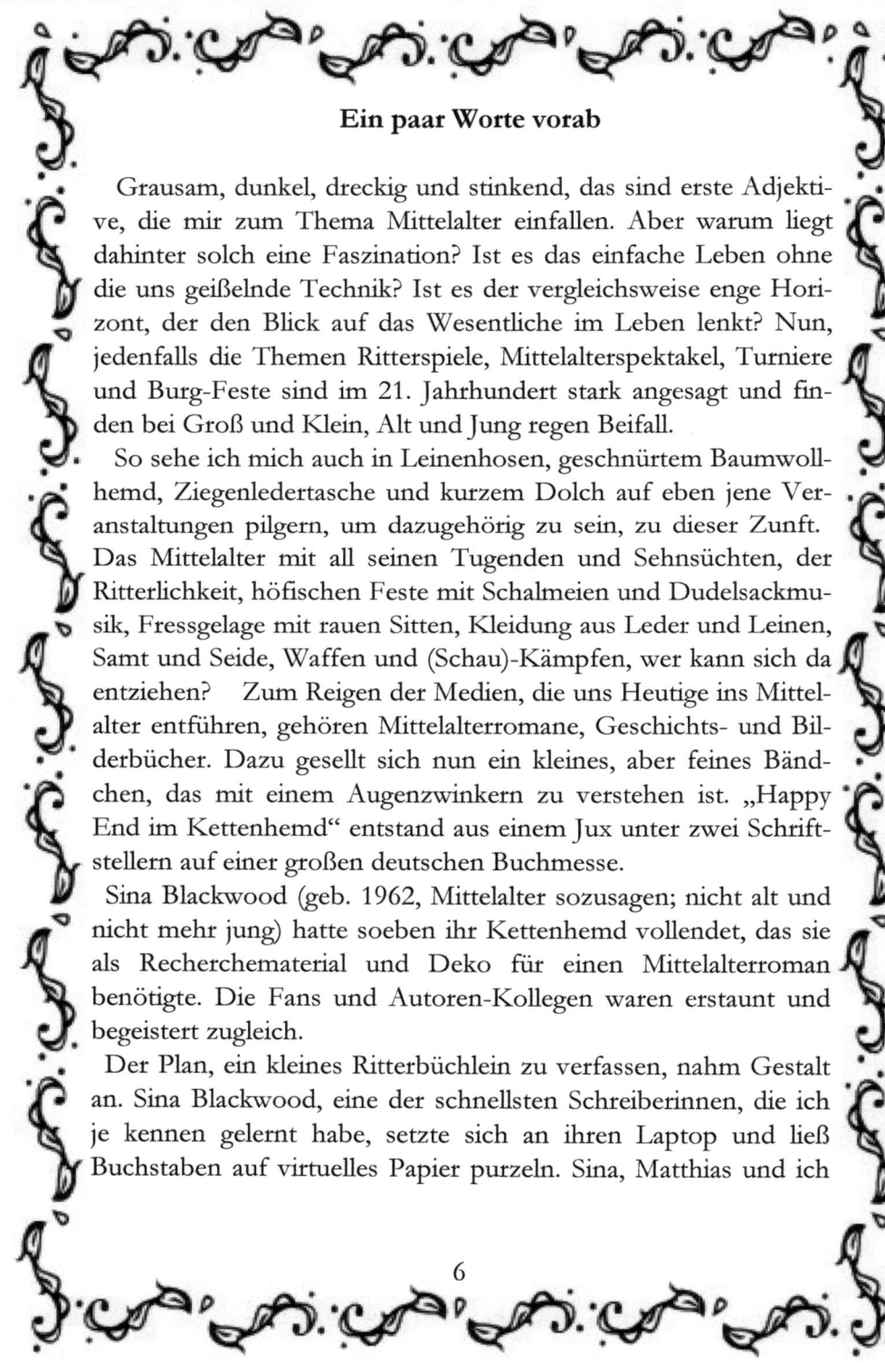

Ein paar Worte vorab

Grausam, dunkel, dreckig und stinkend, das sind erste Adjektive, die mir zum Thema Mittelalter einfallen. Aber warum liegt dahinter solch eine Faszination? Ist es das einfache Leben ohne die uns geißelnde Technik? Ist es der vergleichsweise enge Horizont, der den Blick auf das Wesentliche im Leben lenkt? Nun, jedenfalls die Themen Ritterspiele, Mittelalterspektakel, Turniere und Burg-Feste sind im 21. Jahrhundert stark angesagt und finden bei Groß und Klein, Alt und Jung regen Beifall.

So sehe ich mich auch in Leinenhosen, geschnürtem Baumwollhemd, Ziegenledertasche und kurzem Dolch auf eben jene Veranstaltungen pilgern, um dazugehörig zu sein, zu dieser Zunft. Das Mittelalter mit all seinen Tugenden und Sehnsüchten, der Ritterlichkeit, höfischen Feste mit Schalmeien und Dudelsackmusik, Fressgelage mit rauen Sitten, Kleidung aus Leder und Leinen, Samt und Seide, Waffen und (Schau)-Kämpfen, wer kann sich da entziehen?   Zum Reigen der Medien, die uns Heutige ins Mittelalter entführen, gehören Mittelalterromane, Geschichts- und Bilderbücher. Dazu gesellt sich nun ein kleines, aber feines Bändchen, das mit einem Augenzwinkern zu verstehen ist. „Happy End im Kettenhemd" entstand aus einem Jux unter zwei Schriftstellern auf einer großen deutschen Buchmesse.

Sina Blackwood (geb. 1962, Mittelalter sozusagen; nicht alt und nicht mehr jung) hatte soeben ihr Kettenhemd vollendet, das sie als Recherchematerial und Deko für einen Mittelalterroman benötigte. Die Fans und Autoren-Kollegen waren erstaunt und begeistert zugleich.

Der Plan, ein kleines Ritterbüchlein zu verfassen, nahm Gestalt an. Sina Blackwood, eine der schnellsten Schreiberinnen, die ich je kennen gelernt habe, setzte sich an ihren Laptop und ließ Buchstaben auf virtuelles Papier purzeln. Sina, Matthias und ich treffen uns schon einige Jahre mit anderen Autoren in Sachsen oder Tschechien und lesen uns unsere Texte vor.

Matthias Albrecht stammt aus Leipzig (geb. 1961, auch Mittelalter also) und hat schon mehrere Bücher, sowie Kurzgeschichten erfolgreich veröffentlicht. Seine lockere und humorvolle Art machten ihn zu einem ebenbürtigen Co-Autor für Sina Blackwood.

Ich bin gebürtiger Karl-Marx-Städter (1979, noch im Knappenalter) und verfasse vornehmlich Lyrik und Kurzgeschichten. Das Schreiben begleitet mich seit dem elften Lebensjahr. Inzwischen leite ich einen Chemnitzer Schreibkurs und gebe eine Online-Literaturzeitung heraus.

Nun möchte ich Sie nicht weiter mit meiner Biografie langweilen, sondern einladen, die Welt der Drachen, Ritter, Jungfrauen, Streitrosse und Mägde zu betreten. Holen Sie sich einen Met oder ein Bier, viel-leicht in einem alten Tonkrug, dann sind Sie hier schon gut eingestimmt. Kramen Sie die CD mit den Gregorianischen Chören raus (ja ich weiß, dass Sie eine solche besitzen) und blättern Sie gleich ehrfürchtig um.

Viel Lesevergnügen wünsche ich Ihnen nun und kann schon mal verraten, dass diese Lektüre die Einstimmung für eine Reihe weiterer fantastischer Bücher ist.

Mit edlen Grüßen
Ritter Lenard James von Cropley

im September 2014

Und noch ein paar Zeilen voran gestellt

Für einige Geschichten der Kettenhemd-Reihe haben sich zwei Autoren, die unterschiedlicher kaum sein könnten, zusammengefunden, um uns einen Einblick in das geheimnisvolle Leben der Drachen zu geben. Ein bisschen CRAZY sind wohl beide, was sie wiederum genial verbindet.

Schreibt Mark Galsworthy aus Überzeugung in der alten Rechtschreibung, tut Sina Blackwood das in gleicher Weise mit der neuen.

Wie Sina immer wieder mit einem Augenzwinkern betont, verkörpern sie sämtliche Gegensätze, die es geben kann, und deren Koexistenz sich, laut allen gängigen Vorurteilen, komplett ausschließen müsste, wie Feuer und Wasser.

Die Zwergenfrau – der Riesenmann
(natürlich rein körperlich betrachtet);
Sie Sächsin – er Preuße;
Sie Ossi – er Wessi;
Sie beim Schreiben die Arbeitswütige – er geht es eher ruhig und gelassen an;
Sie geordnet und sortiert – er lieber chaotisch.

Lassen wir uns also völlig überraschen, in welche Welten uns ihre Drachen führen werden.

Ihr Joe Russel
Dozent am Drakologischen Institut

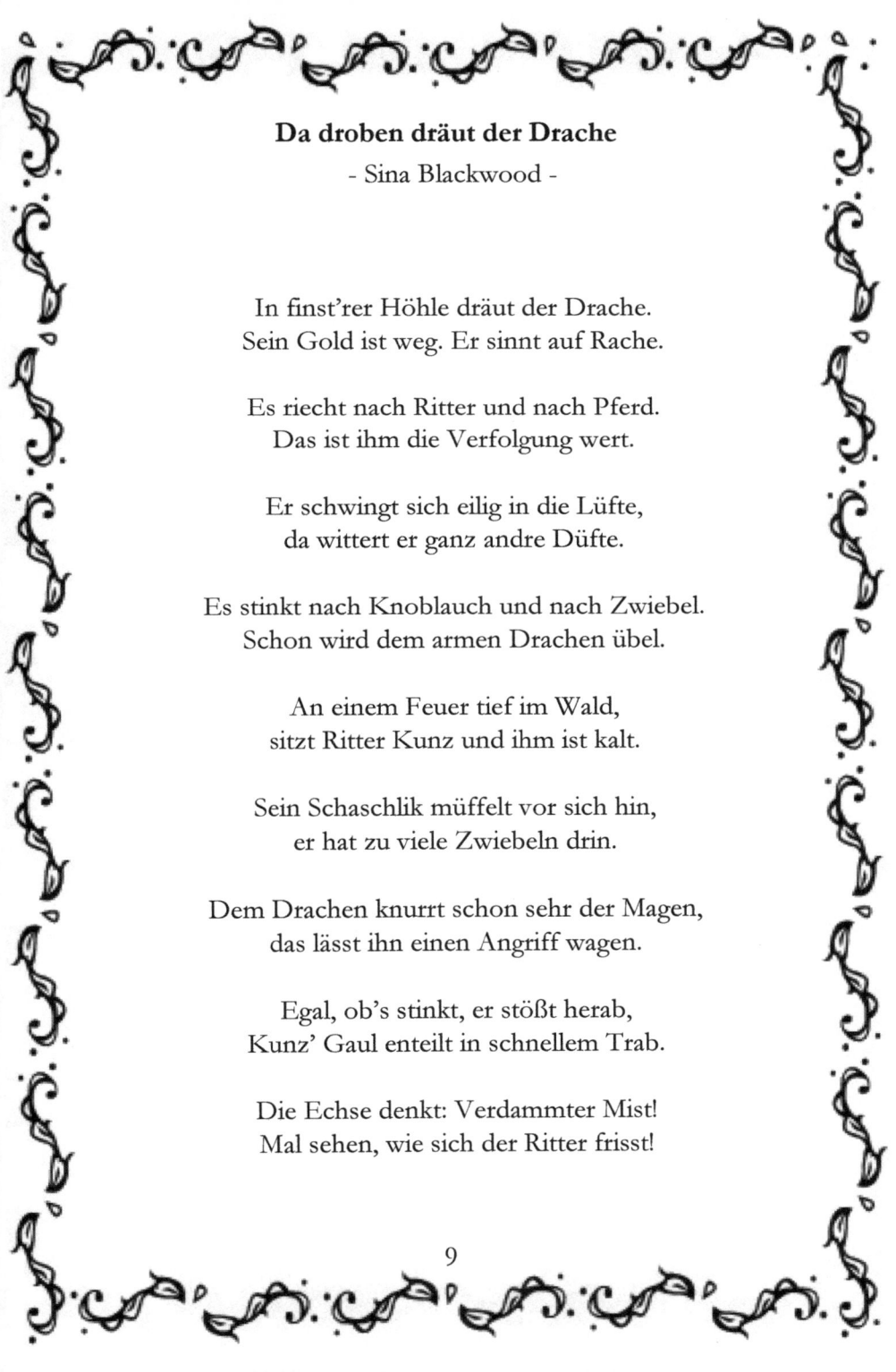

Da droben dräut der Drache

- Sina Blackwood -

In finst'rer Höhle dräut der Drache.
Sein Gold ist weg. Er sinnt auf Rache.

Es riecht nach Ritter und nach Pferd.
Das ist ihm die Verfolgung wert.

Er schwingt sich eilig in die Lüfte,
da wittert er ganz andre Düfte.

Es stinkt nach Knoblauch und nach Zwiebel.
Schon wird dem armen Drachen übel.

An einem Feuer tief im Wald,
sitzt Ritter Kunz und ihm ist kalt.

Sein Schaschlik müffelt vor sich hin,
er hat zu viele Zwiebeln drin.

Dem Drachen knurrt schon sehr der Magen,
das lässt ihn einen Angriff wagen.

Egal, ob's stinkt, er stößt herab,
Kunz' Gaul enteilt in schnellem Trab.

Die Echse denkt: Verdammter Mist!
Mal sehen, wie sich der Ritter frisst!

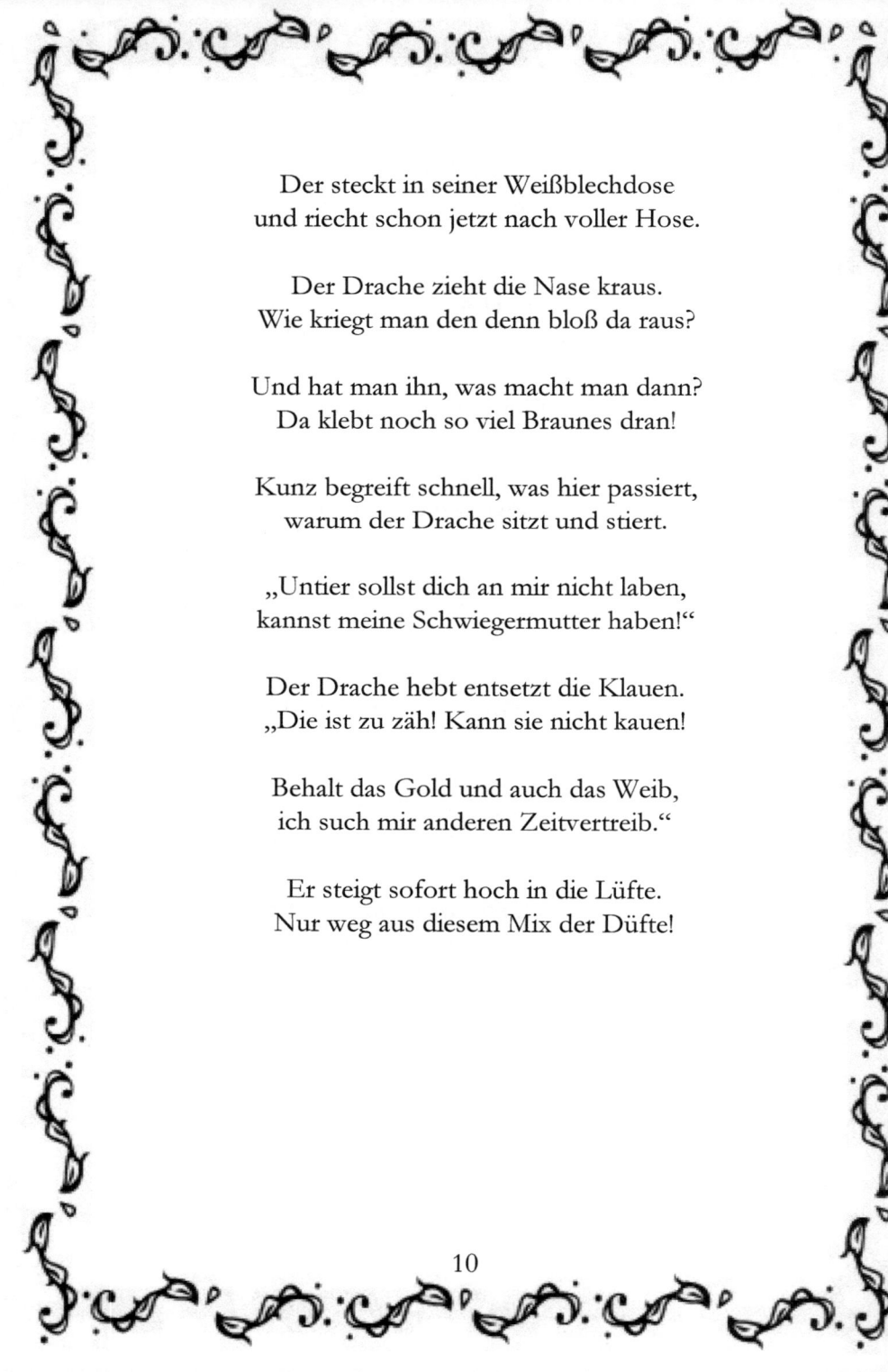

Der steckt in seiner Weißblechdose
und riecht schon jetzt nach voller Hose.

Der Drache zieht die Nase kraus.
Wie kriegt man den denn bloß da raus?

Und hat man ihn, was macht man dann?
Da klebt noch so viel Braunes dran!

Kunz begreift schnell, was hier passiert,
warum der Drache sitzt und stiert.

„Untier sollst dich an mir nicht laben,
kannst meine Schwiegermutter haben!"

Der Drache hebt entsetzt die Klauen.
„Die ist zu zäh! Kann sie nicht kauen!

Behalt das Gold und auch das Weib,
ich such mir anderen Zeitvertreib."

Er steigt sofort hoch in die Lüfte.
Nur weg aus diesem Mix der Düfte!

Hugo, der Pisser

- Matthias Albrecht -

Hört, was sich vor fünfhundert Jahren
Auf einer Burg hat zugetragen:

Des Ritter Graubarts Töchterlein
Schlief immerdar für sich allein.
Die Kammer wurde Tag und Nacht
Von starken Knappen scharf bewacht.

Doch Hugo, einer von den Knappen,
Der wollte sich die Schöne schnappen
Und schlich sich eines Nachts hinein
Ins jungfräuliche Kämmerlein.

Beim Frühstück dann am nächsten Tage
Der Ritter seine Tochter fragte:
„Was ist denn los, mein liebes Kind?
Du bist ja völlig durch den Wind …"

„Das lag wohl an dem Gerstenbrei,
Da war ein faules Ei mit bei.
Ach Vater, mir ging's ja so schlecht,
Da kam der Doktor grade recht,

Den Ihr auf 's Zimmer mir gesandt.
Er hielt plötzlich in seiner Hand
Ein Ding wie einen Lanzenschaft
Und rammte es mit aller Kraft –

Ich trau mich kaum, es laut zu sagen –
Von unten mir bis vor den Magen.
Zog's wieder raus, schob's neu hinein,
Und meinte nur, das müsse sein!"

Der Vater, der's mit Schaudern hörte,
Wollte, bevor er sich empörte,
Nun auch den Rest der Schmach vernehmen:
„Mein Kind, du brauchst dich nicht zu schämen;

Du konntest schließlich gar nichts tun.
Doch sag, was tat der Doktor nun?"
„Er pfropfte nun gar fürchterlich,
Nahm keine Rücksicht mehr auf mich.

Und kam doch nicht so recht voran;
Hat auch bald aufgegeben dann."
„Dies ist ein starkes Stück, fürwahr.
Der Kerl wird's büßen, das ist klar!

Nicht ungesühnt bleibt diese Tat …"
In diesem Augenblicke trat –
Welch Zufall – Hugo aus dem Tor.
„Da ist er ja, der Herr Doktor!"

„Was? Der? Bist du dir sicher auch?"
„Der stocherte mir rum im Bauch!"
Der Ritter winkte Hugo zu.
„So komm einmal herbei im Nu!

Sag an, Knappe, belüg mich nicht,
Warst du etwa der Bösewicht,
Der nachts, verkleidet als Doktor,
Der Jungfrau hier die Matte schor?"

„Oh ja, Herr, ich gesteh es wohl.
Die Jungfer, die ist innen hohl,
Und so wollte ich sie im Stillen
Mit etwas warmem Fleische füllen."

„Das Füllen werd ich dir besorgen,
Und zwar jetzt gleich und nicht erst morgen.
Man nehme ihm das linke Ei!
Das rechte fülle man mit Blei!"

„Habt Gnade, Herr, oh habet Gnade!
Füllt lieber es mit Marmelade."
„Halts Maul, du elendiger Schurke;
Man entferne ihm die Gurke!"

„Nein, bitte, lasset sie mir dran,
Ich brauch sie doch noch dann und wann …"
„Wozu wirst du sie brauchen müssen?
Du kannst ganz gut auch ohne pissen!"

„Oh Herr, so lasset Gnade walten,
Sonst kann ich nicht die Richtung halten."
„Pisst du denn etwa nur im Stehen?
Das wär ein ziemliches Vergehen!"

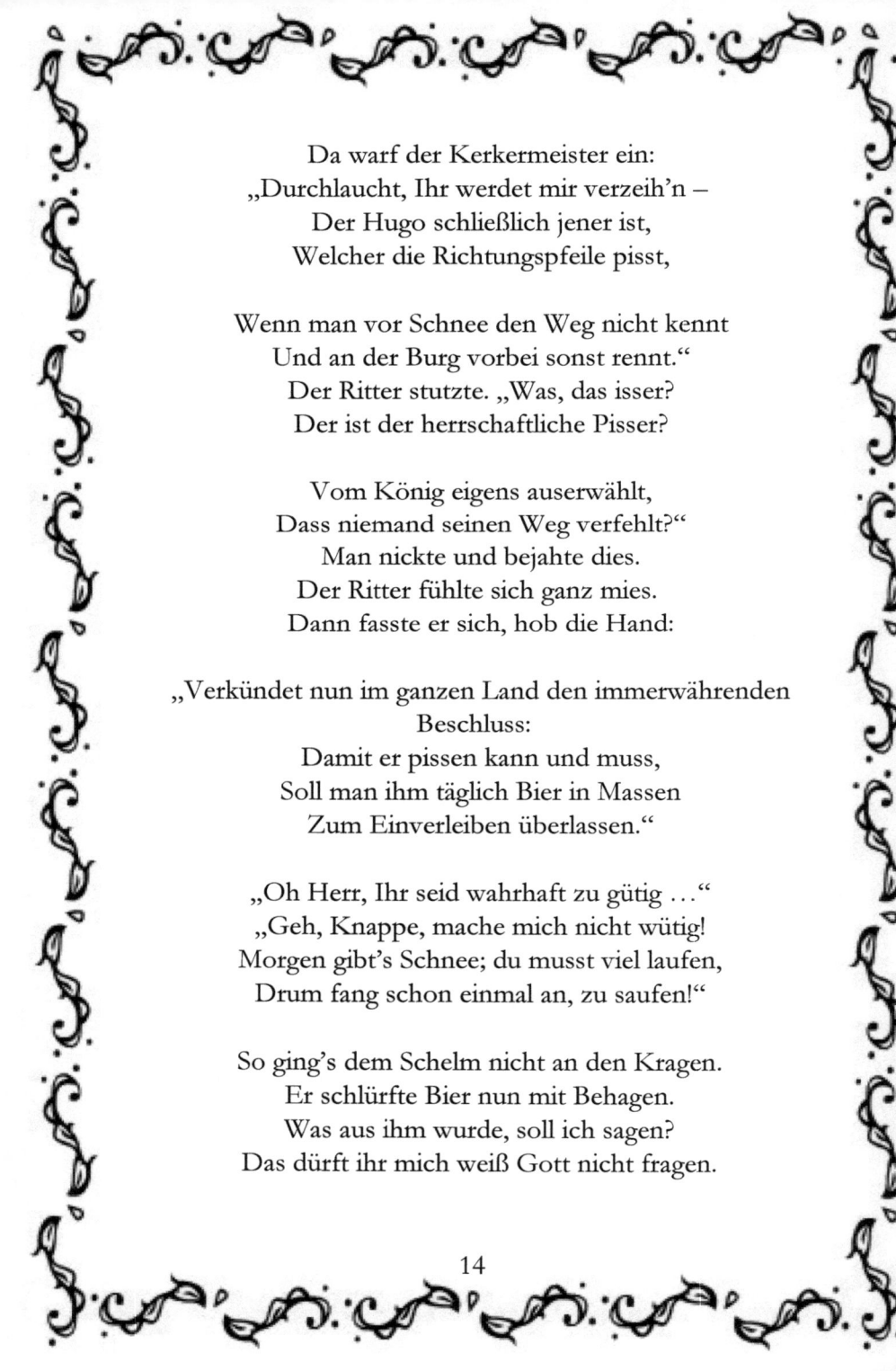

Da warf der Kerkermeister ein:
„Durchlaucht, Ihr werdet mir verzeih'n –
Der Hugo schließlich jener ist,
Welcher die Richtungspfeile pisst,

Wenn man vor Schnee den Weg nicht kennt
Und an der Burg vorbei sonst rennt."
Der Ritter stutzte. „Was, das isser?
Der ist der herrschaftliche Pisser?

Vom König eigens auserwählt,
Dass niemand seinen Weg verfehlt?"
Man nickte und bejahte dies.
Der Ritter fühlte sich ganz mies.
Dann fasste er sich, hob die Hand:

„Verkündet nun im ganzen Land den immerwährenden
Beschluss:
Damit er pissen kann und muss,
Soll man ihm täglich Bier in Massen
Zum Einverleiben überlassen."

„Oh Herr, Ihr seid wahrhaft zu gütig …"
„Geh, Knappe, mache mich nicht wütig!
Morgen gibt's Schnee; du musst viel laufen,
Drum fang schon einmal an, zu saufen!"

So ging's dem Schelm nicht an den Kragen.
Er schlürfte Bier nun mit Behagen.
Was aus ihm wurde, soll ich sagen?
Das dürft ihr mich weiß Gott nicht fragen.

Ritter Gisbert lässt es krachen

- Sina Blackwood -

Ritter Gisbert, der kühne Recke von unvergesslicher Gestalt, war bekannt dafür, die Nächte ausschließlich mit seinen vier Knappen zu verbringen.

Allerdings traute sich niemand, Einspruch dagegen zu erheben, denn Gisbert pflegte seine Gegner mitsamt Plattenpanzer auf ein handliches Maß zusammenzufalten.

Nun hatte König Gero zum Turnier geladen und alle warteten darauf, Gisbert mit seinem Tross antraben zu sehen. Den Weg säumten fast ausschließlich Mädchen und junge Frauen, denn schon der bloße Anblick des schwarzen Riesen war ein ernsthafter Grund, tagelang zu träumen.

Auf den letzten hundert Metern zum Areal der Königsburg standen adelige Damen mit ihren Söhnen, in der Hoffnung, Gisbert werde einen von ihnen als Knappen in sein Gefolge aufnehmen. Wobei sich dieses Sinnen und Trachten ausschließlich auf das Waffenhandwerk richtete.

Gegen Mittag kündigten lange Staubfahnen auf der Straße die Ankunft eines größeren Reitertrupps an. Der Turmwächter erspähte als Erster den schwarz gewandeten Ritter mit dem imposanten Straußenfederbusch auf dem Helm, der auch ohne diese Zier sein Gefolge um mindestens zwei Köpfe überragte.

„Er kommt! Er kommt!"

„Hätte mich auch gewundert, wenn es anders gewesen wäre", murmelte ein Diener des Königs. Er beeilte sich, auf dessen Befehl, das Weinfässchen und die Becher für die fünf bereitzustellen, um sie später in deren Zelt zu bringen.

Vor dem Tor fielen die Damen reihenweise in Ohnmacht, wenn ihnen Gisbert im Vorbeireiten ein Lächeln schenkte. Die Visiere seiner Knappen blieben stets geschlossen und noch keiner hatte sie jemals ohne Rüstung gesehen. Auffällig an der ganzen Sache war, dass sie nicht, wie andere Knappen, als Waffenträger ihres Herrn fungierten. Für die groben Arbeiten standen zwei spezielle Knechte in seinen Diensten, die auch Lanzen, Schilde und sonstigen Waffenkram schleppten. Das prunkvolle Zelt des Hochbegehrten konnte bestenfalls durch das des Königs in den Schatten gestellt werden.

Gleich nach der Ankunft verschwand Gisbert mit seinen vier Gehilfen im eigenen Zelt, wobei zwei andere Bewaffnete sofort den Eingang für Unbefugte versperrten. Die Stallknechte des Königs kümmerten sich inzwischen um des Ritters Pferde.

Ein Bote Geros erschien. „Herr Gisbert, mein König erwartet Euch!"

„Gleich oder sofort?", fragte der schwarze Ritter überrascht, weil es gegen jede Etikette verstieß, Neuankömmlinge rufen zu lassen, bevor diese ihre Zelte häuslich eingerichtet hatten.

„Sofort."

Gisbert zog die Augenbrauen zusammen, nach seinem Helm fassend, den er eben erst an einen Knappen übergeben hatte. „Dann scheint es, lichterloh zu brennen. Führe mich zu deinem König."

Er ignorierte die schmachtenden Blicke der Damen, ihre Ah und Oh Seufzer, genau wie die finsteren Gesichter deren Ehemänner.

Gisbert hatte erwartet, in den Thronsaal geführt zu werden. Stattdessen öffnete sich für ihn die Tür zum Arbeitskabinett des Königs, der ihm mit ausgestreckten Armen entgegenkam. Ritter Gisbert versteckte das ungläubige Staunen unter wie gemeißelt wirkenden Gesichtszügen. Kein Muskel zuckte und die stahlblauen Augen ließen nicht den geringsten Aufschluss über seine Gefühlswelt zu.

Er kam nicht einmal dazu, vor dem König demütig grüßend niederzuknien, denn Gero unterband den leisesten Versuch mit den Worten: „Lasst die Etikette! Ich bin glücklich, Euch zu sehen,

edler Ritter." Er deutete auf einen bequemen Sessel. „Setzt Euch! Ich brauche Eure Hilfe."

„Stets zu Diensten, mein König."

Gero schenkte eigenhändig Wein in zwei Becher, was Gisbert auf die Brisanz der Informationen vorbereitete, die er wohl gleich bekommen werde.

„Sehr zum Wohl!", rief der König, nahm einen großen Schluck und wandte sich fast flüsternd an seinen Gast: „Es geht um meinen Schwager, Kunz von Morgenthau."

„Wollt Ihr, dass ich ihm eine Lektion erteile?", fragte Gisbert äußerst vorsichtig.

„Nein. Ich will, dass Ihr ihm aus einer argen Klemme helft! Ihr kennt doch seine Kampfkünste?!"

Gisbert nickte noch vorsichtiger.

„Der Dummkopf hat bei einem Trinkgelage seine gesamten Ländereien darauf verwettet, bei diesem Turnier Ritter Theobald zu besiegen."

„Ach, du großer Gott!" Gisbert schlug in echtem Entsetzen die Hände vor das Gesicht.

„Seht Ihr! Genau so habe ich auch reagiert!" Der König goss noch einmal Wein in die Becher. „Ihr sollt für mich diesem Haudrauf die Beute wieder abjagen!"

Die Frage nach der Gegenleistung war Gisbert so deutlich ins Gesicht geschrieben, dass Gero beinahe hilflos die Hände hob. „Wenn Ihr es schafft, bekommt Ihr die Burg Drachenfels mitsamt dem Dorf zu ihren Füßen."

„Einverstanden." Gisbert hatte schon lange ein Auge auf dieses Fleckchen Land geworfen, welches im Augenblick noch Kunz von Morgenthau, dem Schwager des Königs, gehörte.

Nur wäre es wenig ratsam gewesen, die königliche Verwandtschaft anzugreifen, und so hatte er schweren Herzens auf jegliches Scharmützel verzichtet. Das Versprechen, die imposante Burg als Lohn für treue Dienste zu bekommen, beflügelte ihn.

Gisbert verbeugte sich tief vor seinem König und beeilte sich, zu seinem Zelt zu kommen.

„Wir haben uns Sorgen gemacht", verriet sein erster Knappe.

„In einer halben Stunde beginnt das Turnier", berichtete der Zweite.

„Wünscht Ihr eine Massage, um die Glieder zu lockern?", fragte der Dritte.

Gisbert grinste. „Massage klingt gut. Aufgrund der Kürze der Zeit, nur die, um das eine Glied zu straffen."

Knappe Nummer vier machte sich mit kundiger Hand ans Werk. Gisbert wäre nun auch ohne Lanze in der Lage gewesen, seinen Gegner glatt vom Pferd zu stechen. Gern hätte er noch andere Annehmlichkeiten in Anspruch genommen, nur kannte er die Tücke plötzlich zuklappender Visiere bestens. Sich das Gemächt aus purer Lüsternheit noch vor dem Kampf zu klemmen, wäre der Gipfel der Erheiterung für die Meute der Gegner gewesen.

Gisbert fand rasch Erfüllung, verhieß seinen vier Knappen eine lange heiße Nacht, so er unversehrt aus allen Kämpfen hervorginge, und rüstete sich zum Kampf.

Kampf nur für ihn, den anderen deuchte es, ein Gemetzel zu sein, sobald er sein Pferd angaloppieren ließ.

In der ersten Runde standen drei ausgerenkte Arme, zwei schwere Stürze mit unabsehbaren Folgen und ein geradenwegs durch das geschlossene Visier ausgestochenes Auge auf seiner Haben-Seite. Die Damen kreischten, die Herren spendeten Applaus und König Gero rieb sich die Hände.

Kunz von Morgenthau schien wieder einmal aus eigener Kraft vom Pferd gefallen zu sein, denn an seinem Brustharnisch ließen sich nicht die geringsten Spuren einer Fremdberührung finden. Sein Land war futsch. Seine Frau rang die Hände, bis ihr einfiel, dass es sinnvoller wäre, ihm Selbige mit Schwung um die Ohren zu schlagen. Gesagt – getan. Danach fühlte sie sich um vieles wohler.

In der langen Mittagspause ließ sich Gisbert von seinen vier geheimnisvollen Geharnischten verwöhnen. Sein wohliges Stöhnen hielt man außerhalb des Zeltes für die Reaktion auf die üblichen kräftigen Massagen, um die Muskeln geschmeidig zu halten.

Wo andere Ritter vor Schmerz ächzten, wenn der Bader kraftvoll an den verspannten Stellen zufasste, musste Gisbert wohl Gefallen daran finden – dachte man zumindest. Das laute Stöhnen seiner Masseure rührte vermutlich von der Anstrengung, wahre Muskelberge durchzukneten.

Als die Endkämpfe begannen, war Gisbert topfit und richtete erneut Blutbäder unter seinen Gegnern an. Der Einzige, der es ihm gleichtat, war Theobald von Grüntal. Es war nur eine Frage der Zeit, die beiden Kämpen gegeneinander antreten zu sehen.

Gisberts Rappe tänzelte in Kampfeslust. Gegen Theobalds Braunen war er schon oft der Bessere gewesen. Ein Wink der Königin mit dem Tüchlein, dann dröhnte die Erde unter den Hufschlägen ihrer Schlachtrösser.

Ritter Gisbert stieß mit solcher Wucht zu, dass er, trotz splitternder Lanze, Ritter Theobald zu Boden schickte. Sie hatte sich direkt am unteren Rand des Helmes verhakt und es grenzte an ein Wunder, dass Theobalds Genick den Anprall fast unbeschadet überstand. Ehe er jedoch aufstehen und sein Schwert ziehen konnte, kniete Gisbert auf ihm. „Ergebt Ihr Euch?"

„Ja, verdammt! Aber nur, weil die Königin keine Toten beim Turnier haben will."

Gisbert begann zu lachen. Theobalds rabenschwarzer Humor war weithin bekannt. „Ich verlange das Land, welches Euch Ritter von Morgenthau schuldet", raunte er ihm zu.

„Nehmt es und geht endlich von mir runter!" Theobald blieb langsam die Luft weg.

Gisbert allein wog sicher an die 100 Kilo. Mit dünnem Gambeson, Kettenhemd und Plattenpanzer fast doppelt so viel. Er grinste Theobald breit an, hielt ihm die Hand hin und zog ihn auf die Füße.

Königin Ottilie überreichte Gisbert persönlich die Trophäe für den Gesamtsieg des Turniers. Er kniete vor ihr nieder, nahm das Damaszenerschwert mit dem juwelenbesetzten Gehänge entgegen und ließ sie mit den Augen wissen, dass er sich noch in der Nacht etwas mehr holen werde, als den Kuss auf die Stirn, welchen er soeben bekommen hatte.

Ottilie erwiderte die heiße Offerte mit einem huldvollen Lächeln. Das gleichzeitige rasche Zucken mit dem Augenlid gewahrte nur Gisbert mit tiefer Zufriedenheit.

Gero ließ für Gisbert ein heißes Bad bereiten. Der nahm es dankbar an, schickte aber des Königs Badeknechte hinaus, nachdem sie die Platten mit den Speisen abgestellt hatten. Die Marotte, nur seine vier Knappen bei sich zu dulden, nahm man hier, wie überall, mit einem Lächeln zur Kenntnis.

Nun fiel Gero aber ein, dass es besser sei, nicht offiziell über die Rückgabe der Ländereien an von Morgenthau zu verhandeln. Also begab er sich rasch zum Badehaus, um sich mit Gisbert ins Einvernehmen zu setzen.

Die Tür öffnete ein, noch komplett geharnischter, Knappe. Der Ritter saß bereits im heißen Wasser und die drei anderen halfen sich gegenseitig, ihre Rüstungen abzulegen.

Gero vergaß in den nächsten Sekunden völlig, weshalb er gekommen war. Unter Harnischteilen und Gambesons kamen eindeutig weibliche Rundungen zum Vorschein. Als die Helme fielen, klappte ihm der Unterkiefer fast bis auf die Spitzen seiner Schnabelschuhe. Langes, seidig glänzendes Haar, bis dahin, wo bei bekleideten Frauen der Gürtel gewesen wäre.

Gisbert blinzelte kaum merklich seinen vier goldblonden Schönheiten zu, die sich daraufhin gemeinsam dem König widmeten.

Was Gisbert veranlasste, mit einem Satz aus der Wanne zu springen und in Ottilies Schlafgemach zu eilen.

Gero entging das völlig. Der war für die nächste halbe Stunde nicht in der Lage, an etwas anderes, als die Genüsse mit den vier geheimnisvollen Schönen, zu denken. Er merkte nicht einmal, dass Ritter Gisbert irgendwann wieder erschien und unbefangen seinen Platz in der Wanne einnahm.

„Seid Ihr zufriedengestellt?", hörte er eine der vier, Gisbert ins Ohr hauchen und bezog es auf deren Künste.

„Zutiefst, meine Liebe. Nur habe ich auch nichts gegen einen Nachschlag einzuwenden", lautete die Antwort, worauf sich die Schöne intensiv mit ihrem Ritter beschäftigte.

„Müsst Ihr morgen wirklich schon fort?", fragte Gero Gisbert an der Abendbrottafel. Er hätte zu gern noch ein paar Tage, die anregende Gesellschaft dessen Knappen genossen.

Auch aus Ottilies Augen sprach die gleiche stumme Frage. Genau genommen lauerte die ganze weibliche Gesellschaft auf eine Antwort, welche ziemlich lange auf sich warten ließ.

„Wenn Ihr es befehlt, mein König, dann bleibe ich noch eine Woche."

Der Jubel über diesen, wie es aussah, schweren Entschluss war riesig. Und keiner ahnte, dass sich hinter Gisberts unbewegten Gesichtszügen nur ein einziger Gedanke verbarg: Das ist Zeit genug, Ottilie das lang ersehnte Kind zu zeugen, weil es dem Gatten wohl an einigem gebricht.

Auf dem Turnier im folgenden Jahr wiegte Ottilie einen Säugling im Arm. Gisbert betrachtete den Kleinen mit einem warmherzigen Lächeln. „Einen prachtvollen Knaben hat Euch Ottilie geboren!", wandte er sich an Gero.

Der strahlte Gisbert mit stolz geschwellter Brust an. „Ist er mir nicht wie aus dem Gesicht geschnitten?!"

Nur gut, dass im gleichen Moment das Zeichen zum Beginn der Kämpfe ertönte und sich Gisbert, ohne gegen die Etikette zu verstoßen, davonmachen konnte. Sein breites Grinsen versteckte er unter dem heruntergeklappten Visier.

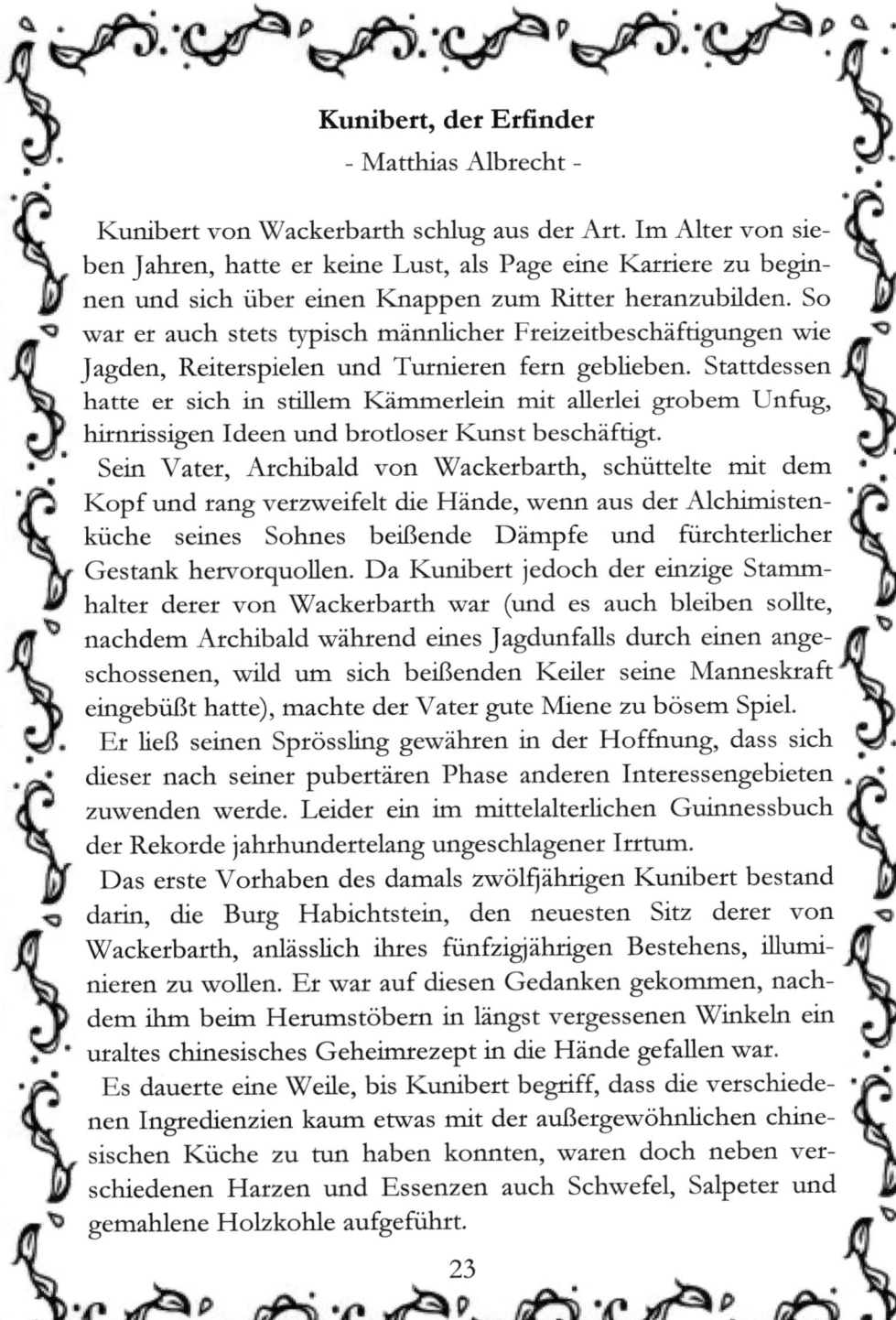

Kunibert, der Erfinder

- Matthias Albrecht -

Kunibert von Wackerbarth schlug aus der Art. Im Alter von sieben Jahren, hatte er keine Lust, als Page eine Karriere zu beginnen und sich über einen Knappen zum Ritter heranzubilden. So war er auch stets typisch männlicher Freizeitbeschäftigungen wie Jagden, Reiterspielen und Turnieren fern geblieben. Stattdessen hatte er sich in stillem Kämmerlein mit allerlei grobem Unfug, hirnrissigen Ideen und brotloser Kunst beschäftigt.

Sein Vater, Archibald von Wackerbarth, schüttelte mit dem Kopf und rang verzweifelt die Hände, wenn aus der Alchimistenküche seines Sohnes beißende Dämpfe und fürchterlicher Gestank hervorquollen. Da Kunibert jedoch der einzige Stammhalter derer von Wackerbarth war (und es auch bleiben sollte, nachdem Archibald während eines Jagdunfalls durch einen angeschossenen, wild um sich beißenden Keiler seine Manneskraft eingebüßt hatte), machte der Vater gute Miene zu bösem Spiel.

Er ließ seinen Sprössling gewähren in der Hoffnung, dass sich dieser nach seiner pubertären Phase anderen Interessengebieten zuwenden werde. Leider ein im mittelalterlichen Guinnessbuch der Rekorde jahrhundertelang ungeschlagener Irrtum.

Das erste Vorhaben des damals zwölfjährigen Kunibert bestand darin, die Burg Habichtstein, den neuesten Sitz derer von Wackerbarth, anlässlich ihres fünfzigjährigen Bestehens, illuminieren zu wollen. Er war auf diesen Gedanken gekommen, nachdem ihm beim Herumstöbern in längst vergessenen Winkeln ein uraltes chinesisches Geheimrezept in die Hände gefallen war.

Es dauerte eine Weile, bis Kunibert begriff, dass die verschiedenen Ingredienzien kaum etwas mit der außergewöhnlichen chinesischen Küche zu tun haben konnten, waren doch neben verschiedenen Harzen und Essenzen auch Schwefel, Salpeter und gemahlene Holzkohle aufgeführt.

Da aus der Auflistung das prozentuale Mischungsverhältnis der Zutaten nicht hervorging, experimentierte er wild drauflos und stellte mehrere Tests an, während derer nichts Erwähnenswertes passierte.

Der fünfte Versuch jedoch verlief im wahrsten Sinne des Wortes erhellend. Kunibert konnte von Glück sagen, dass ihm die grellweiße Stichflamme nur Augenbrauen und Haupthaar versengte.

Nachdem er ohne Wissen des Vaters zwei Drittel aller Schwefel-, Holzkohle- und Salpetervorräte des Landes aufgekauft und zusammengemixt hatte, verpackte er das Ganze wasserdicht in sechzig mittelgroße Fässer. Seine zur Verschwiegenheit verdonnerten Bediensteten vergruben diese in der Nacht vor der Jubiläumsfeier in gleichmäßigen Abständen still und heimlich im ausgetrockneten Burggraben. Schließlich sollte es ja eine Überraschung werden!

Am Abend des großen Feiertags, postierte er über jedem vergrabenen Fass einen Fackelträger, welcher die kurze Lunte entzünden sollte, sobald die Posaunen zum Festmahl bliesen. Vater Archibald, von den wahren Zusammenhängen nichts ahnend, lobte seinen Sohn über die Maßen. Er war entzückt darüber, welch großartigen Anblick die beleuchtete Außenumwehrung bot. Warte nur, es kommt noch besser, kicherte Kunibert in sich hinein.

Wenig später ertönten die Posaunen. Ein paar Sekunden lang passierte nichts, dann aber flogen die Pulverfässer fast gleichzeitig in die Luft. Der Burggraben wurde infolge der gewaltigen Explosion innerhalb eines Augenblicks um das Doppelte vertieft und um das Dreifache verbreitert. Stinkender Auswurf, bestehend aus Pulverrückständen, Staub, Geröll und Fackelträgerfragmenten, bedeckte sowohl die noch halbwegs intakten als auch sämtliche eingestürzten Gebäudeteile zentimeterhoch.

Der Burgherr war außer sich. Nicht wegen der Zerstörung oder des flächendeckend verteilten Drecks und schon gar nicht angesichts der fünf Dutzend zu Hackfleisch verarbeiteten Bediensteten. Diesen Kollateralschaden konnte er verschmerzen. Aber dass Pegasus, sein liebstes Turnierpferd, einen acht Millimeter langen Kratzer an der Blässe davongetragen hatte, war zu viel des Guten. Kunibert erhielt einen Monat lang Verbot, seine Alchimistenkammern zu betreten.

Zudem die Auflage, keine weiteren Experimente, welche mit Krach, Gestank und Zerstörungen einhergehen könnten, durchzuführen und den Vater von geplanten Vorhaben jeglicher Art in Kenntnis zu setzen.

Schweren Herzens versprach es der Knabe. Sein Drang, zu experimentieren, gewann jedoch schon bald wieder Oberhand. So verbrachte er unter anderem die nächsten zwei Jahre damit, den Raum über dem Rittersaal in ein künstliches Seewasserbecken zu verwandeln. Hier wollte er Meeresschildkröten halten und züchten, um die Speisekarte seines Vaters aufzuwerten. Den Feierlichkeiten auf der Burg sollte damit ein lukullischer Schwung verliehen werden, welchen kein Edelmann des Landes zu überbieten vermochte.

Der Vater, dem dieses Ansinnen schmeichelte, nickte wohlgefällig, überließ Junior die gesamte obere Etage zur freien Verfügung und kümmerte sich im Weiteren nicht mehr darum. Er war ohnehin unfähig, die Tragweite dieses Projekts zu erfassen. Ganz gleich, was sein Sohn anstellen mochte, er sollte es in Gottes Namen tun, wenn nur die Burg heil blieb.

Eine geraume Zeit lang zog trügerische Ruhe ein ins beschauliche Leben derer von Wackerbarth auf Burg Habichtstein. Doch hatte Kunibert der alten Idee, die Sonne auch des Nachts scheinen zu lassen, längst nicht abgeschworen. Seine Schildkrötenzucht diente lediglich als Ablenkungsmanöver.

Die grellen Blitze während eines Gewitters müssten, wie er mutmaßte, hervorragend geeignet sein, das schummrige Kienspanlicht des großen Rittersaals optisch aufzuwerten. Aber wie sich die Naturgewalten nun zunutze machen? Aus Berichten wusste Kunibert, dass sich Blitze von den ehernen Rüstungen der Ritter angezogen fühlten. Sie waren in der Lage, ganze Heerscharen solcher „Krieger in Blechbüchsen" während eines Gefechts regelrecht verdampfen zu lassen. Kämpfer in normaler Bekleidung und gehörigem Abstand zu den wandelnden Konservendosen kamen dagegen zumeist mit dem Leben davon. Auch schien die Höhe eine gewichtige Rolle zu spielen, waren es doch gerade die auf einem Hügel befindlichen Streitkräfte, welche die meisten Einbußen zu verzeichnen hatten.

Kunibert zog seine Schlüsse und deponierte eine Strohpuppe in voller Rüstung auf dem Burgfried. Diese verband er mit dünnen Kettensträngen, führte sie bis in den Rittersaal und stöpselte deren Enden an das Funkenfangblech vor dem riesigen Kamin. Er wusste auch, dass Bäume, vom Blitz getroffen, oftmals lichterloh zu brennen begannen. Also versorgte er sich mit Reisigbündeln, stapelte sie auf dem Blech zu einem Berg auf und streute den nicht unerheblichen Rest des Schwarzpulvers (Viel hilft viel!) vom letzten Experiment darüber. Schließlich sollte seine „zündende" Idee ja auch ordentlich einschlagen und ihm den Respekt und die Anerkennung seines Vaters sichern.

Kunibert besah sich sein Werk mit glänzenden Augen. Ja, Vater würde stolz auf ihn sein. Nicht zuletzt die Teilnehmer des bevorstehenden großen Gelages, welche ihre Hühnerkeulen plötzlich als solche erkennen und zum Mund führen könnten in der Gewissheit, diesmal nicht die Hand des Nachbarn erwischt zu haben. Es würde in jeder Hinsicht eine visuelle Sinneserweiterung für alle bedeuten.

Jetzt, im Spätsommer, waren Gewitter an der Tagesordnung, sodass Kunibert nicht die geringste Befürchtung hegte, der Wettergott könnte ihm einen Strich durch die Rechnung machen. Und tatsächlich: Als der Abend und mit ihm das große Festmahl nahte, kündigte sich in der Ferne ein Unwetter an. Bald zöge es über die Burg hinweg, dessen war Kunibert gewiss. Jetzt sah er einen Blitz und zählte langsam bis neun, bevor sich der Donner vernehmen ließ. Das Gewitter war etwa drei Kilometer entfernt. Der Junge lenkte zufrieden seine Schritte in Richtung Rittersaal.

Wenig später begrüßte dort sein Vater die Gäste, schwenkte demonstrativ seinen Becher und prostete den geladenen Ländereibesitzern mit ihren Damen in der Hoffnung zu, Frieden schließen und des Weiteren gute nachbarschaftliche Beziehungen pflegen zu können.

„Was soll der Holzhaufen vor dem Kamin?", fragte er seinen Sohn beiläufig und fügte schmunzelnd hinzu: „Hast du die Absicht, einen Ochsen zu braten oder uns ungeachtet der Sommerhitze gehörig einzuheizen?!"

„Weder noch, edler Vater", gab Kunibert zurück. „Ihr werdet staunen!"

Archibald konnte sich eines unguten Gefühls nicht erwehren, kam jedoch nicht dazu, diesen Eindruck gedanklich weiter zu verfolgen, denn nun erhob sich der Nachbar zur Linken im Bestreben, seinerseits wohlwollend zu erwidern. Nach und nach schlossen sich die umstehenden Adligen an, bevor Archibald abermals das Wort ergriff:

„So lasset uns, edle Herren, unseren Bund besiegeln, auf dass zwischen uns nur eitel Freundschaft und eherner Friede auf ewig möge …". Weiter kam er nicht. Ein greller Blitz, verbunden mit grässlichem Donnerschlag, tauchte Saal und Gesellschaft in glühendes Weiß.

Eine wie auch immer geartete Sinneserweiterung der Anwesenden war nicht festzustellen. Stattdessen verwandelte sich das Reisig in einen grellroten Feuerball. Eine Wolke schwarzen, klebrigen Rußes quoll aus dem Kamin und zischte fauchend durch den

Saal, glühende Partikel des Holzhaufens sowie zwei Bedienstete mit sich reißend.

Die Kleider der geladenen Gäste in unmittelbarer Nähe zum Kamin verwandelten sich innerhalb von Sekunden zu Asche. In den Kelchen begann der Wein zu kochen. Die Haut warf Blasen. Und die Hunde, die in Erwartung des einen oder anderen leckeren Knochens um die Beine der Anwesenden geschlichen waren, verzogen sich mit verbrannten Schwänzen winselnd in die hintersten Winkel. Wenig später fing die hölzerne Kassettendecke Feuer.

Die Balken bogen sich unter der enormen Hitze, splitterten und krachten mitsamt vierzigtausend Litern Seewasser auf die Köpfe derer, welche sich einen Wimpernschlag zuvor nicht unter der eichenen Tafel in fragwürdige Sicherheit hatten bringen können. Fragwürdig deshalb, weil die massive Tafel zwar dem Wassereinbruch, nicht aber den nun herabstürzenden Balken standzuhalten vermochte. Den Rest besorgten die zentnerschweren Schildkröten.

Burg Habichtstein ist heute eine Ruine. Die spärlichen Überlieferungen berichten von wenigen Überlebenden der Katastrophe. Alle, die sich zum Zeitpunkt des Unglücks im Rittersaal aufgehalten hatten, haben noch an Ort und Stelle das Zeitliche gesegnet. So auch das Dutzend Schildkröten, das sich im Nachhinein die Bediensteten schmecken ließen, welche in der abgelegenen Gesindeküche mit dem Leben davongekommen waren.

Dem Feuer wurde von den einbrechenden Wassermassen zwar der Garaus gemacht und damit größerer materieller Schaden vermieden; dennoch verfiel die Burg mit den Jahren. Das Geschlecht derer von Wackerbarth war ausgelöscht. Die Hinterbliebenen der übrigen Teilnehmer des letzten Gelages, welche sich unter anderen Umständen die Burg mit den dazugehörenden Ländereien nur gar zu gerne einverleibt hätten, verzichteten schweren Herzens darauf.

Das Anwesen stand schon zu Lebzeiten Archibalds unter keinem guten Stern. Nun, nach seinem Ableben, hielt sich hartnäckig das Gerücht, der Burgherr sei mitsamt seiner Sippe einem uralten Fluch zum Opfer gefallen. Gegen einen solchen kam niemand an! Kein König, kein Kleriker, ja nicht einmal der Papst.

Die Angst davor scheint auch in unserer Zeit gegenwärtig zu sein; noch heute meidet man die Gegend bei Gewitter.

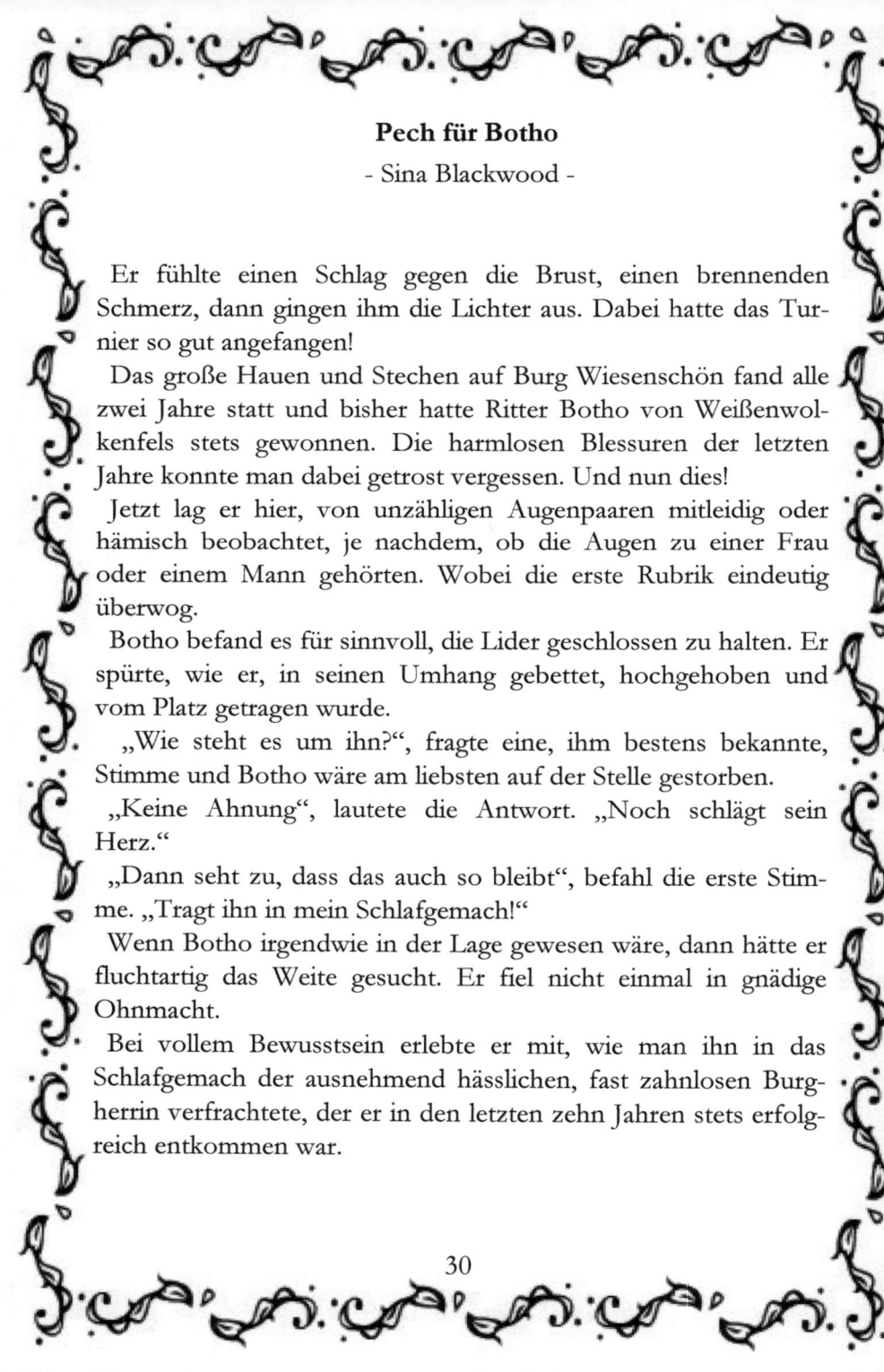

Pech für Botho

- Sina Blackwood -

Er fühlte einen Schlag gegen die Brust, einen brennenden Schmerz, dann gingen ihm die Lichter aus. Dabei hatte das Turnier so gut angefangen!

Das große Hauen und Stechen auf Burg Wiesenschön fand alle zwei Jahre statt und bisher hatte Ritter Botho von Weißenwolkenfels stets gewonnen. Die harmlosen Blessuren der letzten Jahre konnte man dabei getrost vergessen. Und nun dies!

Jetzt lag er hier, von unzähligen Augenpaaren mitleidig oder hämisch beobachtet, je nachdem, ob die Augen zu einer Frau oder einem Mann gehörten. Wobei die erste Rubrik eindeutig überwog.

Botho befand es für sinnvoll, die Lider geschlossen zu halten. Er spürte, wie er, in seinen Umhang gebettet, hochgehoben und vom Platz getragen wurde.

„Wie steht es um ihn?", fragte eine, ihm bestens bekannte, Stimme und Botho wäre am liebsten auf der Stelle gestorben.

„Keine Ahnung", lautete die Antwort. „Noch schlägt sein Herz."

„Dann seht zu, dass das auch so bleibt", befahl die erste Stimme. „Tragt ihn in mein Schlafgemach!"

Wenn Botho irgendwie in der Lage gewesen wäre, dann hätte er fluchtartig das Weite gesucht. Er fiel nicht einmal in gnädige Ohnmacht.

Bei vollem Bewusstsein erlebte er mit, wie man ihn in das Schlafgemach der ausnehmend hässlichen, fast zahnlosen Burgherrin verfrachtete, der er in den letzten zehn Jahren stets erfolgreich entkommen war.

Da spürte er auch schon ihre Hände über seine Haut gleiten. Heute war eindeutig nicht sein Tag, noch war gerade das sein Begehr.

Botho zog es vor, sich heftig zu übergeben …

(Was ihm eine Galgenfrist von nur wenigen Tagen einbrachte.)

Die gepuderte Jungfrau

– Matthias Albrecht –

Die Kunigunde, dieses Luder,
Verwendete, statt Seife, Puder,
Stand doch der Brunnen auf dem Hof,
Und das fand Kunigunde doof!

Denn um an Wasser zu gelangen,
Hätte sie müssen täglich bangen,
Dass ihre Unschuld sie verlöre –
Man war darauf erpicht, ich schwöre!

Die Kunigunde war im Land
Als Schönheit jedem wohlbekannt.
So lauerte man ihr zuhauf
Vor ihrer Kemenate auf,

Und hofft', es würde einmal glücken,
Sie vor der Türe zu erblicken.
Der Kuno war besonders helle,
Lag Tag und Nacht vor ihrer Schwelle.

Wollt' nutzen die Gelegenheit,
Als sich die Magd zur Schlafenszeit
Klammheimlich aus der Kammer schlich,
Ihr's zu besorgen fürchterlich.

Doch ach, als er sie wollte greifen,
Roch er den Puder statt der Seifen,
Vermischt mit Schweiß und andern Sachen –
Die Männern keine Freude machen.

Das Weitere kann man sich denken:
Was grad noch stand, tat sich nun senken;
Die Nase hielt sich Kuno zu,
Gab Fersengeld; war fort im Nu.

Und die Moral von der Geschicht'?
Benutz nur Puder, Seife nicht!
Die Unschuld ist ein hohes Gut,
Für das Gestank sich lohnen tut.

Otto gibt niemals auf

- Sina Blackwood -

Es klingt der Stahl, es singt die Sehne.
Die Ritter zeigen sich die Zähne.

Doch keiner sieht's. Visier geschlossen.
Von droben wird auf sie geschossen.

Der Ritter Otto denkt sich still:
Das ist nun gar nicht, was ich will.

Sein Schild ist dick – der Pfeil prallt ab.
Er zwingt sein Ross in schnellen Trab.

In seines Kopfes hint'ren Zonen,
da muss der Plan der Burg noch wohnen.

Rasant verschwindet er um Ecken,
ganz nah der Mauer hinter Hecken.

Er findet rasch das kleine Zeichen
und sieht ein Stück der Mauer weichen.

Er zieht den Dolch und auch sein Schwert,
die Sache ist Alleingang wert.

Und während draußen Söldner schrei'n,
dringt er in finst're Gänge ein.

Der Duft ist grausam, glaubt mir das.
Von oben tropft es braun und nass.

Der Ritter denkt an seine Würde.
Er meistert bestens diese Hürde.

Nur findet er, zu seinem Schreck,
den Ausgang nicht. Denn der ist weg.

Er steht vor großen glatten Steinen
und möcht' vor Wut am liebsten weinen.

Verdammter Mist! Was mach ich bloß?
Die Dinger sind gewaltig groß!

Er weiß genau, hinter der Mauer,
erwartet ihn ein wohlig' Schauer.

Da ist das Reich von Adeleide,
die will er lange schon zum Weibe.

Dazu gehört zwar noch ihr Mann,
der Otto gar nicht leiden kann …

Der hat geschnallt, wenn Otto siegt,
der stets bei seinem Weibe liegt.

Was Kuno nicht gerad herzerfrischt,
weil er die beiden nie erwischt.

Wenn ich dich fang', wirst du ertränkt.
Sich heimlich oft der Kuno denkt.

Doch Otto ist kein kleiner Dummer,
So macht er Kuno jährlich Kummer.

Und Otto hat gerad Geistesblitze,
er findet eine Mauerritze,

dort guckt ein Hebel aus der Wand.
Schon hat ihn Otto in der Hand.

Die schräge Rampe, die entstanden,
lässt ihn in Kunos Kammer landen.

Der hat darauf wohl nur gewartet,
weil er sofort den Angriff startet.

Es ist ein Hauen und ein Stechen.
Kuno will sich an Otto rächen.

Doch der hat jetzt die besseren Karten,
im Burghof seine Männer warten.

Mit diesem Wissen, unverfroren,
schlägt er nun Kuno um die Ohren,

was sich an Waffen greifen lässt.
Das gibt dem Kuno dann den Rest.

Den Gatten eine Lanze fällt.
Nun ist es wirklich Ottos Welt.

Er nimmt die Burg und auch das Land,
genau wie Adeleides Hand.

Gernot, der Foltermeister

- Matthias Albrecht -

Die Folterknechte des Mittelalters dürften nach allgemeiner Verlautbarung dafür bekannt sein, nicht allzu zart mit ihren Delinquenten Umgang gepflegt zu haben, um es einmal sehr vorsichtig auszudrücken. Gernot Sebastian Haudrauf bildete da keine Ausnahme.

Seit Jahren in den Diensten des Burgherrn Karl Egon von Rittersporn stehend, verrichtete er sein Handwerk gewissenhaft, pünktlich und aufopferungsvoll. Er legte selbst gegen Ende einer zehnstündigen Sonderschicht noch einen Elan an den Tag, der einer besseren Sache wert gewesen wäre.

Nein, Unsinn, das Folterhandwerk war damals durchaus nichts Anrüchiges. Jedenfalls nicht in den Augen derer, die davon lebten oder es sich zunutze machten. Und schon gar nicht in denen Gernots.

Auch nach Dienstschluss hatte er noch emsig zu tun. Obgleich für die niederen Tätigkeiten Bedienstete zur Verfügung standen, ließ er es sich nicht nehmen, die Folterinstrumente nach Gebrauch persönlich zu reinigen und zu warten. Liebevoll ölte er die Scharniere der Eisernen Jungfrau ein und behandelte die Schlaufen der Streckbank mit Lederfett.

Seine Augen leuchteten, wenn er die Fleischfetzen des jüngst „Befragten" von der Spanischen Spinne klaubte oder die Spitze der Judaswiege von deren unappetitlichen Anhaftungen befreite. Nach getaner Arbeit saß er oft noch einige Zeit mit nach innen gerichtetem, verklärtem Blick auf den steinernen Stufen seiner Folterkammer und träumte von künftigen Martyrien.

Bevor jemand falsche Schlüsse zieht: Gernot war nicht etwa sadistisch veranlagt oder labte sich an den Qualen seiner Delinquenten. Ganz im Gegenteil. Er war immer froh, wenn er ein Geständnis erwirken konnte, ohne zu weit gehen zu müssen.

Doch hatte er auch keinerlei Skrupel, alle Register zu ziehen, so es sich nicht vermeiden ließ.

Pech für ihn, dass er gerade jetzt für unabsehbare Zeit nichts mehr zu tun bekommen sollte. Wahrscheinlich war das Sommerloch daran schuld. Womöglich saß auch der Großteil der sogenannten „landschädlichen Leute" bereits in den Kerkern oder konnte mithilfe des Henkers auf äußerst wirkungsvolle Weise von Wiederholungstaten abgehalten werden.

Nach der ersten Woche von Gernots unfreiwilligem Pausieren glänzte die Folterkammer, als wäre sie eben eingeweiht worden. Am Ende der folgenden sieben Tage nervte er seinen Dienstherrn mit Vorhaltungen und hirnrissigen Ideen, wie er an Opfer herankommen könne. Während der dritten Woche nahm er die Folterwerkzeuge auseinander, polierte deren Einzelteile auf Hochglanz und setzte sie wieder zusammen, nur um etwas zu tun zu haben. Und als auch die Vierte ohne Neuzugang verfloss, begann er sich mit psychosomatischen Problemen herumzuschlagen. Außerdem zweifelte er an seiner Daseinsberechtigung und versank zunehmend in Lethargie.

Sein Herr litt insgeheim mit ihm. Er konnte es sich nicht leisten, seinen besten Schinder zu verlieren. Schließlich dürfte ja die Konjunktur nicht mehr lange auf sich warten lassen. Wenn die Tage kürzer und die Nächte länger wurden, käme der Abschaum der mittelalterlichen Unterschicht zuhauf in Versuchung, Diebstähle, Überfälle und Raubmorde zu begehen. Doch was bis dahin tun?

Er ernannte Gernot zum Meister aller Folterknechte, erhöhte dessen Gehalt und stellte ihm goldene Zeiten in Aussicht. Sein Lieblingsfolterer hatte das Vertrauen in die Menschheit verloren. Seine Hoffnungslosigkeit nahm mit jedem Tag zu. Karl Egon von Rittersporn war der Verzweiflung nahe. Da sollte ihm ein Glücksfall zu Hilfe kommen.

Eine ausländische Gauklertruppe gastierte auf dem Marktplatz der kleinen sächsischen Stadt. Ihr Chef war unter Verdacht geraten, die sich vom Schwager des Burgherrn zum Zwecke einer Zaubervorführung ausgeliehenen Goldstücke unter den Nagel gerissen zu haben. Natürlich stritt der Kerl dies ab und behauptete, die Pinnunzen hätten von vornherein nur aus vergoldetem Blei bestanden. Ein gefundenes Fressen für Karl Egon.

Kurzerhand ließ er den Beschuldigten in den Kerker werfen und erteilte Gernot den Befehl, ihn hochnotpeinlich zu „befragen". Der neuernannte Foltermeister war außer sich vor Freude und versicherte seinem Herrn, das schändliche Verbrechen mit allen ihm zur Verfügung stehenden Mitteln schonungslos aufzuklären.

Gernot wähnte sich im siebten Himmel. Endlich hatte der Herr seine Gebete erhört! Nun widmete er sich ohne weiteren Zeitverzug und mit aufopferungsvoller Hingabe seinem Handwerk.

Das bloße Zeigen der Instrumente fruchtete nicht. Der Gaukler grinste nur. Gernot zuckte mit den Schultern. Immerhin hatte er, der Foltermeister, sein Gesicht gewahrt und den Versuch gestartet, dem Beschuldigten Qualen zu ersparen. Pech für diesen, wenn er seine Chance nicht wahrnahm.

Gernot zog nun alle Register und ging mithilfe seiner Bediensteten innerhalb der Peinlichen Befragung die Hohe Schule der Foltermethoden durch. Den Anfang machte er mit dem Krummschließen seines Opfers: Dessen Fußgelenke wurden in den Aussparungen eines hölzernen Brettes so arretiert, dass an eine Selbstbefreiung nicht zu denken war. Dann wurden die Handgelenke auf die gleiche Art im selben Brett fixiert.

„Und?", fragte Gernot. „Wie isses?"

„Schön!", antwortete der Gaukler lächelnd.

Das Grinsen wird dir schon noch vergehen, dachte Gernot und ging mit seinen Knechten erst einmal Mittagessen. Zwei Stunden später sahen sie wieder nach ihrem Delinquenten. Der klemmte in bedauernswerter Haltung im Stock.

„Und nu? Gibste deine Schuld zu oder haste noch nich genug?"

„Keineswegs". Der Gaukler griente noch immer. Er zeigte nicht das geringste Anzeichen von Unwohlsein.

Gernot schüttelte irritiert den Kopf. Er wollte schnellstmöglich Erfolgserlebnisse haben und nicht bis zum nächsten Tag warten, um zu sehen, ob die Meinung des Betrügers bis dahin eine andere geworden sein könnte. So holte er zum zweiten Schlag aus: Dem zu Folternden sollten, nachdem man ihn auf die Streckbank geschnallt hatte, Arme und Beine in die Länge gezogen werden. Gesagt, getan. Doch leider ohne Erfolg. Die Knechte mühten sich unter Aufbietung all ihrer Kräfte, das Rad, welches sich nur ein kleines Stück bewegt hatte, weiter zu drehen. Am Ende musste auch Gernot mit in die Speichen greifen. Umsonst. Die Seile hatten sich zwar zum Zerreißen gespannt, doch dann ging es aus unerfindlichen Gründen nicht weiter.

„Was ist los?", fragte der Gaukler mit englischem Akzent. „Ist das Ding out of order?"

Gernot antwortete nicht, zog stattdessen schwerere Geschütze auf. Er ließ sein Opfer in die Spanische Jungfrau sperren und schlug die „Tür" zu, ohne sich mit den üblichen Vorstufen – einer sich nach und nach immer enger schließenden Klappe – aufzuhalten. Dem Kerl wollte er es schon zeigen! Nun war Schluss mit lustig. Warum ihm die eisernen Dornen im Innern des Geräts langsam ins Fleisch treiben, wenn es auch schneller ging?

„Wie isses jetze?", fragte Gernot siegesgewiss und schaute durch die Schlitze des martialischen Instruments.

Des Gauklers Augen strahlten. „Well. Ausgezeichnet! Könnte nicht besser sein."

Gernot war verzweifelt. Konnte er dem Kerl denn gar nicht beikommen? Er öffnete die vordere Hälfte des Instruments und stand vor Staunen starr. Sämtliche Dornen waren verbogen. Nicht eine einzige hatte die Haut des Delinquenten auch nur geritzt.

„Du hast mir meine Jungfrau kaputtgemacht!", zischte Gernot. „Nu reicht's aber! Jetze kommt dein Schädel in de Quetsche. Bin gespannt, ob de dann och noch grinst."

Der Gaukler wurde wieder auf die Streckbank verfrachtet, gefesselt und die Kopfpresse angelegt. Gernot zog die Zwinge Stück um Stück enger.

„Jetze gestehste aber, Kerl. Sonst platzt dir de Birne wie 'ne Melone, die mar vom Söller schmeißen tut."

„Why? Was soll ich denn gestehen? Ich bin ja unschuldig!"

„Woll'n doch ma sehn", murmelte Gernot und schraubte mit aller Kraft weiter. Dem Gaukler wurden Schläfen und Wangen zusammengepresst, bis er eine Karpfenschnute zog. Er verdrehte die Augen und bewegte die Lippen, als wollte er Worte formen.

„Ah, nu weht e andrer Wind, was?" Der Foltermeister frohlockte. „Haste mir was zu sagen?" Er neigte sein Ohr zum Gesicht des Gepeinigten hinunter.

„… längst … genug"

„Was?"

„Noch – längst nicht – eng – genug!"

Gernot erstarrte zur Salzsäule. Dann kam wieder Leben in ihn. „Ganz wie de willst, mein Freund. Keener, soll sich hinterher beschwer'n könn', er hätte nich das volle Programm gekriegt." Der Foltermeister legte sich ins Zeug. Noch eine Umdrehung. Und noch eine. Und noch … KNACK! Metall- und Holzteile flogen durch die Luft. Gernot, der keinen Widerstand mehr spürte, ging unsanft zu Boden. Die Schädelquetsche hatte sich in ihre Einzelteile aufgelöst.

„Thunder, but – Eure Instrumente scheinen nichts zu taugen", ließ sich der Gaukler höhnisch vernehmen. Seine Gesichtsform nahm dabei wieder normale Dimensionen an, als bliese man eine zusammengedrückte Plastikflasche auf. „Schade eigentlich. Es begann gerade, Spaß zu machen."

Gernot rappelte sich auf und rieb sich den schmerzenden Ellbo-
gen. „Jetze isses mit meiner Geduld endgültsch vorbei!", knurrte
er und wendete sich an seine Knechte. „Jetze wird der Kerl
gegart. Los, Wasser in 'n Kochtopp und Feuer gemacht!"

Gernots Helfer beeilten sich, diesem Befehl nachzukommen.
Bald loderte ein gewaltiges Feuer unter dem riesigen Kessel in
einem überdimensionalen Kamin. Den Beschuldigten hatte man
die Hände auf dem Rücken gefesselt und diese mit den Fußgelen-
ken verbunden, sodass er auf dem Boden des Kessels zu knien
kam. Das Wasser reichte ihm bis zur Brust. Hin und wieder
prüfte Gernot die Temperatur mit dem Finger.

„Na, wird dir schon warm?"

Der Gaukler nickte grinsend. „Sehr!"

Nach zehn Minuten konnte der Foltermeister seinen Finger
nicht mehr ungeschützt ins Wasser tauchen. Dem Beschuldigten
tropfte der Schweiß vom Gesicht. Doch er lächelte noch immer.

„Willste jetzt 'n Geständnis ablegen?", fragte Gernot mehr der
Form halber, als aus wirklicher Anteilnahme heraus.

„No, Sir, ich hab nichts zu gestehen. Ich halt's noch aus."

„Jedenfalls nich mehr lange", knurrte Gernot zuversichtlich und
setzte sich zu seinen Folterknechten auf die Bank an der Wand
gegenüber des Kamins. Vom Gaukler sahen sie nur den Kopf
über den Rand des Kessels ragen, aus welchem erste Dampf-
schwaden in den Schlot aufstiegen. Die Augen des Betrügers
waren geweitet, sein Atem ging schnell und der Schweiß rann ihm
nun schon in Bächen von Nase und Kinn.

„Gestehe und wie holen dich sofort da raus!", rief Gernot, dem
es plötzlich selbst schwül wurde. Er wusste aus Erfahrung, dass
gekochtes Menschenfleisch nicht besonders appetitlich roch.
Auch wäre sein Herr wohl nicht begeistert, wenn der Kerl ohne
Geständnis das Zeitliche segnete.

Ein leises Lachen antwortete ihm von der Kochstelle her. Dann
tauchte der Kopf des Delinquenten ab.

Die drei saßen einen Augenblick lang wie versteinert auf ihrer Bank. Schließlich sprang Gernot als Erster auf, lief zum brodelnden Kessel und blickte hinein. Wenig später sank er ohnmächtig in die Arme der Knechte. Als er Stunden danach wieder erwachte, hatte er seinen Verstand verloren.

Ein Jahr nach diesem Vorfall starb Foltermeister Gernot Sebastian Haudrauf. Über die Todesursache konnte man nur Vermutungen anstellen. Zwar hatte er in den Monaten vor seinem Ableben kaum noch Nahrung zu sich genommen, doch konnte dieser Umstand nicht der alleinige Grund für seinen Tod sein. Der Schock, den ihm der Anblick des leeren Kessels versetzt hatte, wirkte wohl zu nachhaltig auf seine Seele. Es hätte ihm sicherlich nichts ausgemacht, menschliche Wurstsuppe vorzufinden; schließlich war er in seinem Beruf einiges gewöhnt. Aber das schier unmögliche, das mysteriöse Verschwinden des Gauklers, war zu viel für ihn.

Was aus dem Betrüger geworden ist, wusste niemand mit Sicherheit zu sagen. Gerüchte gab es indes genügend. Die Gauklertruppe konnte nicht mehr befragt werden, sie war längst über alle Berge. So blieb es bei Vermutungen.

Immerhin konnte man den Namen des Gauklers ermitteln. Der Vollständigkeit halber sei er hiermit erwähnt: Paul David Fitzgerald Copperfield. Jetzt sagen Sie bloß nicht, Sie hatten etwas Derartiges erwartet?

Keine Angst, die Frage war rein rhetorisch.

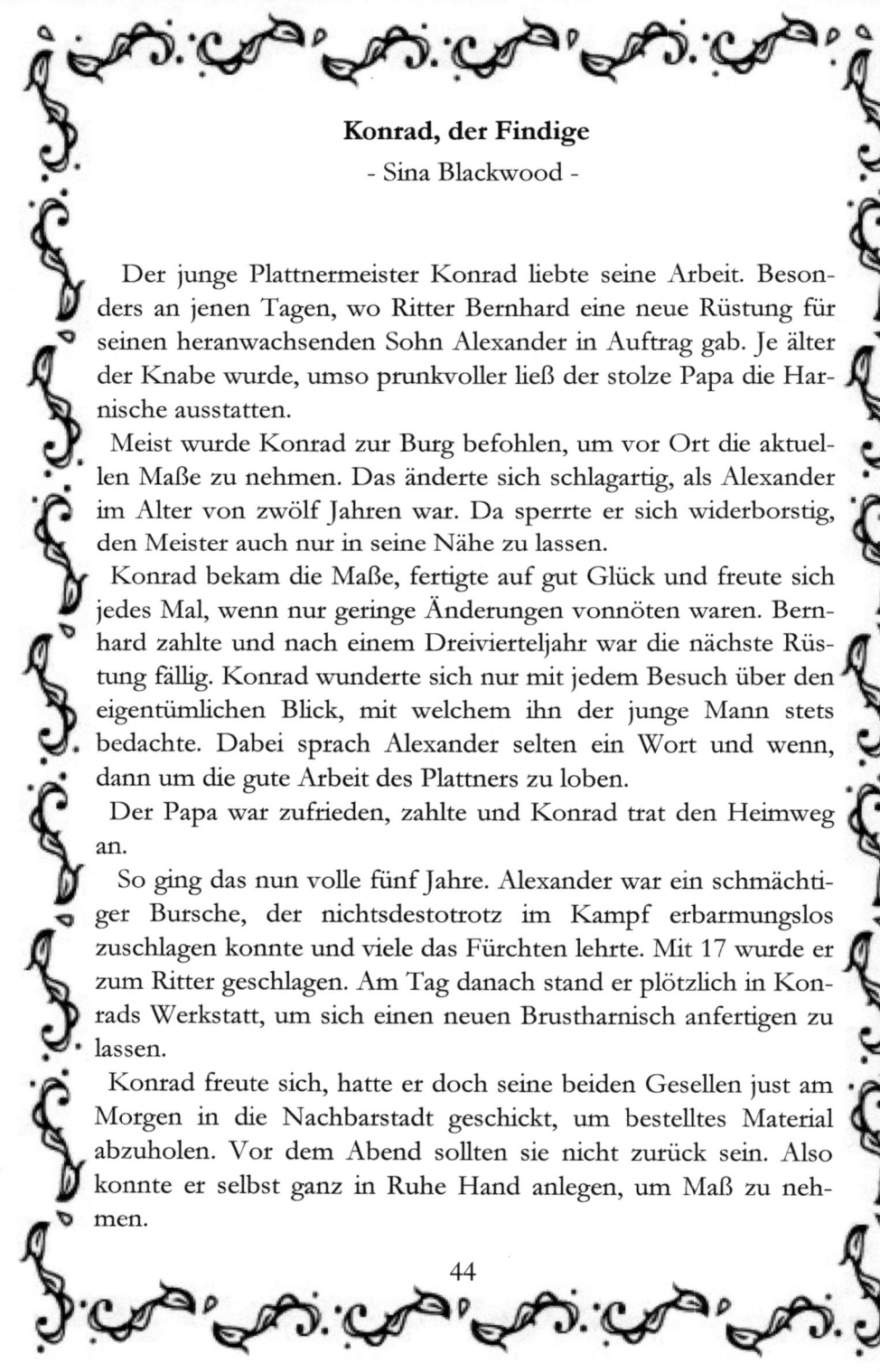

Konrad, der Findige

- Sina Blackwood -

Der junge Plattnermeister Konrad liebte seine Arbeit. Besonders an jenen Tagen, wo Ritter Bernhard eine neue Rüstung für seinen heranwachsenden Sohn Alexander in Auftrag gab. Je älter der Knabe wurde, umso prunkvoller ließ der stolze Papa die Harnische ausstatten.

Meist wurde Konrad zur Burg befohlen, um vor Ort die aktuellen Maße zu nehmen. Das änderte sich schlagartig, als Alexander im Alter von zwölf Jahren war. Da sperrte er sich widerborstig, den Meister auch nur in seine Nähe zu lassen.

Konrad bekam die Maße, fertigte auf gut Glück und freute sich jedes Mal, wenn nur geringe Änderungen vonnöten waren. Bernhard zahlte und nach einem Dreivierteljahr war die nächste Rüstung fällig. Konrad wunderte sich nur mit jedem Besuch über den eigentümlichen Blick, mit welchem ihn der junge Mann stets bedachte. Dabei sprach Alexander selten ein Wort und wenn, dann um die gute Arbeit des Plattners zu loben.

Der Papa war zufrieden, zahlte und Konrad trat den Heimweg an.

So ging das nun volle fünf Jahre. Alexander war ein schmächtiger Bursche, der nichtsdestotrotz im Kampf erbarmungslos zuschlagen konnte und viele das Fürchten lehrte. Mit 17 wurde er zum Ritter geschlagen. Am Tag danach stand er plötzlich in Konrads Werkstatt, um sich einen neuen Brustharnisch anfertigen zu lassen.

Konrad freute sich, hatte er doch seine beiden Gesellen just am Morgen in die Nachbarstadt geschickt, um bestelltes Material abzuholen. Vor dem Abend sollten sie nicht zurück sein. Also konnte er selbst ganz in Ruhe Hand anlegen, um Maß zu nehmen.

Um seinen solventen Kunden nicht zu vergraulen, schloss er Fenster und Türen, als dieser seine alte Rüstung ablegte. Während er noch den Fensterriegel in der Hand hielt, rief er: „Legt alles ab, was unter der Rüstung und beim Messen stören könnte!"

„Ist recht", erhielt er zur Antwort.

Konrad drehte sich um und blieb mit offenem Mund stehen. Alexander nahm soeben den Helm ab und zog die Kettenhaube vom Kopf, worauf sich eine Flut brauner, hüftlanger Locken ausbreitete.

Doch damit nicht genug! Mit wenigen Handgriffen streifte er sich das weiße Hemd über den Kopf. Konrad schnappte nach Luft. Der Sohn seines Burgherrn musste wohl eigentlich dessen Tochter sein, wovon der stolze Papa offensichtlich nicht die geringste Ahnung hatte.

Wenn Ritter Bernhard Wind von der Sache bekäme, werde der ihm, Meister Konrad, den Kopf vor die Füße legen lassen.

„Was habt Ihr? Es war doch Euer Wunsch, alles abzulegen, was stören könnte!"

„Ja aber …"

„Was aber?"

„Ein Hemd sollte wenigstens noch unter die Rüstung passen", stammelte Konrad irritiert.

„Wer behauptet, dass ich nur wegen der Rüstung hier bin? Man sagt, Ihr seid ein feuriger Liebhaber."

Konrads Unterkiefer klappte endgültig auf seine Schuhspitzen.

„Wollt Ihr nicht endlich Maß nehmen? Es ist etwas kühl in Eurer Werkstatt." Alexander, oder vielmehr Alexandra, trat einen Schritt auf Konrad zu.

Konrad tastete blindlings auf den Tisch hinter sich, um das anregende Bild vor sich nicht zu verlieren. Einen Augenblick später begann er zu messen. Nach zwei Augenblicken entwickelten seine Hände ein reges Eigenleben. Drei Stunden danach stand er, körperlich restlos verausgabt, wie nach 14 Stunden Schmiedearbeit, in der Tür und schaute dem davonreitenden Ritter Alexander nach.

Als seine Gesellen eintrafen, war Konrad am Tisch sitzend eingeschlafen und wurde auch durch heftiges Rütteln nicht wach.

Am nächsten Morgen wurde er auf die Burg gerufen. Konrad fiel schlagartig der vergangene Tag ein, und dass er wohl doch nicht geträumt hatte. Aschfahl im Gesicht folgte er dem Boten. Bernhard machte stets sofort Nägel mit unübersehbar großen Köpfen.

Ein wenig Hoffnung schöpfte der Meister, als man ihn nicht in den Ratssaal, sondern den Palas der Burg brachte. Wo auch nicht Ritter Bernhard, stattdessen Alexander auf ihn wartete. Allerdings in voller Bewaffnung.

„Man hat mir berichtet, Ihr hättet Euch gestern mit Damenbesuch vergnügt, statt Euch um meinen Harnisch zu kümmern."

Konrad, nicht mehr sicher, im Augenblick wirklich jene Person vor sich zu haben, die ihn in der Werkstatt aufgesucht hatte, nahm eine wächserne Blässe an.

Alexander schloss die Tür ab, deutete auf den Gang zu den anderen Räumen und nickte einladend. Konrad bewegte sich sehr vorsichtig in die angegebene Richtung, zumal er sah, wie Alexander das Schwert in die Hand nahm.

Das war es dann wohl, dachte Konrad, langsam mit seinem Leben abschließend. Welcher Teufel hat mich nur geritten, mich an des Burgherrn Tochter zu vergreifen?!

Am Ende des Ganges dirigierte ihn der junge Mann um zwei Ecken, schob ihn in ein kleines Gemach und schloss auch diese Tür von innen ab. „So, mein Lieber, jetzt haben wir ein paar Stunden, um uns gemütlich zu unterhalten."

Konrad begriff nur langsam, dass dies das Schlafzimmer Ritter Alexanders war. Und nichts deutete darauf hin, dass es einer Frau gehören könnte. Wappen und Waffen an den Wänden, ein Pergament mit Ritterregeln gleich daneben und auf einem Tischchen

Dutzende Pokale, die der streitbare Ritter bereits als Knappe errungen hatte.

„Wie wäre es mit einer kleinen Fortsetzung der gestrigen Unterhaltung?", hörte Konrad die Frage, ohne wirklich zu begreifen.

„Ausziehen, und zwar komplett!", war das Nächste, weil er nicht sofort reagiert hatte.

Auch jetzt schien er nicht schnell genug zu sein, denn er erhielt einen Stoß vor die Brust, fiel quer über das Bett und der Ritter begann, sich gemächlich von seiner Rüstung zu befreien. Konrad überlegte noch immer, ob in seinem Oberstübchen alles mit rechten Dingen zuging. Alexander quittierte das mit einem hintergründigen Lächeln.

Als die letzte Hülle fiel, wurde Konrad schlagartig munter. Er fing den nackten warmen Körper auf, der sich einfach auf ihn stürzte. Dann hatte er es sehr eilig, sich seiner eigenen Kleidung zu entledigen.

„Ich bekomme immer, was ich haben will", flüsterte ihm die Schöne ins Ohr und ließ sich, bis die Sonne unterging, verwöhnen.

Forderndes Klopfen an der Tür ließ beide erschreckt auffahren.

„Oh, Gott! Mein Vater!", hauchte Alexandra.

Konrad winkte lächelnd ab, sprang aus dem Bett, streifte sich in Sekundenschnelle seine Kleider über. Er öffnete die Tür einen Spalt, deutete eine Verneigung an, dann erklärte er dem Burgherrn, ohne diesen einzulassen: „Verzeiht, Ritter Bernhard, Ihr müsst mir wohl ein falsches Maß gegeben haben. Euer Sohn hat an brisanter Stelle ein Problem und möchte nicht, dass das publik wird. Ich versuche gerade mein Bestes, ihn in allen Punkten zufriedenzustellen."

Bernhard wurde blass. „Dann helft ihm rasch! Ich werde Euch in den nächsten beiden Stunden nicht stören."

„Sehr wohl, mein Herr." Der Plattnermeister zog die Tür zu, schloss ab und wandte sich breit grinsend an seine wundervolle

Gespielin: „An welchem Punkt, Euch zufriedenzustellen, war ich gerade unterbrochen worden?"

Auf der Suche nach dem Heiligen Gral

- Matthias Albrecht -

Ein Ritter hat es nicht grad leicht,
Das könnt ihr ruhig glauben.
Ständig er durch die Lande streicht;
Den Kopf voll bunter Raupen.

Ob es nun kalt ist oder warm,
Stets muss er weiter eilen.
Schlägt's Wetter ihm auch auf den Darm,
Nie darf er sich verweilen.

Die Sonne brennt, die Rüstung glüht,
Man hört ihn lauthals fluchen.
Doch ist er pausenlos bemüht,
Den Heil'gen Gral zu suchen.

Gold, Ruhm und Ehre zu erringen,
Ist's Motto dieser Tage.
Kann er auch oft ein Liedchen singen,
Von Kampf, Mord, Leid und Klage.

Indes gilt's, eisern durchzuhalten,
Komme da auch, was wolle.
Die Leidenschaft darf nicht erkalten;
Sonst fällt man aus der Rolle.

Was dieser Heil'ge Gral wohl ist,
Weiß keiner recht zu sagen.
Ein Ritter ist stets Optimist;
Braucht nicht danach zu fragen.

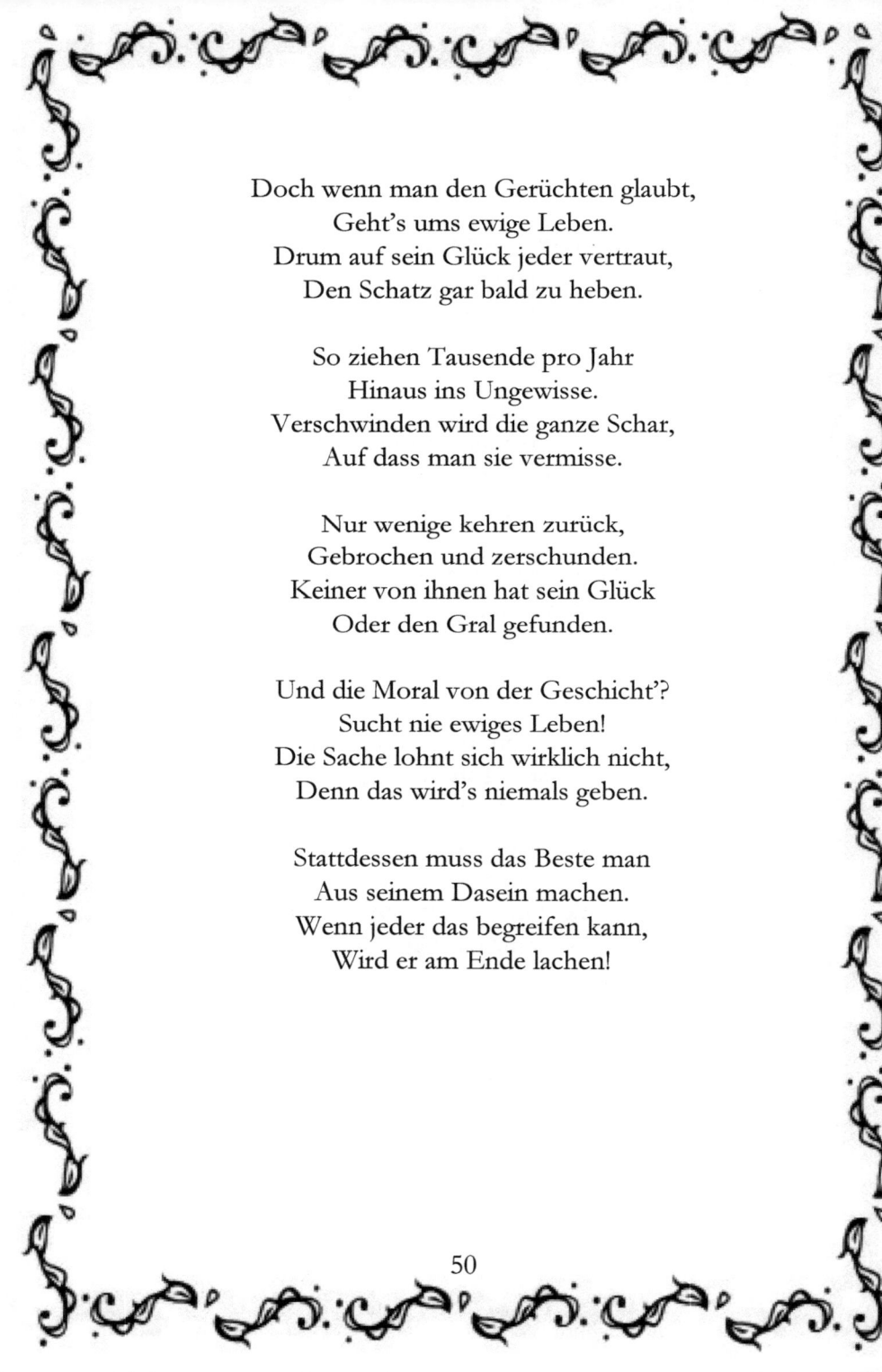

Doch wenn man den Gerüchten glaubt,
Geht's ums ewige Leben.
Drum auf sein Glück jeder vertraut,
Den Schatz gar bald zu heben.

So ziehen Tausende pro Jahr
Hinaus ins Ungewisse.
Verschwinden wird die ganze Schar,
Auf dass man sie vermisse.

Nur wenige kehren zurück,
Gebrochen und zerschunden.
Keiner von ihnen hat sein Glück
Oder den Gral gefunden.

Und die Moral von der Geschicht'?
Sucht nie ewiges Leben!
Die Sache lohnt sich wirklich nicht,
Denn das wird's niemals geben.

Stattdessen muss das Beste man
Aus seinem Dasein machen.
Wenn jeder das begreifen kann,
Wird er am Ende lachen!

Knappe Hannibal

- Sina Blackwood -

Des Ritters Knappe Hannibal,
der denkt sich oft: Du kannst mich mal.

Faul ist er, dumm und furchtbar frech.
Er redet stundenlang nur Blech.

Macht Mist, was immer er beginnt.
Er spielt, damit die Zeit verrinnt.

Sein Ritter hört bald auf, zu mahnen,
als würde er schon Schlimmes ahnen.

Das Unheil naht auch kurz darauf.
Sie brechen zu 'nem Kreuzzug auf.

Doch Hannibal der labert weiter,
denn sein Gemüt ist schlicht und heiter.

Sein Ritter kämpft an Heeres Spitze,
nicht nur mit Feinden, auch mit der Hitze.

Die Wüste glüht, sie sind am Ende,
Und fallen in des Sultans Hände.

Auch hier kann's Hannibal nicht lassen,
die dümmsten Themen anzufassen.

Der Ritter grollt: „Halt endlich inne,
hier läuft es anders mit der Minne."

Er selbst, von sich, und das ist schlau:
„Hab auch zu Hause keine Frau."

Weil's mit den Frauen nicht mehr ginge,
das rettet ihn vor Messers Klinge.

Der Knappe prahlt, wie gut er sei.
Mit welcher Frau? Ganz einerlei!

Ein Wink des Sultans mit der Hand.
Die Wachen kommen flugs gerannt.

Es geht schnipp, schnapp und kurz darauf,
wacht Hanni als Eunuche auf.

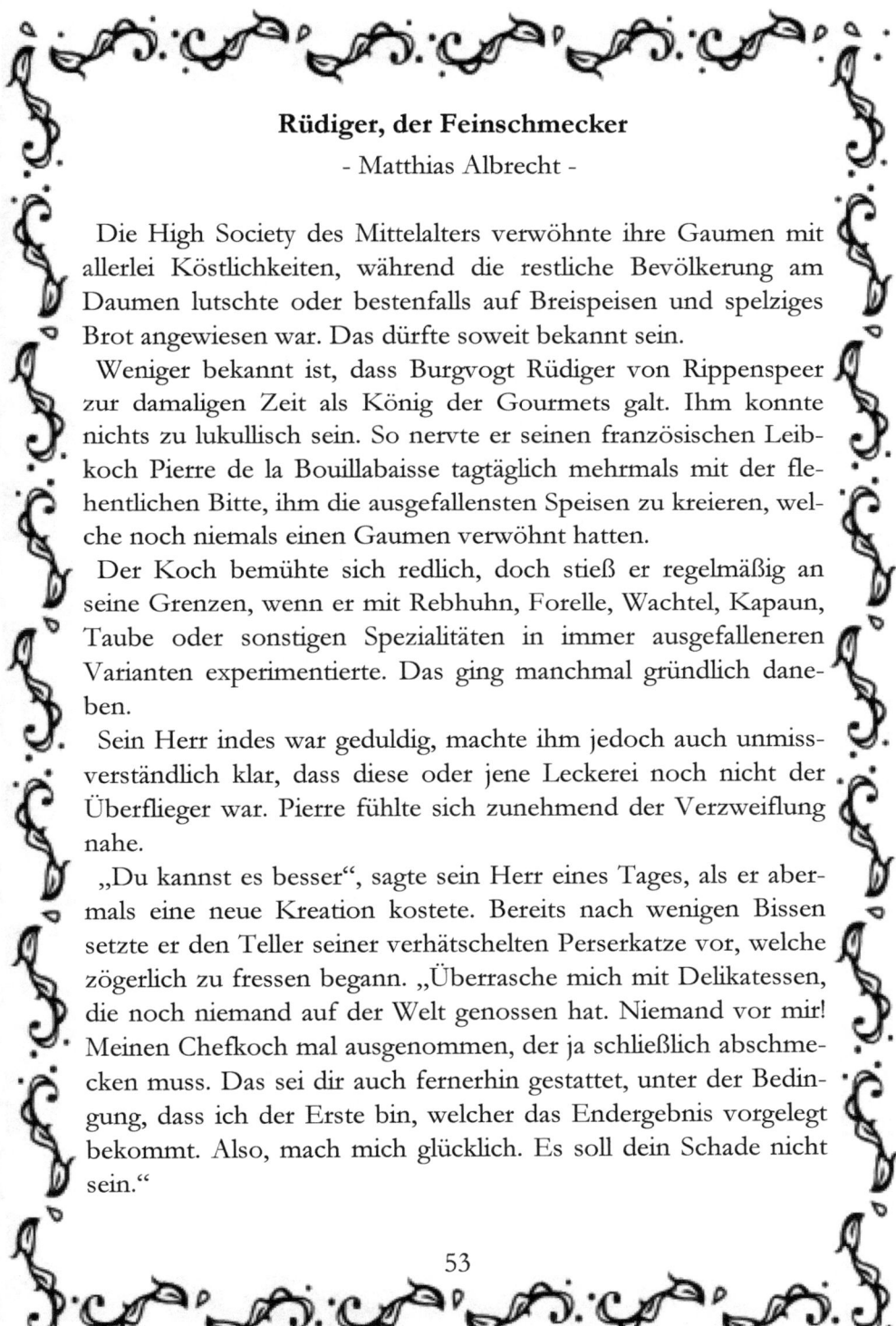

Rüdiger, der Feinschmecker

- Matthias Albrecht -

Die High Society des Mittelalters verwöhnte ihre Gaumen mit allerlei Köstlichkeiten, während die restliche Bevölkerung am Daumen lutschte oder bestenfalls auf Breispeisen und spelziges Brot angewiesen war. Das dürfte soweit bekannt sein.

Weniger bekannt ist, dass Burgvogt Rüdiger von Rippenspeer zur damaligen Zeit als König der Gourmets galt. Ihm konnte nichts zu lukullisch sein. So nervte er seinen französischen Leibkoch Pierre de la Bouillabaisse tagtäglich mehrmals mit der flehentlichen Bitte, ihm die ausgefallensten Speisen zu kreieren, welche noch niemals einen Gaumen verwöhnt hatten.

Der Koch bemühte sich redlich, doch stieß er regelmäßig an seine Grenzen, wenn er mit Rebhuhn, Forelle, Wachtel, Kapaun, Taube oder sonstigen Spezialitäten in immer ausgefalleneren Varianten experimentierte. Das ging manchmal gründlich daneben.

Sein Herr indes war geduldig, machte ihm jedoch auch unmissverständlich klar, dass diese oder jene Leckerei noch nicht der Überflieger war. Pierre fühlte sich zunehmend der Verzweiflung nahe.

„Du kannst es besser", sagte sein Herr eines Tages, als er abermals eine neue Kreation kostete. Bereits nach wenigen Bissen setzte er den Teller seiner verhätschelten Perserkatze vor, welche zögerlich zu fressen begann. „Überrasche mich mit Delikatessen, die noch niemand auf der Welt genossen hat. Niemand vor mir! Meinen Chefkoch mal ausgenommen, der ja schließlich abschmecken muss. Das sei dir auch fernerhin gestattet, unter der Bedingung, dass ich der Erste bin, welcher das Endergebnis vorgelegt bekommt. Also, mach mich glücklich. Es soll dein Schade nicht sein."

„Nicht mein Schade, Mylord?", fragte Pierre resigniert. „Darf iesch fragen, wie das ist gemeint?"

„Du erhältst die Hälfte meiner Ländereien und ein Drittel der Einkünfte, die ich aus den Abgaben meiner steuerpflichtigen Bürger beziehe. Ferner den Titel eines Fünf-Sterne-Kochs und zudem meine älteste Tochter. Doch nur unter der Bedingung, dass du bis an dein Lebensende mein Leibkoch bleibst!"

„Oh, merci beaucoup, Mylord. Suviel der Ehre. Doch aller guten Dinge sind drei. Da iesch bin abergläubisch. Erlaubt deshalb, dass iesch versichte auf letzterem Angebot großsügiges Weise."

„Ich verstehe", entgegnete Rüdiger und atmete tief aus. „Ich habe eh den Gedanken verworfen, sie noch unter die Haube zu bringen. Niemand hält es lange in ihrer Nähe aus. Nur mein süßer Friedolin hier ist ihr gut." Er kraulte seine Perserkatze hinter den Ohren und gab ihr einen Kuss. „Die beiden sind unzertrennlich." Mit verklärtem Blick starrte er ein paar Sekunden lang Löcher in die Luft, dann erinnerte er sich der Anwesenheit seines Kochs. „Doch bei den anderen drei Vergünstigungen bleibt es. Also – willst du dir künftig mehr Mühe geben?"

Der Felsbrocken, der Pierre vom Herzen fiel, durchschlug die Marmorplatten der Gesindeküche, war doch, milde ausgedrückt, die Älteste des Burgvogts trotz ihrer Jugend alles andere als schön zu nennen. Darüber hinaus kratzbürstig, arrogant, einfältig, herrschsüchtig und derart intelligenzresistent, dass es einen Hund erbarmte. Regelmäßig brachte sie damit ihr gesamtes Umfeld und nicht zuletzt ihren Vater auf die Palme.

Pierre blickte auf den vor Behagen schnurrenden Liebling seines Herrn. Die Katze hatte den Teller leer gefressen und leckte gerade die letzten Soßenreste auf. Einer plötzlichen Eingebung folgend, antwortete der Koch: „Mon dieux, das will iesch wohl, Mylord, doch muss iesch Euch darauf 'inweisen, dass Euer

Wunsch nur kann in Erfüllung ge'en, wenn Ihr mir lasst freie 'and."

„Freie Hand? Die hattest du doch schon immer."

„Iesch benötige aber noch freiere 'and, so Ihr versteht …"

„Kein Wort verstehe ich, Pierre."

„Nun, Ihr müsstet versichern mir, dass iesch ohne Ausnahme darf auf alles surückgreifen, was sich mir bietet innerhalb und außerhalb der Burg und des Landes."

Die Katze miaute, streckte sich und würgte etwas hervor, das Pierre als Überreste des Mangolds deutete. Angeekelt wendete er seinen Blick ab.

„Dieser Zusicherung bedarf es nicht, mein Lieber. Du hattest sie ja bereits!"

„Bien sûr", meinte Pierre und ging in Gedanken die Gewürz- und Soßenvariationen durch, welche für eine Katzenpastete geeignet schienen. Auf die Schnelle kam er indes zu keinem befriedigenden Ergebnis. „Jedoch – iesch traute mich nicht, die eine oder andere Spesialität su bereiten."

„Weswegen denn?"

„Nun, iesch glaubte, Ihr würdet sürnen mir, so Ihr erführet, dass iesch lebendiger Weise etwas aus Euren Ställen oder von Eurem Boden …"

„Welch ein Unsinn", ereiferte sich Rüdiger und sprang vom Stuhl auf. „Du hast mein Wort, dass du dir alles greifen kannst, was dir vors Tranchiermesser kommt. Meine Reitpferde und Jagdhunde natürlich ausgenommen." Er lachte, als er in seines Kochs erstaunte Augen blickte. „War 'n Scherz. Und nun frisch ans Werk!" Er schlug ihm gönnerhaft auf die Schulter, hob seinen Liebling auf, nahm ihn in den Arm und verließ die Küche.

„Oui, frisch ans Werk …", murmelte Pierre und runzelte die Brauen. „Der wird noch wundern sich."

Die Verkostung der jüngsten Kreation Pierres versprach, nach dessen Ankündigungen ein besonderer Gaumenkitzel zu werden.

Rüdiger von Rippenspeer freute sich darauf wie ein Kind auf den Heiligen Abend. Nur der Umstand, dass die Lieblingskatze seit dem frühen Morgen verschwunden war, trübte seine Hochstimmung ein wenig. Seine älteste Tochter hatte sich sofort auf die Suche gemacht und würde sie schon wiederfinden. Es war nicht das erste Mal, dass sein persischer Cherie auf Abwege geriet, wenn ihm fremde Kater ihre Aufwartung machten.

„Es ist diesmal etwas gans Besonderes", flötete Pierre, als er seinem Herrn die neue Köstlichkeit bei Kerzenschein im großen Saal auf festlich geschmückter Tafel kredenzen ließ. „Iesch 'abe bewusst versichtet auf Sugabe von Trüffeln, welche den Wohlgeschmack nur 'ätten beeinträchtigen können. Die versprochenen Belohnungen iesch bereits 'abe so gut wie des Sicheren!"

„Nicht so voreilig, mein Lieber", antwortete der Burgvogt und sog begierig den Duft der Pastete durch seine geweiteten Nasenflügel. „Wenn es allerdings so schmeckt, wie es riecht …"

Rüdiger kostete den ersten Bissen. Seine Augen weiteten sich. Mit zitternder Hand schnitt er abermals ein Scheibchen vom dampfenden Laib, schob sich einen zweiten Happen in den Mund. Oh Gott, dies war tatsächlich das Köstlichste, das sein Gaumen bislang zu schmecken bekommen hatte. Was hieß schon köstlich? Es musste ein neuer Begriff gefunden werden. Rüdiger wähnte sich im Paradies. Göttlicher konnte man dort wohl auch nicht speisen. Dieses Aroma! Diese Konsistenz! So vollendet im Geschmack; so zart auf der Zunge zergehend. Wild und doch nicht zu animalisch, ganz wie ein gut abgehangenes Rehkitz. Mild und graziös wie ein junges Täubchen. Saftig und prickelnd wie Champagner und dabei von solch wahnsinnig zartem Schmelz …

Es war ein Traum. Ein Gedicht! Mit jedem Bissen schob sich Rüdiger golden glitzernde Glückseligkeit in den Mund. Jetzt nur nicht ohnmächtig werden! Genießen. Genießen! Happen für Happen. Hellwach und mit allen Sinnen einem bis dahin nicht gekannten Grundsatz folgend: Stets nur ein klein bisschen auf die

Gabelspitze nehmen. Das Ganze behutsam mit der Zunge gegen den Gaumen drücken. Die Luft durch die Zähne saugen wie einen vortrefflichen, alten, gut gelagerten Wein …

Als nichts mehr übrig war, nicht einmal ein Krümelchen, sank Rüdiger schwer atmend in die Lehne seines Stuhls. Schweißtropfen überzogen seine Stirn. Sein Atem flog, als hätte er gerade einen Zehntausend-Meter-Lauf absolviert. Das Herz raste. In diesem Moment hätte er mit keiner Frau tauschen mögen, der es vergönnt war, einen dreiminutenlangen multiplen Orgasmus zu erleben. Ein Fliegenschiss wäre das gewesen gegen diese Offenbarung! Den im Glas rubinfarben funkelnden Bordeaux rührte er nicht an. Er hätte ihm den Nachgeschmack verdorben. Wenig später schwanden Rüdiger doch noch die Sinne …

„Du erhältst alles, was ich dir versprochen habe", eröffnete Rüdiger seinem Meisterkoch, als er am Tage darauf wieder zu sich gekommen und zu klaren Gedanken fähig war. „Darüber hinaus werde ich dich als meinen Alleinerben einsetzen. Du hast meine Erwartungen bei Weitem übertroffen. Mehr gibt es dazu nicht zu sagen, bei Gott."

„Iesch nehme Euch beim Wort, Mylord", entgegnete Pierre. „Und denkt auch an die vor'erigen Versprechen!"

„Hab keine Sorge, mein Freund. Doch sag, woraus hast du diesen delikaten Leckerbissen bereitet? Ich hoffe doch, es laufen noch genügend Zutaten für weitere lukullische Höhepunkte umher?"

„Pardon, leider muss iesch enttäuschen Euch. In Euren Volieren – es sich fand nur noch ein einsiger Exemplar des klumpfüßigen, golden gefiederten Großtrappenfasans. Und wie mir versicherte Euer Stallmeister, gilt ihm diese Art bereits seit Jahrsehnten für gestorben aus."

„Oh, ich hatte ja keine Ahnung, dass ich ein solch edles Tier überhaupt besitze, eh – besaß."

„Das meinte Stallmeister auch. Abeer, iesch glaube, dass es einen Versuch war wert."

„Der hervorragend gelungen ist. Doch sage mir, hat man inzwischen meine Katze gefunden?"

Pierre blickte zu Boden. Er hatte Angst, dass sein Herr die zuckenden Mundwinkel bemerkte.

„Noch nicht, Mylord. Aber solange Eure Tochter ist auf Suche, besteht ihm 'offnung."

„Über Nacht ist sie nie fortgeblieben."

„Eure Tochter?"

„Die Katze!"

„Die wird schon kommen wieder."

„Bist du sicher?"

„Ja. Katsen sind kaum su kriegen tot. Man sagt, sie 'ätten neun Leben. Und die Eure 'at sicherlich noch nicht eingebüßt einem Einzigen. Seht doch, wenn man spricht von das Teufel …"

Rüdigers Kopf fuhr herum. Es fiel ihm sichtlich schwer, die Kontenance zu wahren. „Friedolin, da bist du ja! Geht es dir gut?" Er eilte mit ausgestreckten Armen auf seinen Liebling zu, bückte sich zu ihm herab und drückte ihn an seine Brust. „Wo hast du nur so lange gesteckt? Sicher bist du ausgehungert. Dein liebes Herrchen gibt dir gleich etwas besonders Leckeres." Ohne einen weiteren Blick für seinen Ausnahmekoch übrig zu haben, trollte er sich mit seinem persischen Cherie.

Die Katze war also wieder da. Rüdigers älteste Tochter indes blieb für alle Zeiten verschwunden. Der Burgvogt trug es am Ende mit Fassung und ohne viel Tränen zu vergießen. Vielleicht hatte sie sich in den weiten Wäldern verlaufen, in denen zudem wilde Tiere und allerlei andere Kreaturen ihr Unwesen trieben. Wer vermochte schon zu erahnen, was ihr passiert sein konnte? Wohl niemand. Oder doch?

Es gab jemanden, der genau wusste, was mit ihr geschehen war. Dreimal dürfen Sie raten, um wen es sich handelt. Wenn Sie richtig liegen, bekommen Sie kostenlos das Geheimrezept für Pierres geniale Gourmet-Pastete. Wäre das nicht einen Versuch wert?

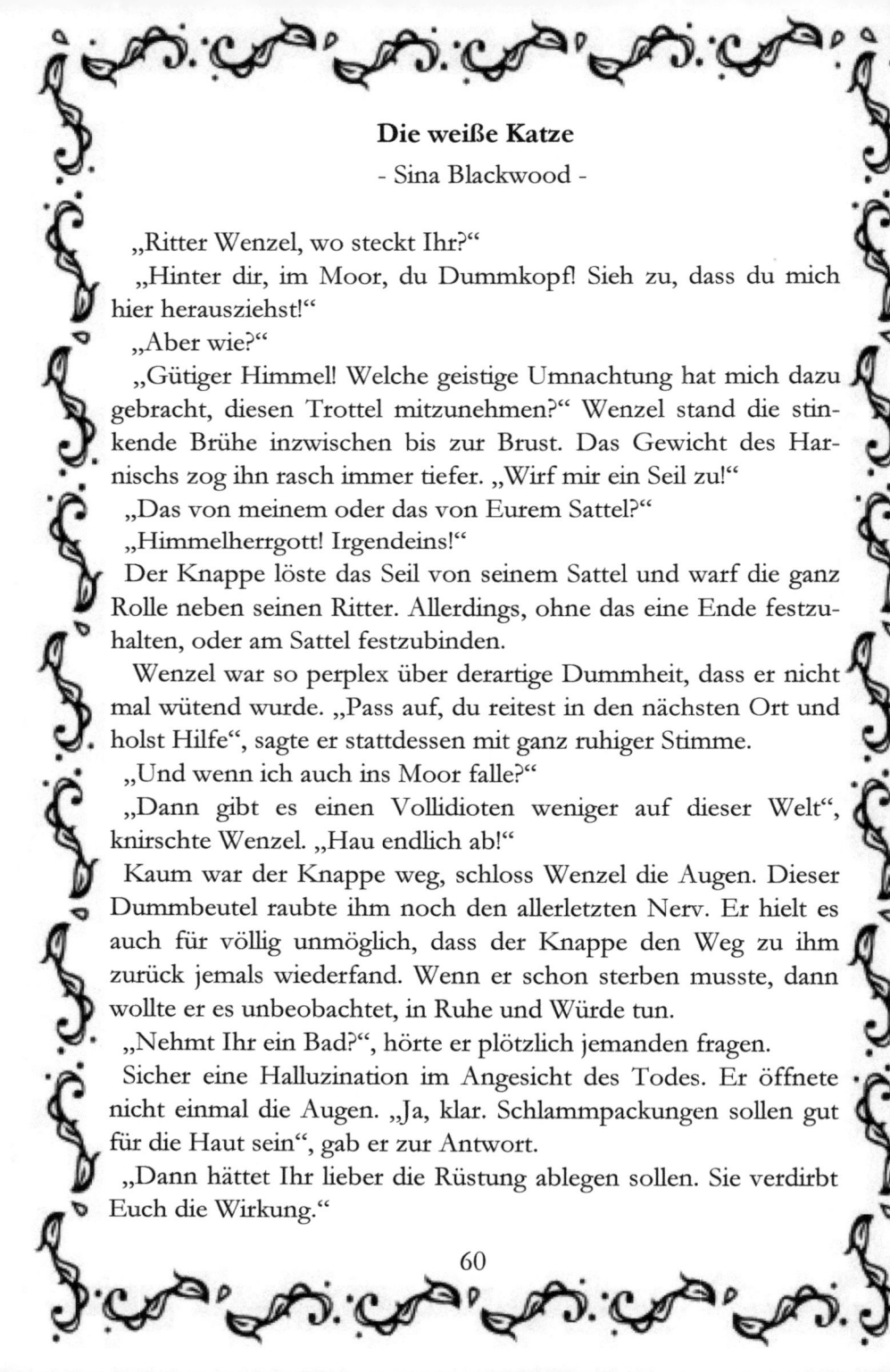

Die weiße Katze

- Sina Blackwood -

„Ritter Wenzel, wo steckt Ihr?"

„Hinter dir, im Moor, du Dummkopf! Sieh zu, dass du mich hier herausziehst!"

„Aber wie?"

„Gütiger Himmel! Welche geistige Umnachtung hat mich dazu gebracht, diesen Trottel mitzunehmen?" Wenzel stand die stinkende Brühe inzwischen bis zur Brust. Das Gewicht des Harnischs zog ihn rasch immer tiefer. „Wirf mir ein Seil zu!"

„Das von meinem oder das von Eurem Sattel?"

„Himmelherrgott! Irgendeins!"

Der Knappe löste das Seil von seinem Sattel und warf die ganz Rolle neben seinen Ritter. Allerdings, ohne das eine Ende festzuhalten, oder am Sattel festzubinden.

Wenzel war so perplex über derartige Dummheit, dass er nicht mal wütend wurde. „Pass auf, du reitest in den nächsten Ort und holst Hilfe", sagte er stattdessen mit ganz ruhiger Stimme.

„Und wenn ich auch ins Moor falle?"

„Dann gibt es einen Vollidioten weniger auf dieser Welt", knirschte Wenzel. „Hau endlich ab!"

Kaum war der Knappe weg, schloss Wenzel die Augen. Dieser Dummbeutel raubte ihm noch den allerletzten Nerv. Er hielt es auch für völlig unmöglich, dass der Knappe den Weg zu ihm zurück jemals wiederfand. Wenn er schon sterben musste, dann wollte er es unbeobachtet, in Ruhe und Würde tun.

„Nehmt Ihr ein Bad?", hörte er plötzlich jemanden fragen.

Sicher eine Halluzination im Angesicht des Todes. Er öffnete nicht einmal die Augen. „Ja, klar. Schlammpackungen sollen gut für die Haut sein", gab er zur Antwort.

„Dann hättet Ihr lieber die Rüstung ablegen sollen. Sie verdirbt Euch die Wirkung."

Nun riss Wenzel doch die Augen auf. Er hatte noch nie gehört, dass Halluzinationen so schlagfertig antworten konnten. Was er sah, überraschte ihn zutiefst – ein junges schwarzhaariges Mädchen mit einem Esel, der einen Haufen Reisig auf dem Rücken trug.

„Oh, ich wollte Euch nicht beim Genießen stören." Sie fasste nach dem Halfter ihres Tieres, als wolle sie weiterziehen.

Wenzel war der leise Spott in ihrer Stimme nicht entgangen. „Schade", seufzte er, „gerade jetzt, wo das Bad erst anfängt, Spaß zu machen, müsst Ihr gehen. Kommt Ihr mich morgen wieder besuchen? Gleiche Stunde, gleiche Stelle. Natürlich nur, falls ich bis dahin nicht völlig im Morast versunken bin."

Sie beugte sich zu ihm hinunter. „Was geschieht, wenn ich mir Euer Pferd greife und verschwinde?"

„Komische Frage. Dann sage ich der Welt ade und keinen interessiert es."

Sie richtete sich wieder auf, erspähte das zweite Seil bei seinem Pferd und knotete es mehrfach am Sattel fest. „Fangt!"

Es klatschte genau vor ihm in die stinkende Brühe. Wenzel fasste blitzschnell zu, schlang es sich unter den Armen hindurch um den Körper und wickelte es sich um die Hand. Kaltblütig prüfte er den Sitz des Taus, obwohl ihm durch die Aktion das Wasser inzwischen bis zum Hals stand.

Sie nickte und gab seinem Streitross einen Klaps auf den Hintern. Es machte zwei Schritte vorwärts, dann blieb es stehen.

„Wirst du wohl laufen, du fauler Maulesel!" Das Pferd blieb auf seinem Fleck. „Kein Wunder, dass Ihr im Moor sitzt, wenn Ihr solchen Deppen Euer Leben anvertraut!", schimpfte sie und schlang ihrem Esel das Seil um den Körper. Dann hielt sie ihm eine Möhre vor die Nase.

Wenzel stand schon nach wenigen Augenblicken auf dem kaum sichtbaren Pfad. „Wie kann ich Euch danken?"

„Indem Ihr Euch besser parfümiert, Herr Ritter."

Wenzel gab es auf, mit ihr eine vernünftige Unterhaltung führen zu wollen. „Ihr seid eine rechte Spottdrossel, meine Schöne. Aber es steht Euch. Vielleicht begegnen wir uns ja wieder, wenn ich mein Parfüm gewechselt habe. Lebt wohl und vielen Dank."

„Wisst Ihr denn, wie Ihr reiten müsst, um sicher aus dem Moor zu kommen?"

„Nein, aber das ist nicht von Belang. Ich möchte Eure Nase nicht über Gebühr mit meinem herben Duft strapazieren." Wenzel hängte das zusammengerollte Seil zurück an seinen Sattel. Zugleich suchte er im Reisesack nach der Flasche mit dem Wasser. „Heute ist wohl nicht mein Tag", murmelte er resigniert, als nicht ein Tropfen darin zu finden war.

„Nehmt meine!" Die Fremde reichte sie ihm zu.

Wenzel nahm dankend an.

„Ihr könnt sie austrinken. Ich kenne eine Quelle ganz in der Nähe, wo ich sie wieder füllen kann."

„Wäret Ihr so lieb, mir den Weg zu zeigen? Ich gehe auch ein paar Meter hinter Euch", bat er.

„Ich bringe Euch am besten erst einmal an einen Ort, wo Ihr Euch reinigen, Eure Kleider trocknen und etwas essen könnt." Sie nahm ihren Esel und führte ihn langsam vor des Ritters Pferd her.

Hin und wieder drehte sie sich um, um sich zu vergewissern, dass er ihr wirklich folgte.

Ihre Augen leuchten grün, wie die einer Katze, überlegte Wenzel, wenn sich das Mondlicht darin fing.

„Denkt nicht zu laut, Herr Ritter!", hörte er ihre Stimme, obwohl sie den Mund fest geschlossen hielt.

„Ihr seid ein Rätsel", seufzte er.

„Und Ihr macht mich neugierig."

Nach einer halbstündigen Wanderung erreichten sie eine Insel, auf der ein windschiefes Häuschen stand.

„Wessen Häuschen ist das?", fragte Wenzel verwundert.

„Meins." Sie nahm dem Esel das Holz ab.

Wenzel fasste mit zu. Er pumpte auch die Tränke voll, damit sich die beiden Tiere laben konnten. Im Häuschen selber erwartete ihn schon ein heißes Bad. Wie selbstverständlich und mit kundiger Hand löste die geheimnisvolle Schöne die Riemen seiner Rüstung. Als er sich die tropfend nasse Unterkleidung abstreifte, begannen ihre Augen zu funkeln. Sie wartete, bis er im Wasser saß, dann balancierte sie ein Tablett mit Braten, Früchten und Wein herbei, das sie quer über den Badezuber stellte. Ehe er sich von seiner Überraschung erholt hatte, saß sie ihm gegenüber im Zuber und naschte Weintrauben. Es kam ihm nicht einmal seltsam vor. Alles war, als müsse es so sein, weil es schon immer so gewesen war.

Welche Öle sie dem Bad beigemengt hatte, konnte Wenzel nicht ergründen. Er fühlte sich aber erfrischt, wie nach einem ausgiebigen Schlaf. Bäume hätte er ausreißen können!

Die Schöne wusste bessere Beschäftigung für einen gut aussehenden Ritter unter Volldampf. Bis in die Morgenstunden schenkte sie ihm Freuden, die er noch nie zuvor erfahren hatte.

Wenzel wachte auf, als die Sonne im Zenit stand. Vor der Tür wieherte sein aufgezäumtes Pferd. Auf dem Tisch lag sein Reisesack, vollgepackt mit leckeren Sachen. Von der geheimnisvollen Schönen war weit und breit nichts zu sehen.

Er schaute sich noch einmal wehmütig um, bevor er auf sein Ross stieg. Neben der Tür saß ein strahlend weißes Kätzchen, mit genau so grünen Augen, wie sie die schöne Fremde zierten.

Wenzel nahm das Tierchen auf den Arm, streichelte und küsste es: „Gib deiner wundervollen Herrin diesen Kuss von mir. Sag ihr, dass ich sie liebe und nie vergessen werde."

Dann ritt er auf jenem der drei Wege davon, den die Sonne hell erleuchtete. Rasch fand er aus dem Moor heraus und erreichte gegen Abend seine Ländereien.

Nach den wirren Erklärungen seines Knappen hatte man es schon fast aufgegeben, ihn jemals lebend wiederzusehen. Wenzel würgte mit einer Handbewegung alle Freudenbekundungen ab. Nachdem er seinem Pferd den Reisesack abgenommen hatte, überließ er es den Knechten. Den Sack trug er sofort in sein Schlafgemach, ohne zu wissen, warum er das machte.

Mitten in der Nacht weckte ihn Tumult am Tor.

„Mach dich weg, du elendes Mistvieh!"

„Hau ab!"

„Wenn ich dich erwische, dann ersäufe ich dich im Burggraben!"

Wenzel quälte sich aus dem Bett und ging gleich im Nachthemd mit einer Fackel hinaus. „Was gibt es denn zu maulen?"

„Hier jammert seit Stunden eine rollige Katze. Der Teufel soll das lästige Vieh holen!"

„Der hat sicher Besseres zu tun!" Wenzel horchte in die Nacht. „Nichts!" Er öffnete den kleinen Durchlass im großen Tor.

Der Wächter sprang beiseite. „Da!"

Ein weißes Kätzchen, das Wenzel nur zu gut kannte, huschte an ihm vorbei ins Haus.

„Fangt das Mistvieh!", rief die Wache und wollte hinterherstürzen.

„Untersteht Euch, mir meine Nachtruhe zu stehlen!", rief Wenzel. „Das winzige Ding wird mich schon nicht auffressen." Er schlug die Tür zu, dass es krachte.

Schnurstracks eilte er in sein Schlafgemach, wo, wie er vermutet hatte, das Kätzchen auf seinem Kissen saß. „Bringst du Nachricht von deiner Herrin?", fragte er, es sanft streichelnd.

„Das könnte man so sagen."

Er hielt plötzlich die geheimnisvolle Schöne aus dem Moor im Arm.

Egal, wo der Ritter seit diesem Tag seine Nächte verbrachte, ob in seiner Burg oder im Zelt auf dem Schlachtfeld, jeden Abend

erschien die weiße Katze und die Knappen berichteten von wilden Orgien, die Wenzel kurz darauf stets mit einer schwarzhaarigen Schönen feierte. Wobei sich die beiden durch nichts und niemanden stören ließen.

Wenzel wurde im Vollbesitz all seiner Kräfte alt, steinalt sogar. Auf der Granitplatte seines Grabes sitzt noch heute, Jahrhunderte nach seinem Tod, Nacht für Nacht eine kleine strahlend weiße Katze und miaut jämmerlich, bis die Sonne aufgeht.

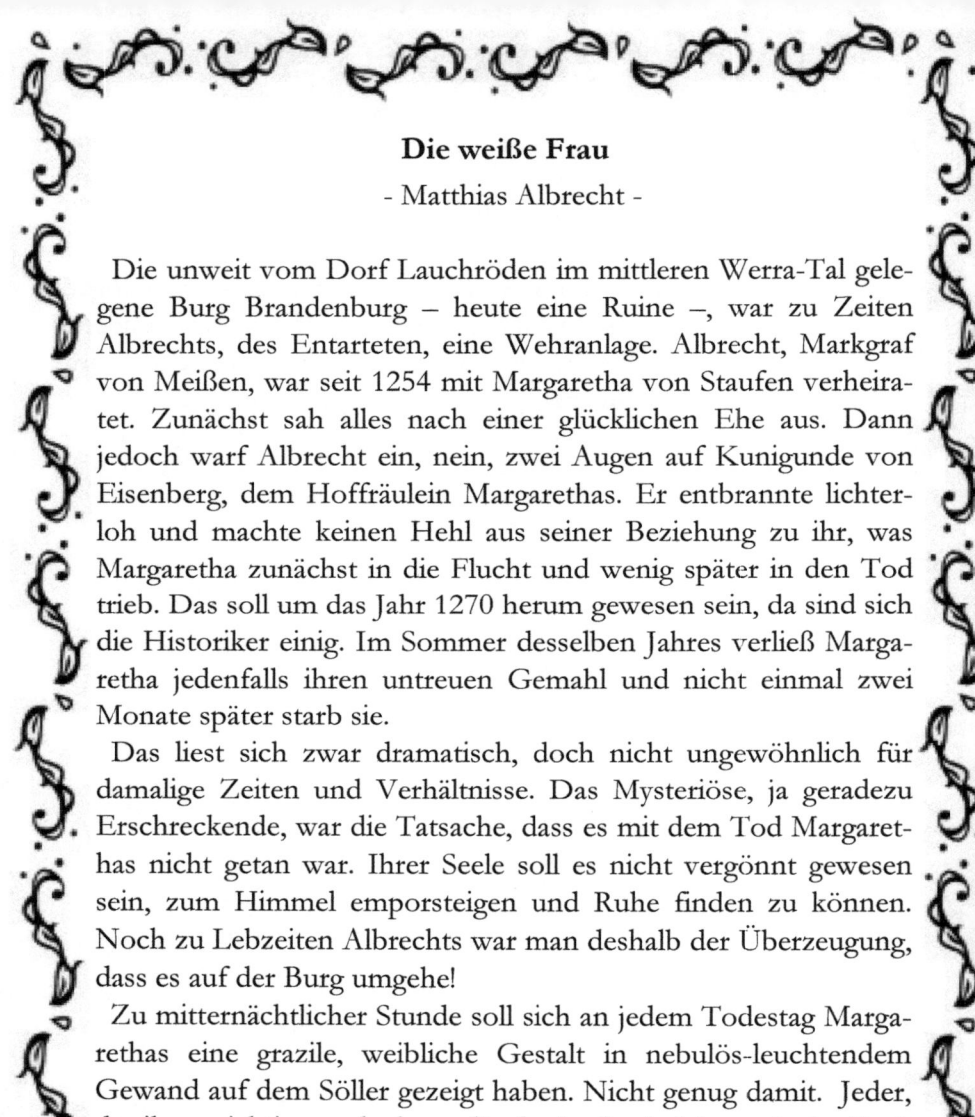

Die weiße Frau
- Matthias Albrecht -

Die unweit vom Dorf Lauchröden im mittleren Werra-Tal gelegene Burg Brandenburg – heute eine Ruine –, war zu Zeiten Albrechts, des Entarteten, eine Wehranlage. Albrecht, Markgraf von Meißen, war seit 1254 mit Margaretha von Staufen verheiratet. Zunächst sah alles nach einer glücklichen Ehe aus. Dann jedoch warf Albrecht ein, nein, zwei Augen auf Kunigunde von Eisenberg, dem Hoffräulein Margarethas. Er entbrannte lichterloh und machte keinen Hehl aus seiner Beziehung zu ihr, was Margaretha zunächst in die Flucht und wenig später in den Tod trieb. Das soll um das Jahr 1270 herum gewesen sein, da sind sich die Historiker einig. Im Sommer desselben Jahres verließ Margaretha jedenfalls ihren untreuen Gemahl und nicht einmal zwei Monate später starb sie.

Das liest sich zwar dramatisch, doch nicht ungewöhnlich für damalige Zeiten und Verhältnisse. Das Mysteriöse, ja geradezu Erschreckende, war die Tatsache, dass es mit dem Tod Margarethas nicht getan war. Ihrer Seele soll es nicht vergönnt gewesen sein, zum Himmel emporsteigen und Ruhe finden zu können. Noch zu Lebzeiten Albrechts war man deshalb der Überzeugung, dass es auf der Burg umgehe!

Zu mitternächtlicher Stunde soll sich an jedem Todestag Margarethas eine grazile, weibliche Gestalt in nebulös-leuchtendem Gewand auf dem Söller gezeigt haben. Nicht genug damit. Jeder, der ihr ansichtig wurde, hatte für das laufende Jahr auch das Pech für sich gepachtet. Bauern misslangen die Ernten. Hirten kamen unter mysteriösen Umständen Schafe und Ziegen abhanden. Handwerkern ein Großteil ihrer Werkzeuge. Kaufleuten kostbare Handelswaren. Selbst vor der Kirche machte der Spuk nicht halt: Als sich ein Ministrant damit brüstete, das Wunder geschaut zu haben, blieb der Opferstock an zehn aufeinanderfolgenden Sonntagen leer.

Das war umso verwunderlicher, als der Pfarrer das Einwerfen der Münzen in den Schlitz der Kollekte bezeugen konnte. Dennoch fand sich nach dem Öffnen des Gefäßes, trotz, stets unversehrtem Siegel, nicht ein einziges Geldstück.

Es war wie ein Fluch, der auf der Feste, seinen Bewohnern und den umliegenden Dörfern lastete. Kein Wunder, dass Albrecht und Kunigunde bald gänzlich isoliert auf der Burg residierten. Ihre Söhne waren längst auf Nimmerwiedersehen verschwunden. Ein Drittel des Familienschatzes mit ihnen. Selbst Albrechts treue Bedienstete hatten größtenteils das Weite gesucht. So lobte der Burgherr schweren Herzens eine reiche Belohnung für denjenigen aus, welcher die Burg von der Geistererscheinung zu befreien imstande wäre.

Sebaldus von Bleichwang, ein unerschrockener, fahrender Rittersmann, kam dies gerade recht. Er befand sich, wie so viele damals, auf der irrwitzigen Suche nach dem Heiligen Gral. Das war kein billiges Unterfangen, hatte er doch Kost und Logis für sich und seine Knappen in den Herbergen zu bezahlen. Auch die Pferde wollten versorgt sein. Darüber hinaus galt es, seine Getreuen mit gesonderten Zuwendungen bei Laune zu halten.

Sebaldus konnte sich noch schmerzlich der zweijährigen, strapaziösen Expedition erinnern, in deren Verlauf ihm nach und nach die Knappen davonliefen. Sie hatten am Ende den Glauben an das Auffinden des „Steines der Weisen" verloren. Solches durfte nicht noch einmal geschehen. Immerhin ging es um nichts Geringeres als um ewiges Leben.

Albrecht konnte den Ritter zu seinem Bedauern nicht standesgemäß empfangen. Die Vorratskammern waren fast leer und die Bediensteten, bis auf eine Magd und den jüngsten Stallknecht, über alle Berge. Kunigunde, welche sich durchaus herabgelassen hätte, für den guten Zweck wieder in die Rolle eines Hoffräuleins zu schlüpfen, lag krank darnieder. Markgraf Albrecht nahm deshalb Sebaldus' Anerbieten, nach Gutdünken über dessen Knappen verfügen zu dürfen, dankend an.

Die waren alles andere als begeistert, fügten sich jedoch, als auch ihnen eine Belohnung in Aussicht gestellt wurde. Und dies selbst für den Fall, dass Sebaldus' Bemühen, dem Spuk ein Ende zu bereiten, scheitern sollte.

Der Zufall wollte es (Zufälle sind für eine solche Geschichte immer von Vorteil, um den Protagonisten nicht in terminliche Gewissenskonflikte oder den Autor in Erklärungsnöte zu bringen), dass sich der Todestag Margarethas bereits in sieben Tagen zum vierzehnten Mal jährte. Solange konnte Sebaldus getrost warten, ehe er weiterzog. Ob er den Gral nun eine Woche früher oder später fand, blieb sich gleich. Viele Jahrhunderte harrte dieser bereits seiner Entdeckung, da kam es auf ein paar Tage wohl nicht an.

Nicht nur die Knappen, auch Sebaldus machte sich in der Zwischenzeit nützlich. Besondere Aufmerksamkeit widmete er Kunigunde, welche ob seiner „uneigennützigen Pflege" regelrecht aufblühte und bereits nach drei Tagen vollständig genas. Der Markgraf registrierte es zwar argwöhnisch, doch schlussendlich schulterzuckend. Er war ein praktischer Mensch und gewohnt, Prioritäten zu setzen. Da kam die Beendigung des Spuks nun mal an erster Stelle! Im Übrigen konnte er Sebaldus nichts beweisen.

Der Tag der Wahrheit nahte. Albrecht fragte Sebaldus am Vorabend unumwunden, wie er sich die Geisterbeschwörung vorstelle und ob er sich überhaupt darauf verstehe.

Der antwortete verhalten: Er sei durchaus mit der Materie vertraut. Seine Reisen in ferne Länder wären ihm zustattengekommen. Wer seine Lehrmeister waren, dürfe er nicht verraten, wolle sein Bemühen erfolgreich sein. Er werde die üblichen magischen Kreise ziehen, Weihrauch verbrennen, Beschwörungsformeln aussprechen und aus dem, was da käme, das Beste machen. Mehr bekam der Markgraf nicht aus dem Ritter heraus.

Es erübrigt sich eigentlich, zu erwähnen, dass Sebaldus selbst nicht die geringste Ahnung von Geisterbeschwörungen und dergleichen hatte. Er vertraute auf sein Glück und der günstigen Sternenkonstellation, um ungeschoren davonzukommen.

Das Gespenst ließ sich nur einmal im Jahr blicken. Was lag da näher, als dem Burgherrn einzureden, dass es nach Sebaldus' „Behandlung" nie wiederkehren werde! Albrecht würde wohl kaum darauf bestehen, mit der Auszahlung der Prämie bis zum nächsten Spuk zu warten.

Zwei Stunden vor Mitternacht postierte sich Sebaldus mit gemischten Gefühlen auf dem Söller in einem dunklen Winkel. Jetzt nur nicht die Nerven verlieren! Abwarten und Tee trinken. Zu dumm, dass er keinen dabei hatte. Er überlegte. Wenn ich sie nicht anblicke, kann mich der Fluch nicht ereilen, sagte er sich.

Während er noch grübelte, erscholl ein verhaltenes Stöhnen von der Luke her, durch welche sich der Ritter gezwängt hatte. Sebaldus drückte sich, den Atem verhaltend, noch tiefer in seinen Winkel. Die Augen hielt er fest geschlossen. Nur für alle Fälle …

Schlurfende Geräusche brachten ihn in die Wirklichkeit zurück. Dazu ein Räuspern, wie es nur ein Mann hervorbringen kann. Dann ein unterdrücktes Fluchen.

„Scheiß was drauf!", vernahm der Lauscher in seiner Ecke. „Hab ich mir doch den Saum des Kleides ruiniert beim Aufstieg. Na, wird auf die Entfernung kein Schwein mitbekommen. Herrgott, wenn nur der Alte endlich klein beigeben und das Weite suchen tät, wie froh wäre ich! Jahr für Jahr diesen Mummenschanz zu veranstalten, ist wahrhaft kein Vergnügen."

Sebaldus öffnete die Augen. Das war tatsächlich eine Männerstimme! Was, zum Teufel, ging hier vor?

Der „Geist" begann langsamen Schrittes, die Zinnen des Söllers entlang zu wandeln. Dabei hielt er eine Blendlaterne so vor seinen Körper, dass seine Gestalt beleuchtet wurde, und stieß leise wimmernde Laute aus. Den rechten Arm bewegte er, als wollte er imaginäre Fliegen verscheuchen. Allmählich näherte er sich dem Versteck des Ritters. Sebaldus schnellte empor und warf sich auf das Möchtegern-Gespenst. Beide fielen unsanft zu Boden.

„Au, verdammt, wer ist da?" Vor Schreck war das „Gespenst" nicht in der Lage, Gegenwehr zu leisten.

„Sebaldus von Bleichwang! Dein Schicksal, du Blödmann", kam es zurück.

Der „Geist" wollte sich nun wehren, wurde jedoch vom Ritter vermittels eines Faustschlags gegen die Schläfe in die Bewusstlosigkeit befördert. Als er zu sich kam, lag er gefesselt am Boden des Söllers. Vor ihm hockte eine Gestalt, die ihn abschätzig musterte. Der Schein der Laterne war auf das „Gespenst" gerichtet. „Wer seid Ihr?", presste Letzteres hervor, „Und was wollt Ihr von mir?"

„Zunächst nur eine Erklärung für dein Handeln", erwiderte Sebaldus. „Und ich rate dir, bei der Wahrheit zu bleiben, wenn dir dein Leben lieb ist!"

Das „Gespenst" senkte den Kopf. „Nun ist alles aus. Einmal musste es ja dazu kommen." Es sah seinem Gegenüber jetzt offen ins Gesicht. „Wohl an denn, ich bin Heinrich, der einzige Sohn aus erster Ehe. Der rechtmäßige Erbe meines Vaters Vermögen. Nichtsdestotrotz wurde ich um mein Erbteil geprellt. Vater vermachte testamentarisch alles meinen Halbbrüdern. Das wollte und konnte ich nicht hinnehmen. Ihr versteht das sicher nicht …"

„Ist's an dem, wie Ihr sagt, verstehe ich es sehr wohl und hätte auch nicht anders gehandelt. Doch sagt, wie habt Ihr das bewerkstelligt?"

„Was meint Ihr?"

„Wie konntet Ihr beispielsweise wissen, wer Euch gesehen hat, um ihm dann Hab und Gut zu nehmen?"

„Aus Gesprächen auf dem Markt und in den Schänken erfuhr ich, wer die Weiße Frau zu Gesicht bekommen hatte. Deshalb konnte ich gezielt vorgehen."

„Hattet Ihr denn keine Skrupel?"

„Skrupel? Warum? Hatte sich mein Vater von solchen leiten lassen, als er meine Mutter betrog und mich um mein Erbteil brachte?"

„Aber die Leute konnten doch nichts dafür!"

„Meint Ihr? Jeder in der Umgebung hat aus Furcht vor Repressalien seine Augen vor dem Treiben meines Vaters verschlossen. Ebenso seine Tür, als es galt, meiner Mutter ein Obdach zu bieten. Und ging doch heimlich mit dem Wunsche schwanger, der Burgherr möge sich zum Teufel scheren. Da gibt es kaum Ausnahmen. Horcht Euch nur um. In den Wirtshäusern, auf dem Markt, ja selbst in der Kirche."

„Und Ihr? Habt Ihr nicht Eure Mutter ebenfalls im Stich gelassen?"

Heinrich atmete geräuschvoll aus. „Das mag Euch jetzt so scheinen. Doch konnte ich nicht mit ihr gehen. Diesen Triumph wollte ich Vater nicht gönnen. Büßen sollte er. Seine Schuld, mein angestammtes Erbteil, bezahlen. Das machte es erforderlich, dass ich im Lande blieb. Vater wusste nichts davon, dachte, dass ich mich aus dem Staub gemacht hätte. Wie sollte ich auch ahnen, dass Mutter wenig später an gebrochenem Herzen stürbe? Ein Medaillon mit ihrem Bildnis, das ich um den Hals trage, ist das Einzige, was mir von ihr geblieben ist."

„Hm", brummte Sebaldus nachdenklich. „Wenn ich Euch doch nur glauben könnte …"

„Greift nur getrost an meine Brust. Da findet Ihr das Kleinod. Ich habe es nachmachen lassen, als Vater es vernichtet hatte. Vom selben Juwelier übrigens, der auch das Original fertigte und noch das Bild meiner Mutter besaß."

„Das meine ich nicht. Die ganze Geschichte ist's, die mir so unglaublich scheint."

„Bedenkt, dass es niemandem ans Leben ging. Stets nahm ich nur soviel, wie ich verantworten konnte. Und doch genug, um Angst und Schrecken zu verbreiten. Auch bekam ich in den letzten beiden Jahren kaum noch zu tun. Der sogenannte Fluch sprach sich mittlerweile herum. Die Leute meiden die Burg, wie der Teufel das Weihwasser. Und dies nicht nur am Todestag meiner geliebten Mutter."

Sebaldus grübelte eine Weile still vor sich hin. Dann sagte er: „Ich will Euch glauben, Heinrich. Als ich durch die Herolde Eures Vaters Anerbieten vernahm und mich im Dorf erkundigte, was es mit der gespenstigen Weißen Frau auf sich hätte, erzählte man mir die ganze Vorgeschichte. Ich werde Euch jetzt die Fesseln lösen. Und dann beratschlagen wir, was ferner zu tun ist!"

Am nächsten Morgen war der Burgherr begierig zu erfahren, was der Ritter hatte ausrichten können. Nach dem gemeinsamen spartanischen Frühstück im großen Saal stand ihm Sebaldus in Anwesenheit Kunigundes Rede und Antwort.

„Ich will Euch nicht verhehlen, dass mein Handeln von Erfolg gekrönt war."

Albrecht atmete auf, während seine Augen zu leuchten begannen. „Tatsächlich?"

„Nun", sagte Sebaldus, „frohlocket nicht zu früh. Es gibt da eine gute und eine schlechte Nachricht. Welche möget Ihr zuerst hören?"

„Die schlechte natürlich!", knurrte Albrecht enttäuscht und setzte für sich hinzu: „Dass es immer auch eine schlechte geben muss …"

„Hab ich Euer Wort, dass ich ohne Umschweife reden kann, wie mir der Schnabel gewachsen ist?"

Der Burgherr winkte ab. „So redet schon!"

„Nun – kurz und knapp: Ihr werdet übers Jahr das Zeitliche segnen! Und Eure Frau mit Euch."

Kunigunde entfuhr ein kurzer Aufschrei. Albrecht war starr vor Entsetzen. Er atmete schwer. „Das Zeitliche segnen? Gerechter Himmel, was vermag dann wohl die gute Nachricht zu sein?"

„Ihr könnt Eurem Schicksal unter bestimmten Bedingungen entgehen."

„Die da wären?" Albrechts und Kunigundes Blicke hingen gebannt an den Lippen des Ritters.

„Ihr müsst innerhalb eines Monats die Burg räumen, außer Landes gehen, und dürft nie wieder zurückkehren. Ein Lastkarren voll Habseligkeiten, fünf Prozent Eures Barvermögens sowie sechs Zug- und zwei Reitpferde seien Euch gewährt. Das übrige Geld, Gold und sonstige Geschmeide, müsst Ihr zurücklassen und Euern gesamten Besitz ohne Wenn und Aber an Euern Sohn Heinrich überschreiben. So will es die Weiße Frau, Eure verblichene Margaretha! Und nur, wenn Ihr all dies wörtlich und pünktlich erfüllt, dürft Ihr am Leben bleiben."

„Heinrich!", hauchte Albrecht. „Er gilt seit vielen Jahren als verschollen." Dann hob er misstrauisch den Kopf. „Wer sagt mir übrigens, dass Ihr die Wahrheit sprecht?"

Sebaldus zog etwas aus seinem Wams und hielt es Albrecht vor die Nase. „Kennt Ihr dies hier?"

Albrechts Augen drohten aus ihren Höhlen zu treten. Er wollte nach dem Medaillon greifen, zog jedoch die Hand zurück und murmelte: „Großer Gott, das ist ihr Bildnis. Das war mein Geschenk zur Verlobung. Aber das ist unmöglich. Sie hatte es zurückgelassen und ich habe es in der Glut des Kaminfeuers zu einem formlosen Klumpen geschmolzen. Woher habt Ihr es?"

„Ich war gestern Nacht auf dem Söller, wie Ihr wisst. Ratet, wer es mir gab."

„Aber, wie ist das möglich? Es verbrannte doch …"

„Wie ist es möglich, dass Eure Verblichene als Geist umher wandelt?"

Albrecht sank in die Lehne seines Stuhls. „Ihr habt recht. Also doch. Es ist doch wahr." Er würgte einen Kloß hinunter. „Und ... Heinrich ... lebt?"

„Irgendwo in Schlesien. Nicht weit genug weg, um nicht sein Erbe antreten zu können."

Kunigunde schluchzte heftig, während Albrecht kreideweiß in seiner Lehne hing. „Es ist gut", flüsterte er. „Lasst uns nun, bitte, allein."

Der Rest der Geschichte ist schnell erzählt: Albrecht, der Entartete, wartete nicht bis zum letzten Tag des von der Weißen Frau gesetzten Ultimatums. Innerhalb einer Woche hatte er seine Siebensachen gepackt, sein Testament gemacht und – seine jammernde Kunigunde im Schlepptau – dem Land den Rücken gekehrt. Die Staubfahne seines Gespanns hatte sich am Horizont noch nicht in alle Winde zerteilt, da übernahm Heinrich das Zepter auf der Brandenburg.

Ritter Sebaldus von Bleichwang widmete sich wieder der Suche nach dem Heiligen Gral. Von Albrecht reich belohnt und von seinem Sohn zusätzlich beschenkt, verlor sich seine Spur Jahre später irgendwo in der Ägäis.

Ob er den Heiligen Gral wirklich fand? Wir wollen es ihm gönnen. Und wer weiß – möglicherweise ist er ja heute noch auf einer Suche. Vielleicht auf der nach dem Goldenen Kalb oder dem Bernsteinzimmer?! Zuzutrauen wäre es ihm.

Am Anfang war der Lehm

- Sina Blackwood -

Hubert Müller hatte das imposante Umgebindehaus von seinen Eltern geerbt, die wiederum von den ihren und so weiter. Irgendwo im 12. Jahrhundert lag der Ursprung seines Domizils mit dem kleinen Garten, welches seitdem immer wieder umgebaut und erweitert worden war. Anno 1208 hatte Saalfeld das Stadtrecht erhalten und die Müllers ordneten sich in die gehobene Mittelschicht der Gesellschaft ein. Bis heute. Hubert fühlte sich zu noch Höherem geboren und glaubte, das auch durch die Optik seines Hauses ausdrücken zu müssen. Also sollte das Bauwerk einen gläsernen Wintergarten erhalten, der fast das ganze Grundstück einnehmen werde.

Die Albträume, schon zu Beginn der Planungs- und Vermessungsarbeiten, hielt Hubert für einen dummen Zufall, dem er keinerlei Bedeutung beimaß. Auch die Kopfschmerzen, als man Anker in das Erdreich setzte, um die protzigen Glasfronten errichten zu können, ignorierte er geflissentlich.

Erst, als er das Gefühl hatte, man würde ihm den Bohrer ins eigene Fleisch jagen, statt in die Holzbalken des Hauses, wurde er nachdenklich. Mit jeder Schraube brannte sein Körper in einem wahren Höllenfeuer.

Hubert fühlte sich von Tag zu Tag elender. Sein Arzt verordnete ihm schließlich Ruhe, weil alles nach einem handfesten Burnout aussah. Um sich wirklich erholen zu können, ließ Hubert sogar den Bau stoppen. Sofort ließen die undefinierbaren Schmerzen nach, um nach 24 Stunden völlig zu verschwinden.

Mitten in der Nacht tigerte er zum Kühlschrank, wo noch eine halbe Flasche Mineralwasser zu finden sein musste. Statt sich in seinen Lieblingssessel zu setzen, blieb er am Fenster stehen und schaute auf die verlassene Baustelle. Der Vollmond funkelte in den bereitstehenden Glastafeln und Hubert legte die Wange an die weiß getünchte Lehmwand seines Arbeitszimmers.

Warum quälst du dich und uns?

Hubert zuckte zusammen und schaute sich um. Er war allein. „Oh, mein Gott! Ich glaube, ich habe ein ernsthafteres Problem!", stöhnte Hubert. „Ich höre ich schon Stimmen."

Auf sie solltest du hören.

„Wie?" Hubert schaute sich gehetzt um. Da war niemand. Fast in Zeitlupe stellte er das Glas auf dem schmalen Fensterbrett ab, stützte sich mit beiden Händen auf und stöhnte gequält.

„Na, na, na! Wer wird denn gleich! Lege deine Stirn an die Wand, schließe die Augen und halte für drei Sekunden den Atem an!", hörte er ganz deutlich eine Stimme wispern.

Hubert nickte mechanisch und folgte der Anweisung. Was konnte schon geschehen, wenn er es tat? Zuschauer gab es keine und er werde sich hüten, jemandem davon zu erzählen.

Die Wand fühlte sich warm an. Ein leichter und keinesfalls unangenehmer Hauch Lehmgeruch ging von ihr aus. Hubert schloss beinahe wohlig die Augen. Als er gerade eins mit sich und der Welt werden wollte, begann sich Letztere unvermittelt zu drehen.

Ein Strudel aus Klängen, Gerüchen und Farben zog ihn mit sich. Hubert riss die Augen auf. Das Zimmer blähte sich ihm entgegen, die Möbel wuchsen auf ein Vielfaches. Am Ende fühlte er sich wie Insekt, welches mühsam versuchte, sich in fremder Umgebung zu orientieren. Als er endgültig in Panik verfallen wollte, spürte er eine Berührung an der Schulter. Hubert kreiselte herum. Gütige Augen schauten ihn aus einem uralten faltigen Gesicht mitleidig an.

„Herzlich willkommen, Hubert", sprach der Alte.

Und für Hubert klang das fast so, wie das Knarren der jahrhundertealten Balken des Hauses. Mehrere andere alte Männer näherten sich ihnen. „Wer … wer seid ihr?", stammelte er, als er sich etwas von seinem Schreck erholt hatte.

Der Faltige lächelte nachsichtig. „Man nennt uns die Seele dieses Hauses. Gerade du solltest uns kennen. Dein Großvater hat dir oft von uns erzählt. Erinnerst du dich?"

Hubert nickte noch einmal. Die Szenen aus der Vergangenheit zogen als Gedankenblitze durch sein Hirn. Großvater kannte wundersame Geschichten. Auch die, dass das Knarren eines Hauses davon zeugt, dass es lebt. Es atmet ein und atmet aus. Wenn das Haus gesund ist, dann ist es auch der Mensch, der darin lebt, hatte er immer wieder betont und dabei liebevoll die alten Lehmwände gestreichelt.

„Ja, dein Großvater war ein weiser Mann", schmunzelte Huberts Gastgeber. „Er kannte uns noch mit Namen."

„Und mein Vater?", fragte Hubert.

„Er wusste schon nicht mehr, wie wir heißen, hat uns aber stets respektiert. Unser Rat war ihm wichtig."

Hubert bekam große Augen. „Hat er deshalb immer eine Nacht in jenem Raum geschlafen, den er umgestalten wollte?"

„Richtig!", freute sich der Greis. „Du bist pfiffiger, als ich vermutet habe."

„Danke", sagte Hubert fast verlegen. Der, hätte ein Mensch so mit ihm gesprochen, sicher fuchsteufelswild geworden wäre.

„Zumindest hast du gute Anlagen, sonst hättest du die Schmerzen dieses Hauses nicht gespürt", fuhr der Fremde fort. „Wie wäre es, wenn ich dir unsere Welt zeigte?"

Diesmal nickte Hubert sehr erfreut.

„Na, dann wollen wir mal." Der alte Mann deutete in einen finsteren Spalt. „Wir beginnen den Rundgang auf dem Querbalken, der das Obergeschoss mit deinem Arbeitszimmer trägt."

Hubert riss die Augen auf. „Dann bin ich jetzt wirklich so klein wie ein Sandkorn? Der Balken schaut doch nur einen einzigen

Millimeter aus dem Lehm, mit dem die Wand gefüllt wurde. Dieser Weg hier ist doch bestimmt zwei Meter breit!"

Der Alte kicherte amüsiert. In Huberts Ohren klang das, wie das Rieseln in den Wänden, wenn starker Sturm tobte. „Du bist nicht einmal sandkorngroß – ein Lehmstäubchen bist du! Das, was du da drüben siehst, ist auch kein Holzbalken, sondern ein winziger Span von einem Strohhalm, der dem Lehm Festigkeit gibt."

„Unglaublich!", murmelte Hubert. Er musste den Kopf weit in den Nacken legen, um das obere Ende des Spans sehen zu können. Als Kind hatte er oft dem Großvater geholfen, Lehm mit Strohhäcksel zu mischen, wenn dieser kleine Schäden am Haus ausbesserte. Vielleicht hatte er diesen Span sogar selber einmal eingeknetet.

„Kann schon sein", bekräftigte der alte Mann.

Hubert horchte auf. „Könnt ihr etwa Gedanken lesen?"

„Natürlich", erwiderte der Alte sehr zufrieden. „Sonst hätten wir wohl erst erfahren, was du mit dem Haus vorhast, wenn es zu spät gewesen wäre."

Plötzlich konnte Hubert sein Haus sehen, wie er sich zuletzt erträumt hatte. Der fertige Wintergarten strahlte in der Sonne. Er sah prächtig aus. Hubert rümpfte die Nase. Irgendetwas roch komisch. Nach ein paar Minuten stank es so gewaltig nach Fäulnis, dass ihm richtig übel wurde.

„Du darfst den Lehm nicht einsperren", erklärte der Greis mit beschwörender Stimme. „Zuerst wird dein Haus krank. Es wird feucht, es schimmelt, die Balken werden faulen und die Keime verkriechen sich heimlich in alle Winkel."

Hubert schluckte. Er wusste, dass auch er dann erkranken werde, ohne dass die Ärzte sofort die Ursache finden würden.

Der Greis führte ihn ein Stückchen in die Wand hinein. Ein frischer Luftzug traf Hubert, der nach dem Schimmelschock tief durchatmete.

„Siehst du, so atmet auch dein Haus. Der Lehm schafft ein frisches Klima. Er hält von innen die Wärme und lässt Feuchtigkeit nach außen durch. Auch in dieser Zeit planen immer mehr Architekten kleine Häuser mit uralten Baustoffen."

„Hab davon gehört", gestand Hubert. „Woher weißt du das aber alles?"

„Aus deinem Fernseher", grinste der alte Mann. „Ist nicht alles schlecht, was Menschen im Laufe der Jahrhunderte erfunden haben. Das Ding verbreitet viel Unsinn, aber manchmal auch wirklich goldene Worte." Er stieß Hubert blinzelnd an. „Hast übrigens lauthals schnarchend in deinem Sessel geschlafen, als die Sendung über moderne Lehmbauweise lief."

„Ach herrje!" Hubert kratzte sich am Kopf. „Hab wohl wirklich was verpasst."

„Hast du."

„Sprachen sie da auch von euch?" Hubert schaute neugierig.

Der alte Mann schmunzelte. „I wo!", dabei schloss er einen winzigen Spalt im Lehm, indem er seinen Finger anleckte und zwei Mal über den Riss strich.

Hubert schaute, staunte und fragte schließlich: „Wie alt bist du? Wo kommst du her? Lebt ihr in Familien?"

Ein herzhaftes Lachen antwortete ihm. „Junge, so gefällst du mir! Endlich fragst du, was hier abläuft! Komm, setzen wir uns einen Augenblick auf diesen Quarzsplitter. Den solltest du übrigens sehr gut in deinem Gedächtnis behalten", fügte er noch hinzu. Dann streckte er neben Hubert behaglich die Beine aus und begann zu erzählen:

„Am Anfang war der Lehm. Nein, nein, du brauchst nicht zu erschrecken, ich will nicht bei Adam und Eva loslegen. So alt bin ich dann doch nicht. Ich will dir nur erklären, dass Lehm schon immer ein gutes und fast überall zu findendes Baumaterial war. Hier, in unseren Breiten, muss man ihn natürlich vor dem Regen und sonstiger Feuchtigkeit schützen, was in der Wüste eher nicht vonnöten ist. Also bekommen die Häuser ein Dach, das Regen und Schnee gut ablaufen lässt. Du hast ein Schieferdach, weil Schiefer hier in dieser Region reichlich zu finden war und ist. Keine Sorge, ich komme schon noch zum Kern der Sache.

Also: Ich und viele meiner Freunde stammen aus einer Lehmgrube am Ufer der Saale. 1187 kamen deine Vorfahren und holten Baumaterial für ein komfortables Eigenheim, wie man heute sagen würde. Neugierig krochen wir mit in die Körbe. Schließlich lockte ein großes Abenteuer. Damals war das Erdgeschoss gerade im Bau. Es wurde mit Bruchsteinen hochgemauert und die waagerechten Balken gelegt, die das Obergeschoss tragen sollten. Die ersten Fuhren Lehm wurden verwendet, um den Baugrund etwas auszugleichen.

Dann bekamen ein paar Halbwüchsige die Aufgabe, Strohhäcksel und Lehm zusammenzukneten. Du kannst dir sicher vorstellen, wie wir gesprungen sind, um nicht zertreten zu werden! Sie stampften schließlich mit ihren nackten Füssen die Masse. Am Ende drückte man den feuchten Baustoff in die Lücken zwischen den Balken.

Natürlich waren auch wir sofort zur Stelle. Die Kreativität der Menschen gefiel uns und wir beschlossen, nicht mehr in unsere alte ewig feuchte und kalte Lehmgrube zurückzukehren. Stattdessen wollten wir unsichtbar und unbemerkt den stolzen Bewohnern des interessanten Bauwerks helfen. Dass wir eine gute Entscheidung getroffen hatten, merkten wir im Spätherbst, als ein Kamin auch unser Domizil in den Wänden herrlich erwärmte.

Seitdem kontrollieren wir die Luftzirkulation, schließen kleine Risse im Material und wachen darüber, dass nichts den Fluss der Energien stören kann."

„Den Fluss der Energien", wiederholte Hubert nachdenklich. „Was geschah mit euch, als das Haus umgebaut wurde?"

„Es war ein bisschen turbulenter als sonst", verriet der alte Mann. „Sonst lief alles in geordneten Bahnen. Bei jedem Umbau kamen neue Helfer aus der Lehmgrube mit. Das erklärt auch, warum du so viele, unterschiedlichen Alters, von uns hier siehst. Es hatte sich rasch herumgesprochen, welch gutes Leben man haben kann, wenn der Besitzer des jeweiligen Häuschens auch nur einen Funken klaren Verstand hat. Wir sprechen mit den Menschen, wenn es Probleme gibt. In ihren Träumen können sie unsere Botschaften empfangen."

„Und wenn das nicht reicht, dann greift ihr zu drastischeren Mitteln", warf Hubert ein, auf seine Schmerzen anspielend.

Der Alte wiegte sacht den Kopf. „Das ist nur bedingt richtig. Du kannst unsere Sorgen und Nöte und die Schmerzen des Hauses nur fühlen, weil du hier geboren und eng mit dieser Welt verbunden bist. Tief in deinem Inneren weißt du ganz genau, was gut und schlecht für dein Domizil ist. Deshalb hast du ja auch lange gezögert, ehe du überhaupt die ersten Schritte für deinen Glasbau unternommen hast. Wobei es mich schon sehr erstaunt, dass sie dir wirklich eine Genehmigung dafür erteilten."

Hubert seufzte. Die Worte des alten Mannes hatten ihn tief berührt.

Der erhob sich. „Am besten setzen wir nun unseren Weg fort, reden können wir auch beim Laufen."

Hubert schaute sich noch einmal um. Das Labyrinth der Gänge war ihm nun viel weniger fremd. Hinter der nächsten Biegung trafen sie auf eine Gruppe junger Männer, die besorgt eine geborstene Holzwand betrachtete, in die sich etwas Gigantisches, Metallisches hineingearbeitet hatte.

„Das sieht nicht gut aus", wandten sie sich an den Alten. „Wir können hier nichts tun. Dringt Feuchtigkeit ein, dann wird das Holz faulen."

„Was ist das?", fragte Hubert unangenehm überrascht.

„Ach, schau an! Der große Chef persönlich!", rief einer der ganz jungen Männer bei seinem Anblick. „Das ist eine der Schrauben, die dein komisches Glasding halten sollen. Sägst du dir öfter genau den Ast ab, auf dem du sitzt?"

„Oh je, diese Jugend!", murmelte der Alte. „Kein Respekt."

„Er hat ja recht", warf Hubert schnell ein. „Ich werde die Schrauben sofort entfernen und die Löcher verschließen lassen. Ich habe nicht geahnt, was ich heraufbeschwöre."

Ein paar Schritte entfernt ertönte Babygeschrei. Der alte Mann ging mit Hubert hinüber, um zu ergründen, warum das Kind weinte.

„Der kleine Racker hält uns ganz schön auf Trab", stöhnte sein Babysitter. „Es wäre wirklich besser, ihn wieder in die Grube zurückzubringen. Kannst du es dem großen Chef irgendwie beibringen?"

Hubert wurde blass. Er hatte vor einer Woche Lehm für anstehende Reparaturen aus einer Grube geholt und wohl dabei den Kleinen von seiner Mutter getrennt.

Sein Führer durch die Lehmwelt begann zu lachen. „Keine Sorge, du hast dir nichts zuschulden kommen lassen. Bei uns gibt es keine Frauen. Wir sind Neutren. Wir entstehen und vergehen.

Am Anfang ist immer der Lehm. Das ist seit Anbeginn der Zeit so. Unseren Filius hat möglicherweise ein Regenguss dahin gespült, wo er mit seinem Entwicklungsstand nicht hätte sein dürfen.

In der Grube kann er mit Gleichaltrigen herumtoben und langsam die Welt begreifen lernen. Hier ist er wirklich fehl am Platze. Er ist zudem in einem Alter, wo er ständig feucht gehalten werden muss, damit er gut gedeihen kann."

„Was kann ich tun, damit er wieder dahin zurückkommt, wo er hingehört?", fragte Hubert betroffen.

„Du musst beim nächsten Regenguss das kleine Bröckchen, welches aus deiner Wand genau rechts neben der Tür fallen wird, in die Grube werfen. Dann sucht er sich schon seinen Weg", erklärte der gütige Alte. „So, nun musst du zurück in deine Welt, denn wir haben noch viel zu tun. Jetzt, im Sommer, müssen wir täglich kontrollieren, ob sich keine Hitzerisse im Lehm bilden. Notfalls müssen wir feuchte Luft an diese Stellen fächeln, um sie zu kühlen. Aber du weißt ja selber am besten, wie viel Zeit und Arbeit darin stecken, ein Haus intakt zu halten."

„Kann ich sonst irgendetwas für euch tun?" Hubert schaute den alten Mann bittend an, wie es sonst nur ein Hund tat, der einen Knochen haben wollte.

Der Alte überlegte einen Moment. „Na ja, falls es dein Geldbeutel hergibt, dann wäre es absolut fantastisch, wenn der Hausflur etwas besser geheizt würde. Wir fächeln fast den ganzen Winter Luft, um die Feuchtigkeit niedrig zu halten. Und nun ab, in deine Welt!" Er stieß Hubert einfach vom Balken hinunter.

Huberts Angstschrei ließ das ganze Haus erzittern. Dabei war er nicht einmal wirklich gefallen. Er stand noch immer, die Stirn an der Wand, in seinem Zimmer. Er musste wohl im Stehen eingeschlafen sein.

Hubert rieb sich die Augen. „Mist! Was ist denn nun los?" An seinen Fingern war noch ein Sandkörnchen aus dem Putz gewesen, welches nun im Auge schmerzte. Vor dem Spiegel im Bad pulte er es heraus. Schlagartig fiel ihm sein seltsamer Traum wieder ein. Vorsichtig, als trüge er den wertvollsten Schatz, brachte er den Splitter in sein Arbeitszimmer, wo er ihn ins Zentrum einer winzigen runden Gesteinsprobendose mit Lupendeckel klebte. Der kleine Quarzkristall funkelte in allen Farben und Hubert wurde ganz wohlig ums Herz. Statt noch ein paar Stunden zu schlafen, suchte er sein Werkzeug zusammen. Mit dem ersten Sonnenstrahl stand er draußen auf der Leiter und drehte alle Schrauben aus den Balken. Die Löcher schloss er ganz akribisch mit Holzkitt. Dabei presste er ihn wirklich bis in den hintersten Winkel der Wunden im Holz. Kaum, dass das letzte Loch verschwunden war, fühlte sich Hubert fit und voller Tatendrang, wie schon lange nicht. Also begann er, in seinem Flur umzuräumen, damit die Wärme aus dem Kamin direkt an der Wand entlangstreichen konnte. Den Testlauf führte er durch, als der nächste Regenschauer die Temperaturen um ein paar Grad fallen ließ. Immer wieder ging er in den Flur, betastete mit der Hand die Wand und freute sich über seinen genialen Einfall. Sein Einfall?

Hubert hielt inne. Die vollständige Erinnerung kam wieder, als es neben der Tür ein knirschendes Geräusch gab, dem ein leises Rieseln folgte. Hubert riss seinen Regenumhang vom Haken, rannte hinaus und fand, wie es der Alte in seinem vermeintlichen Traum vorausgesagt hatte, einen Brocken Lehm auf dem Balken.

Mit spitzen Fingern nahm er ihn sanft auf, barg ihn in seiner Handfläche und eilte bei strömendem Regen die drei Kilometer zur Lehmgrube. Dort deponierte er das Klümpchen genau an jener Stelle, wo er den letzten Lehm geholt hatte.

„Geh nach Hause, kleiner Freund. Vielleicht sehen wir uns in ein paar Jahren wieder. Bis dahin, Lebewohl." Mit einem glücklichen Lächeln im Gesicht schlenderte Hubert zu seinem Haus zurück, das heute in innerem Glanz zu strahlen schien.

Wie es weiterging, wollt ihr wissen?

Nun, Hubert lernte kurze Zeit später eine junge Frau kennen, die in einer Neubauwohnung lebte und einen kleinen Töpferladen betrieb. Als sie das erste Mal das alte Fachwerkhaus betrat, blieb sie überwältigt stehen und rief. „Dieses Haus hat Seele! Einfach wundervoll!"

Hubert wusste sofort, dass er die richtige Wahl getroffen hatte. Wenig später wuchs als Anbau, statt des Wintergartens, eine kleine Töpferwerkstatt im Fachwerkstil empor.

Der winzige alte Mann schickte schon am ersten Tag viele fleißige Helfer auf die Baustelle und neue wanderten von der Lehmgrube ein. Hubert besorgte Strohhäcksel und Anne knetete alles unverdrossen zusammen. Dabei lachte sie fröhlich: „Am Anfang ist wohl immer der Lehm."

Am Blocksberg ist die Hölle los!

– Matthias Albrecht –

Ein Jubiläum steht ins Haus,
schon weiß man weder ein noch aus:
„Fünfhundert Jahre Hexenwesen" –
man konnt' es in der Zeitung lesen!

Wie feiert man nun solch ein Fest,
das alles alt aussehen lässt,
was sich zuvor ereignet hat?
Und – werden denn auch alle satt?

Man rechnet mit zehntausend Hexen,
die auf der Party woll'n relaxen.
Was sie dann darunter versteh'n,
wird man wohl früh genug noch sehn.
Sie bringen gar noch Gäste mit
Aus Eastwick, Salem, Rom, Madrid,
aus Budapest, Bern, den Ardennen –
Um nur die Wichtigsten zu nennen.

Ihr kennt sicher im Harz den Brocken.
Darauf ließ es sich prächtig rocken
Im Mittelalter, denn es stand
Dort kein Gebäude, keine Wand.

Heut sieht die Sache anders aus:
Hoch auf dem Berge steh'n ein Haus
und ein paar andere Gebäude –
die sind des Wahnsinns fette Beute!

Denn wenn die Hexen tanzen geh'n,
bleibt kein Stein auf dem andern steh'n.
Und grad zur Jubiläumsfeier
ist 's auf dem Brocken nicht geheuer!

In fast jeder Walpurgisnacht
es im Gemäuer mächtig kracht.
Bisher gelang's jedoch mitnichten,
größeren Schaden anzurichten.

Doch nun: Knapp zwanzigtausend Wesen
mit Hörnern, Hufen und auch Besen,
zieh'n ihre Kreise um den Berg;
Vollenden frech ihr grausam' Werk.

Es zittern Dächer, Balken, Wände;
Sie wanken, stürzen gar am Ende
in sich zusammen mit Getöse –
Die Hexen sind wahrhaftig böse.

Und auch die Teufel lassen sich
jetzt gehen – und zwar fürchterlich!
Sie reiten, so steht's dann, zu lesen,
die Hexen nackt – gleich auf den Besen.

Wer nicht grad poppt, der schnüffelt Drogen.
Hat durch den Rüssel sich gezogen
'ne Menge Stoff bereits seit Stunden.
Und dreht nun seine „eignen Runden".

Bald ist der Höhepunkt erreicht;
Der Berg 'nem Irrenhause gleicht.
Längst geht es drunter und auch drüber –
Doch ist die Party bald vorüber.

Schon liegen viele unterm Tisch.
Die Flugunfälle häufen sich.
Der Berg ist dicht mit Müll bedeckt,
die Nachbarn durch den Lärm geweckt.

Die Polizei macht nun behände
dem Treiben ein gar schnelles Ende.
Der Staat zeigt sich nicht grad gewogen:
Flugscheine werden eingezogen.

Bußgelder hagelt es zuhauf –
Selbst Junkies sind nicht mehr gut drauf.
Und man erteilt mit sehr viel Fleiß
der Bande einen Platzverweis.

Auf dem Blocksberg hat man seitdem
nie Teufel oder Hex' geseh'n.
Die treiben ihr Spiel vehement –
NUN IM EUROPA-PARLAMENT!

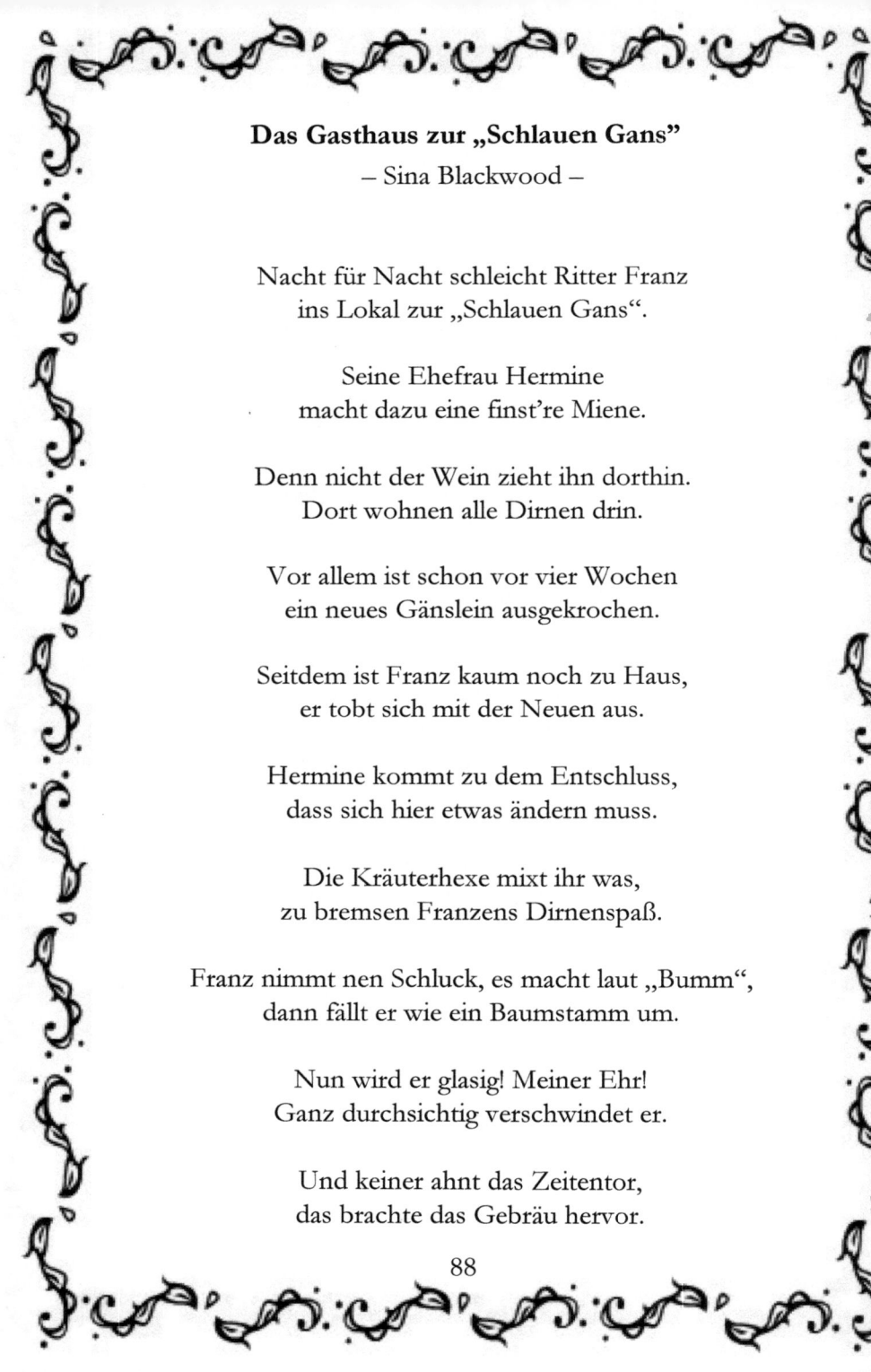

Das Gasthaus zur „Schlauen Gans"

– Sina Blackwood –

Nacht für Nacht schleicht Ritter Franz
ins Lokal zur „Schlauen Gans".

Seine Ehefrau Hermine
macht dazu eine finst're Miene.

Denn nicht der Wein zieht ihn dorthin.
Dort wohnen alle Dirnen drin.

Vor allem ist schon vor vier Wochen
ein neues Gänslein ausgekrochen.

Seitdem ist Franz kaum noch zu Haus,
er tobt sich mit der Neuen aus.

Hermine kommt zu dem Entschluss,
dass sich hier etwas ändern muss.

Die Kräuterhexe mixt ihr was,
zu bremsen Franzens Dirnenspaß.

Franz nimmt nen Schluck, es macht laut „Bumm",
dann fällt er wie ein Baumstamm um.

Nun wird er glasig! Meiner Ehr!
Ganz durchsichtig verschwindet er.

Und keiner ahnt das Zeitentor,
das brachte das Gebräu hervor.

Der Franz wacht auf im „Klub der Sinne".
21. Jahrhundert mitten drinne.

Schon knallt es wieder, doch diesmal mehr.
„Heh, süßer Fratz, wo kommst du her?"

Er spürt die Peitsche auf der Haut.
Vor ihm steht eine heiße Braut,

in Lack und Leder und halb nackt,
die ihn nun am Schlafittchen packt.

„Ich bin die Herrin, hier im Haus!
Sofort aus dieser Rüstung raus!"

Franz fehl'n die Worte, ist perplex.
Nie sah er eine schön're Hex'.

Und noch einmal die Peitsche kracht,
was Franz nun langsam wütend macht.

Über's Knie legt er die Ledermaid,
schlägt kräftig zu, ihm tut's nicht leid.

„Hier sage ich, was jeder macht,
weil's sonst noch mal gewaltig kracht."

Die Domina kommt zu dem Schluss,
dass Franz jetzt Chef vom Puff sein muss.

Weil er nicht mehr nach Hause kann,
nimmt er den Posten gerne an.

Er legt auch sofort grinsend fest:
„Ich mach mit allen täglich Test."

Er schwelgt im Glück bis an sein Ende,
nur die Hermine ringt die Hände.

Die stumme Annegret

– Matthias Albrecht –

Es soll, so erzählt man sich, irgendwann in den neunziger Jahren des vergangenen Jahrtausends an einem kalten, verregneten Septemberabend geschehen sein. Der Fotograf Christian Lederer, bereits halb durchnässt, fluchte leise vor sich hin. Er hatte sich zu spät auf den Heimweg gemacht und würde es vor Einbruch der Dunkelheit nicht zurück zur Pension schaffen. Immerhin musste es versucht werden. Deshalb nahm er eine Abkürzung durch den Forst. Verirren konnte er sich kaum. So weitläufig war das von Landstraßen umsäumte Waldstück nicht. Er schritt schnell aus und achtete wenig auf den Weg. Dabei ging ihm allerlei durch den Kopf.

Als Landschaftsfotograf war er ja einiges gewohnt, doch der heutige Tag zählte zu denen, die er am liebsten gleich im virtuellen Papierkorb seines Erinnerungsvermögens versenkt hätte: Erst des schlechten Wetters wegen kaum ein geeignetes Motiv gefunden, dann den Bus verpasst. Zu allem Überfluss waren ihm die Zigaretten ausgegangen.

„Verdammter Scheißregen!", knurrte Christian, trat auf eine glitschige Wurzel, ruderte mit den Armen durch die Luft und fiel nach vorn auf die Kameratasche. Das linke Schienbein prallte gegen einen Stein. Der Schmerz war grell wie ein Blitz. Einige Sekunden lang lag er still auf dem matschigen Waldweg. Seine ersten vier Gedanken: Du hast dir das Bein gebrochen! Du kommst hier nicht mehr weg. Gott macht keinen Unterschied zwischen Gläubigen und Atheisten. Hoffentlich ist wenigstens die Ausrüstung heil geblieben. Christian rappelte sich auf. Als er auf seinen Füßen stand, stellte er erleichtert fest, dass er sicher und ohne größere Schmerzen auftreten konnte. Die Kamera schien es ebenfalls überstanden zu haben. Er schmunzelte. Gott hatte ihm wohl, nur einen Denkzettel verpassen wollen. Von wegen fluchen, und so. Mithin hätte der es ja nicht gleich übertreiben müssen. Wenn der Herr kleine Sünden bereits derart bestrafte, wollte Christian nicht wissen, was er sich bei großen einfallen ließ. Mit einem Seufzer machte sich der Fotograf wieder auf den Weg. Er ging jetzt vorsichtiger und nahm damit einen noch größeren Zeitverzug in Kauf. Sein Schicksal wollte er aber nicht wieder herausfordern.

Dabei war Christian nicht wirklich gläubig. Er hatte sich auch noch nie groß Gedanken um Religion gemacht. Doch an einem Tag und Ort wie diesem konnte einem schon etwas mulmig ums Herz werden. Die Dämmerung schritt jetzt schnell voran.

Zwei Stunden später setzte sich Christian auf einen Baumstumpf und begann, bitterlich zu weinen. Er hatte sich nun doch verlaufen. Inzwischen war es Nacht geworden. Das Bein schmerzte zunehmend. Es regnete noch immer. Und das Schlimmste: Er hatte sein Handy verloren. Es musste aus der Brusttasche seiner Jacke gerutscht sein, als er gestürzt war. Nun konnte er sich nicht einmal über den Notruf orten lassen.

Als Christians Verzweiflung ihren Höhepunkt erreicht hatte, sah er ein kleines Licht. Es blitzte zwischen den Stämmen auf, verschwand für Sekunden, zeigte sich wieder und kam näher. Schließlich waren Schritte zu hören, und da das Licht drohte, in einiger Entfernung an Christian vorbei zu huschen, stand er schnell auf und tastete sich ihm durch das Unterholz entgegen.

„Hallo", rief er, „Ist da wer? Ich glaube, ich bin etwas vom Weg abgekommen."

Eine äußerst beschönigende Art, seine Anwesenheit zu erklären, zugegeben. Doch war es wohl nur Ausdruck der peinlichen Situation, in der er steckte.

Das Licht verharrte auf der Stelle, dann begann es Pendelbewegungen zu vollführen, als schwenke jemand eine Taschenlampe, um seinen Standort anzugeben. Christian näherte sich, und nun erkannte er eine kleine Gestalt in einem Regenumhang, die eine Laterne in der Hand hielt und eine Kiepe auf dem Rücken trug. Die über den Kopf gezogene Kapuze ließ keinen Blick in das Gesicht des Fremden zu.

„Da bin ich ja heilfroh, Ihnen zu begegnen", sagte Christian. „Ich wollte auf dem Weg ins Dorf hinunter abkürzen. Nun bin ich schon über zwei Stunden unterwegs und nicht mal auf 'ne Straße gestoßen. Können Sie mir weiterhelfen?"

Die Gestalt hob die Laterne, wies damit nach vorn und setzte sich wieder in Bewegung. Christian musste wohl oder übel folgen, wollte er nicht allein zurückbleiben.

„Sie haben wohl ein Schweigegelübde abgelegt?", fragte er gleichsam irritiert und amüsiert.

Die Gestalt ging, ohne sich umzuwenden, wortlos weiter. Christian bereute seine Frage. Wenn dem wirklich so sei, konnte er nicht mit einer Antwort rechnen. Doch ein Nicken hätte er schließlich auch akzeptiert. Nun ging es eine ganze Weile durch dunklen Tann, und Christian wollte schon fragen, wie weit es noch sei bis zum Dorf, als die Gestalt wieder ihre Laterne hob und nach vorn deutete.

Sie standen vor einem kleinen, windschiefen Häuschen, von dem man der Finsternis halber nur Schemen wahrzunehmen vermochte. Der seltsame Fremde öffnete die Tür und forderte Christian durch Handzeichen auf, ihm ins Innere zu folgen. Eine Weile stand dieser unschlüssig an der Schwelle. Die Sache war ihm nicht geheuer, andererseits verspürte er Hunger und Durst. Er war völlig durchnässt und fror. Und dann war da noch sein lädiertes Bein, das ihm zuzurufen schien: „Bis hierher und nicht weiter!" Was blieb ihm also übrig?

Das Häuschen glich eher eine Hütte. Die spärlichen Einrichtungsgegenstände muteten veraltet an. Die Laterne stand jetzt auf einem roh behauenen Holztisch. Daneben ein Vogelbauer, in welchem ein Kolkrabe saß. Er musterte Christian, schlug mit den Flügeln und krächzte etwas Unverständliches.

Dennoch glaubte Christian, zu verstehen: „Hast dich verlaufen, Dummbeutel!"

Der Fremde hatte sich am offenen Herd, vor welchem ein Schafsfell lag, zu schaffen gemacht und einige Scheite auf die Glut gelegt. Bald loderte ein wärmendes Feuer.

Christian indes fror in den durchnässten Sachen noch immer. Der Fremde wies ihn durch Handzeichen an, näher zum Herd zu treten und sich auf einen Schemel zu setzen. Dann verschwand er in einem Nebengelass.

Christian setzte sich, zog die Schuhe aus und streckte seine eiskalten Füße der wärmenden Feuerstelle entgegen, bis die feuchten Strümpfe zu rauchen begannen. Oh, wie gut das tat. Er war so mit sich beschäftigt, dass er erst aufsah, als er an der Schulter berührt wurde.

Beinahe wäre er vom Hocker gefallen. Alles hätte er erwartet, nur nicht das: Neben ihm stand ein hübsches Mädchen mit langen, blonden Zöpfen und hielt ihm lächelnd einen Krug vors Gesicht. Die braune Kutte aus grobem Leinen trug es noch immer, nur die Kapuze hatte es zurückgeschlagen. Das Mädchen bedeutete ihm, zu trinken.

Mechanisch griff Christian nach dem Gefäß und setzte es an seine Lippen. Bereits mit dem ersten Schluck fühlte er seine Lebensgeister zurückkehren. Wärme durchströmte ihn bis tief ins Innere, und mit jedem weiteren Schluck fühlte er sich erfrischter und kräftiger.

„Da schau her", sagte er. „Das hätte ich nicht erwartet".

Das Mädchen lächelte und deutete mit fragenden Augen im Wechsel auf das Getränk und auf sich.

„Ehrlich gesagt bin ich in erster Linie von deiner Erscheinung überrascht", gab er freimütig zu. „Obgleich ich sagen muss, dass dein Warmbier, oder was immer es ist, mir auch recht gut mundet. Aber was ist mit dir? Kannst du nicht sprechen oder hast du tatsächlich ein Gelübde abgelegt?"

Das Mädchen hielt den rechten Daumen empor, zeigte mit diesem in ihren geöffneten Mund und hielt sich dann die Hand an den Hals, während es den Kopf schüttelte.

„Also Ersteres", sagte Christian. Das Mädchen nickte. „Oh, das tut mir leid. Ein Unfall?"

Das Mädchen schüttelte abermals den Kopf. Es zeigte auf sich und machte dann eine Gebärde, als hielte es ein Baby, das es in den Armen wiegte.

„Verstehe", sagte Christian. „Du kannst von Geburt an nicht sprechen."

Wieder nickte das Mädchen.

Christian waren die Fragen ausgegangen. Er nippte an seinem Getränk, während das Mädchen ein schwarzes Tuch über den Vogelbauer warf, Christian in die Augen blickte, hinter sich auf einen riesigen Zuber wies, dann wiederum in sein Gesicht und schließlich eine Geste machte, die der erstaunte Fotograf unmöglich missverstehen konnte. Dennoch fragte er vorsichtshalber: „Ich soll mich ausziehen und dort hinein steigen?" Das Mädchen nickte.

Christian wollte seinen Augen nicht trauen. Aus dem Zuber stieg warmer Dunst empor. Im Nu war der Raum mit Kräuterduft erfüllt. Wie und wann, so fragte er sich, hatte sie das fertiggebracht? Als er zögerte, half sie ihm kurzerhand, sich seiner nassen Sachen zu entledigen. Christian ließ es verwirrt geschehen. Als es jedoch an die Unterwäsche gehen sollte, sträubte er sich.

„Willst du mich etwa ganz ausziehen?"

Wieder nickte die Kleine. Ihre Reaktion war die einer Frau, welche es völlig in Ordnung fand, dass er sich ihr splitterfasernackt präsentierte. Halb belustigt, halb beschämt, ließ Christian das Auskleiden über sich ergehen. Als er in der hölzernen Wanne saß, durchströmten ihn Wonnen, die er nie zuvor während eines Bades gefühlt hatte.

Und wieder wurde er überrascht. Seine Retterin zog sich nun ebenfalls aus und stieg zu ihm in das Bassin. Christian fehlten die Worte. Er registrierte die Unbekümmertheit dieses anmutigen Wesens mit Freude, gleichzeitig auch mit Scham.

Das Mädchen indes scherte sich nicht um seine Gefühle. Es griff nach einem großen Badeschwamm, tauchte ihn ins Wasser, rieb ihn mit einem Stück Seife ein und begann Christians Körper zu schrubben. Von oben bis unten, ohne eine Körperstelle auszulassen!

Er wusste nicht, ob er träumte oder wachte. Er wusste überhaupt von nichts mehr. Widerstandslos gab er sich dieser mehr als angenehmen Prozedur hin. Ja, er wünschte sich gar, dass sie nie enden wolle. Das warme Wasser, der Anblick des Mädchens und dessen Fingerfertigkeit lösten in Christians unteren Regionen Reaktionen aus, die er nicht beeinflussen, geschweige denn, verhindern konnte. Wenn die Schöne jetzt auch nur etwas länger dort weiterrieb ...

Ob sie etwas ahnte oder denselben Gedanken hatte – sie drückte ihm jedenfalls den Schwamm in die Hand, lehnte sich genüsslich zurück und schloss die Augen.

Christian verstand. Nun war er an der Reihe. Zärtlich fuhr er mit dem Schwamm über ihren Körper, der zu erbeben schien, je tiefer er kam. Als er eine gewisse Stelle aussparen wollte, führte sie seine Hand mit Nachdruck an selbige, dabei wieder den Kopf auf den Rand des Zubers zurücklehnend und – mit noch immer geschlossenen Augen – glücklich lächelnd.

Jetzt hielt Christian nichts mehr. Er schrubbte drauflos, was das Zeug hielt. Das Mädchen stöhnte kurz auf – immerhin ein Beweis, dass es in der Lage war, Laute von sich zu geben – und entriss ihm den Schwamm. Schleuderte ihn weit von sich, stand auf, stieg aus der Wanne, umklammerte Christians Handgelenk und zog ihn ebenfalls aufs Trockene. Dann ließ es sich rücklings vor dem Herdfeuer auf das Schafsfell fallen, spreizte die Beine und …

Ich werde an dieser Stelle nicht näher ausführen, was im Weiteren geschah – Sie sollten sich nun ihren Teil denken können. Jedenfalls führte dieser Abend zu einem Happy End, wie es sich unser Fotograf noch eine Stunde zuvor nicht hatte träumen lassen.

Als Christian am nächsten Morgen erwachte, fand er seine Schienbeinverletzung mit einer Bandage versorgt und die Bekleidung in ordentlichem, sauberem Zustand. Die Schöne indes war verschwunden. Ein Zettel lag auf dem Tisch:

Lebet wohl und habet ein wachsam Auge auf Euren Weg, auf dass Euch nichts Schlimmes mehr widerfahren möge. Und denket mit Dankbarkeit zurück an die stumme Annegret, so Ihr wieder einmal in diese Gegend kommet, wie auch sie selbst Euch aufrichtig Dank sagt für – Ihr wisst schon! Wenn Ihr dem Weg nach Norden folgt, werdet Ihr bald auf den Ort stoßen. Und nun – Gott befohlen!

Christian fand den altertümlichen Ausdruck des Schreibens befremdlich. Er wartete noch eine ganze Weile. Da sich das Mädchen indes nicht mehr blicken ließ, raffte er seine Sachen zusammen und verließ den Ort, der ihm solche Wonnen bereitet hatte. Den Zettel nahm er mit.

Er hielt sich an die Weisung seiner geheimnisvollen Schönen. Nach nur einer Stunde gelangte er auf freies Feld und wenig später an den Rand des Dorfes. In einer Gaststätte machte er Rast. Noch immer unter den Eindrücken des Erlebten stehend, hatte er Probleme, sich in die neue Situation zu finden und ein Gericht zu bestellen. Die Wirtin, welche ihm die verlangte Schachtel Zigaretten und das Bier brachte, spürte dies und fragte ihn geradewegs, ob er Schwierigkeiten mit der Speisekarte habe.

Christian verneinte, nestelte eine Zigarette aus der Schachtel, steckte sie in Brand, bestellte ein Schnitzel auf Brot und fragte, bevor sich die Wirtin abwendete, aus einer Laune heraus: „Ist Ihnen eine gewisse Annegret bekannt? Sie kann nicht sprechen. Ich glaube, sie ist eine Aussteigerin, Sie wissen schon. Eine, die der Gesellschaft den Rücken gekehrt hat und nun unter primitivsten Verhältnissen …“

Er unterbrach sich, denn die Wirtin machte große Augen und hielt die Hand vor den Mund, als hätte er ihr gerade einen Mord gestanden. Dann sah sie sich scheu um. Als sie bemerkte, dass sie unbeobachtet waren, beugte sich näher zu ihm und flüsterte: „Die stumme Annegret aus dem Wald?“

„Ja genau“, entgegnete Christian. „Sie wohnt da in einem kleinen Häuschen. Ich – eh – hatte eine Abkürzung nehmen wollen und mich – na ja, also – ich hatte mich irgendwie verlaufen. Na, jedenfalls hat mich die Annegret … – was ist mit Ihnen?“

Der Wirtin war alle Farbe aus dem Gesicht gewichen. „Sie haben sie also – auch – gesehen? Sie also auch?“

Christian schüttelte verwundert den Kopf. „Klar habe ich sie gesehen. Ich wollte doch nur wissen, ob Sie mir vielleicht …“

„Gott steh mir bei!“, presste die Wirtin hervor und bekreuzigte sich. „Das letzte Mal war's vor vier Jahren. Genau vor vier Jahren war's!“

Christian zog verblüfft die Brauen zusammen. „Was war denn vor vier Jahren?“

„Es passiert wohl immer nur im Herbst zur Tag-und-Nacht-Gleiche während eines Schaltjahrs, verstehen Sie? Wenn der Tag genauso lange dauert wie die Nacht. Wie gestern zu heute!“

„Was denn?“

„Dass man … Dass man sie sieht, die stumme Annegret. Wenn man gerade in der Nähe ihrer Behausung ist, meine ich.“

„Bekommt man sie den sonst nicht zu Gesicht?“, fragte Christian amüsiert.

„Wie können Sie nur so fra … – oh Gott, wissen Sie es denn wirklich nicht? Haben Sie nie davon gehört? Natürlich, Sie sind hier fremd, doch …"

„So reden Sie schon. Was hat es denn mit der Annegret auf sich?"

„Nicht so laut!", zischte die Wirtin und schaute sich wieder misstrauisch um. „Man darf ihren Namen nicht zu laut und zu oft aussprechen."

„Wieso denn", fragte Christian. Ihm überkam plötzlich ein ungutes Gefühl.

„Das ist für viele nur Aberglaube. Für die meisten halt. Aber wenn's rauskommt, dass ich's Ihnen gesagt hab, kommt niemand mehr in die Wirtschaft."

„Das ist doch Unsinn."

„Ist es nicht! Ich hab's von meiner Großmutter. Und die hat's von ihrer. Und die wiederum hat's von …"

„Ja, ja. Was ist denn nun mit der Annegret?"

„Psst! So sprechen Sie doch leiser! Nicht wahr, sie hat einen Vogel."

„Einen Vogel? Sie meinen, sie ist nicht ganz richtig im Oberstübchen?"

„Einen Raben, meine ich, hat sie. Und der weiß alles."

„Oh, ach der. Ja, den hat sie", lachte Christian.

„So lachen Sie doch nicht." Sie bekreuzigte sich abermals. „Das bringt Unglück! Der Vogel hat das, was man das ,Zweite Gesicht' nennt. Ein Hellseher und Wahrsager unter den Vögeln. Sie verstehen?"

„Saukomisch. Sagen Sie mir lieber, was es mit der Annegret auf sich hat."

Die Wirtin, die sich nicht ernst genommen fühlte, runzelte die Brauen. „Die Annegret ist schon …" Die Wirtin flüsterte so leise, dass Christian kaum etwas verstand. „Die ist schon seit vierhundert Jahren tot!" Abermals schlug sie ein Kreuz.

Christian glaubte, sich verhört zu haben. „Waaas? Seit wie vielen Jahren?"

„Vier-hund-dert!" Die Worte las er der Wirtin eher von den Lippen ab, als dass er sie vernahm.

„Aber das ist doch verrückt!"

„Nicht so, wie Sie denken."

„Sie meinen, ich habe mir das alles nur eingebildet?"

Die Wirtin zog die Oberlippe hoch und schüttelte leise den Kopf. „Wenn dem nur so wäre. Glauben Sie mir, dann wäre mir und Ihnen wohler."

„Aber ..." Christian zog die Hose empor, hielt das linke Bein hoch. „Sehen Sie hier. Ich hatte mich am Schienbein verletzt. Und Annegret versorgte meine Verletzung, indem sie ..." Er starrte ungläubig auf sein Bein. Weder von einer Bandage noch von der Wunde war etwas zu sehen. Nicht das Geringste. Nur unversehrte Haut. „Der Zettel!" Er suchte in seinen Taschen. „Sie hat mir einen Zettel geschrieben, auf dem sie mir den Weg ..." Wieder unterbrach er sich, denn auch der Zettel war verschwunden.

„Jetzt sehen Sie es selbst", flüsterte die Wirtin. „Es ist Hexerei. Die blanke Hexerei. Sind Sie nun überzeugt?"

„Sie meinen, Annegret wäre – eine Hexe?"

„War, lieber Freund. War! Sie wurde verbrannt. Auf dem Scheiterhaufen. Im September des Jahres 1596 zur Tag-und-Nacht-Gleiche. In einem Schaltjahr." Wieder bekreuzigte sie sich. „So, jetzt wissen Sie 's."

„Auf dem – Scheiterhaufen?"

Die Wirtin nickte bedeutsam. „Kräuterzauber", flüsterte sie. „Sie hat mit ihren Kräutern, mit Zaubersprüchen und schwarzer Magie einem Pfaffen sein Kind vorm sich'ren Tod bewahrt. Die Ärzte hatten den Kleinen längst aufgegeben. Wie auch die Herren der Kirche. Dass er dennoch gerettet wurde, konnte ja wohl nur mit'm Teufel zugehen."

„Man hat – hat sie verbrannt, obwohl sie ein Leben rettete?"

„Damals fragte man nicht nach dem Resultat, sondern nur nach dem Wie. Denn was nicht sein durfte und als unmöglich galt, konnte man nicht akzeptieren. Selbst der Kindesvater sah's ebenso."

„Aber – das ist doch der helle Wahnsinn!"

„Das sagen Sie! Damals dachten die Menschen anders. – Was ist los? Was haben Sie?"

„Mir ist irgendwie – schlecht."

„Es ist Ihnen auf den Magen geschlagen, nicht wahr? Ich hab vier Sorten Magentabletten und auch ‚dreierlei Tropfen'. Warten Sie nur, die werden Ihnen helfen …"

Eine Woche später machte sich Christian, dem das Erlebte keine Ruhe ließ, mit Handy, Karte und Navigationsgerät auf die Suche nach Annegrets Häuschen. Er hat das kleine Waldstück mehrmals generalstabsmäßig Meter für Meter durchkämmt.

Fündig wurde er nicht. So würde ihm wohl nichts weiter übrigbleiben, als vier Jahre später zur Tag- und Nachtgleiche wiederzukommen. Er nahm sich fest vor, es zu tun.

Ob er sein Vorhaben in die Tat umgesetzt hat, fragen Sie? Ich weiß es nicht. Man munkelt dieses und jenes. Kürzlich will ihn jemand gar in der geschlossenen Abteilung einer Psychiatrie gesehen haben.

Nach der stummen Annegret brauchen Sie sich jedenfalls nicht zu erkundigen. Sie würden nur noch furchtsame Blicke und eisiges Schweigen ernten. Auch von besagter Wirtin.

Aber wenn Sie wirklich darauf erpicht sind, herauszubekommen, ob etwas Wahres an der Geschichte ist, tun Sie sich keinen Zwang an und ziehen Sie selber los. Wir haben ja bald wieder ein Schaltjahr.

Der Nebelwald

– Sina Blackwood –

Als Sir James noch ein Dreikäsehoch war, der davon träumte, einmal Knappe zu werden, bläute ihm sein gestrenger Vater ein, den Nebelwald zu meiden. Das Warum blieb dabei stets unbeantwortet. Als folgsamer Sohn hielt James das Verbot auch peinlichst genau ein. Jedenfalls bis zu jenem Tag, als er seine Knappenausbildung mit Bravour hinter sich gebracht hatte und er zum Ritter geschlagen wurde.

Sir Edward, James' Vater, war auch jetzt nicht geneigt, nur eine einzige Frage über den Wald zu beantworten. Jedes Mal, wenn James das Thema auch nur von Ferne streifte, sprang der alte Herr auf, funkelte seinen Sohn wütend an und warf geräuschvoll die Tür hinter sich zu.

Genau so wenig konnte James über seine Mutter in Erfahrung bringen. Es hieß, sie sei wenige Tage nach seiner Geburt verstorben. Wen der junge Ritter auch fragte, niemand konnte oder wollte ihm Auskunft geben.

Heute war wieder einer jener Tage, an dem sein Vater wegen einer Kleinigkeit wie ein gereizter Tiger reagierte. Noch bevor sich hinter ihm die Tür schloss, rief James: „Ihr wollt es offenbar nicht anders! Noch heute reite ich in den Wald, um endlich Klarheit zu bekommen, was hier gespielt wird!"

„Das werdet Ihr nicht tun!" Edward blieb stehen, als sei er gegen eine Mauer gelaufen. Der Farbwechsel von Zornesrot zu Leichenblass geschah im Bruchteil einer Sekunde.

„Wer sollte mich daran hindern?!" James ging mit erhobenem Haupt an ihm vorbei und schloss beinahe lautlos die schwere eisenbeschlagene Tür. Sir Edward lief ein eisiger Schauer über den Rücken. Er kannte nur eine Person, die dies bisher fertiggebracht hatte – Lilian, seine Geliebte, mit der er vor der Hochzeit seine junge Braut betrogen hatte.

Manchmal hatte er sogar geglaubt, schwerhörig zu sein. Lilian erschien plötzlich, ohne dass man den Hall Ihrer Schritte gehört hatte. Aber die anderen Burgbewohner hatten auch ständig das Gefühl gehabt, Lady Lilian würde schweben, statt gehen. Und auch die Türen schloss sie ohne Geräusch, genau wie James es soeben wohl zufällig getan hatte.

Zumindest hoffte Edward auf den Zufall. Denn anderenfalls … Der Gedanke trieb ihm Angstschweiß auf die Stirn.

Das Trommeln galoppierender Pferdehufe auf der Zugbrücke ließ ihn zusammenzucken. Mit einem Satz, den man dem alten Mann nicht zugetraut hätte, stand er am Fenster. Er konnte gerade noch sehen, wie James in einer Staubwolke zum Tor hinaus ritt.

Der Nebelwald machte seinem Namen alle Ehre, wie James beim Näherkommen rasch feststellte. Aus der sengenden Glut der Julisonne auf den Wiesen ringsumher, tauchte er in eine düstere, feuchtkalte Welt ein, kaum dass er die ersten Bäume erreicht hatte.

Sein Pferd begann ängstlich zu schnaufen, und er hatte Mühe, das scheuende Tier vorwärts zu bringen. Unwillkürlich fasste er nach dem Knauf seines Schwertes. *Das würde Euch hier auch nichts nutzen*, hörte er eine Stimme ziemlich deutlich in seinem Kopf.

„Zeigt Euch!"

Wollt Ihr das wirklich?

„Wer seid Ihr?", hauchte er, sich umschauend.

Manche nennen mich die Herrin dieses Waldes. Andere heißen mich eine Kräuterfrau. Doch für die meisten bin ich eine Hexe. Wollt Ihr mich noch immer sehen?

„Ich bitte darum." James zügelte sein Ross. „Wo seid Ihr?"

„Genau vor Euch."

James starrte in den wabernden Dunst, aus dem sich langsam eine schlanke Frauengestalt herausschälte.

Als Erstes fielen ihm ihre wundervollen strahlend blauen Augen auf. Sie schienen den Nebel wie kleine Lichter zu durchdringen. Das lange rötliche Haar umschmeichelte in sanften Wellen ihren Oberkörper.

James schaute und staunte. Hexen hatte er sich völlig anders vorgestellt – alt, verhutzelt, abstoßend. Dieses Wesen hatte etwas Engelsgleiches.

„Zufrieden mit der Betrachtung?"

Der spöttische Unterton brachte James in die Realität zurück.

„Ja sehr", seufzte er, ehe er sich zusammennahm. „Verzeiht, ich habe mich noch nicht einmal vorgestellt. Ich bin James …"

„Spart Euch die Worte, Herr Ritter. Ich weiß sehr wohl, wen ich vor mir habe."

Ob die Falte zwischen ihren Augenbrauen tatsächlich vorhanden war, oder ob er sie sich eingebildet hatte, wusste James nicht. Nur, dass ihre Stimme nicht sehr erfreut geklungen hatte.

„Ihr seid mir nicht wohl gesonnen", murmelte er.

„Erstaunlich, dass Ihr es bemerkt."

Ihre Worte trafen ihn wie Nadelstiche. „Es war nicht meine Absicht, Euch zu belästigen. Ich werde sofort umkehren. Vergebt mir bitte, wenn Ihr könnt." James griff nach dem Zügel.

„Ihr geht, wenn ich es Euch erlaube! Betrachtet Euch bis dahin als Gefangenen."

James erschrak nicht einmal. „Wünscht Ihr, dass ich meine Waffen ablege?"

Er erhielt spöttisches Lachen und belustigtes Abwinken zur Antwort. „Eure Spielzeuge fürchte ich nicht. Ihr macht mich langsam neugierig. Noch nie habe ich einen Mann getroffen, der wie Ihr in sich ruhte. Folgt mir!"

Schweigend machte sich die Schöne auf den Weg tief in den Wald hinein. James sprang vom Pferd, das er am Zügel hinter ihr her führte. Seine Gefühle hätte er nicht beschreiben können. Zumindest wähnte er sich in keiner Weise bedroht. Obwohl sie ihm die ganze Zeit den Rücken zuwandte, wäre er nie auf den Gedanken gekommen, sich heimlich davonzuschleichen. Bei einem Mann hätte er allerdings schon zig Mal versucht, ihn in seine Gewalt zu bringen und den Spieß gründlich umzudrehen.

„Glaubt nicht, dass ich nicht kämpfen kann, nur weil ich eine Frau bin!"

Diesmal zuckte James heftig zusammen. „Ihr ... Ihr könnt Gedanken lesen?", stammelte er.

„Scheint so." Sie wandte sich nicht einmal um.

Er hingegen begann nun, sie noch eingehender zu betrachten. Nur konnte er das amüsierte Lächeln nicht sehen, das wie eingemeißelt in ihren Mundwinkeln stand.

Schließlich kicherte sie: „Ich werde mich schadlos halten, wenn Ihr Eure Rüstung ablegt."

„Ach herrje! Das kann ja heiter werden." James musste ebenfalls schmunzeln. Er stellte sich vor, wie sie ihren Blick genüsslich über seinen Körper huschen ließ, worauf ihn ihm ein wohliges Gefühl aufkeimte.

Die Herrin des Waldes blieb stehen, musterte ihn von Kopf bis Fuß, zog eine Augenbraue nach oben, machte eine neckische Bewegung mit dem Kopf: „Ich freue mich darauf. Für den Augenblick solltet Ihr allerdings mehr als Euer Pferd zügeln."

„Ach herrje!"

„Ihr wiederholt Euch."

„Punkt für Euch, meine Schöne."

„Ahhh, endlich taut Ihr etwas auf. Ich hoffe doch, Ihr seid auch auf dem Kampfplatz der Worte nicht ganz ungeschickt."

„Ich bin eher ein Mann der Tat als vieler Worte", entgegnete James.

Sie taxierte ihn noch einmal äußerst interessiert. „Das will ich doch stark hoffen."

James gab es auf, sie verstehen zu wollen. Diese Frau war ein Buch mit sieben Siegeln. Hinter der nächsten Wegbiegung lag eine kleine Lichtung, an deren nördlichem Rand ein solide wirkendes Holzhaus stand. Auf dieses hielt die geheimnisvolle Fremde nun zu.

„Versorgt Euer Pferd, Herr Ritter! Ich erwarte Euch drinnen." Sie steckte noch einmal den Kopf zur Tür heraus. „Ihr werdet doch hoffentlich ohne Dienerschaft klarkommen?!"

James nickte. Als sie es nicht mehr sehen konnte, schüttelte er ungläubig den Kopf. Nach verschärfter Haft sah es ganz und gar nicht aus. Er beeilte sich, ihre Anweisungen zu erfüllen. Zuerst führte er sein Pferd an die Tränke und anschließend in den kleinen Stall neben dem Häuschen, wo er ihm den Sattel abnahm und es reichlich Futter gab. Bevor er das Häuschen betrat, wusch er sich Gesicht und Hände.

„Legt Eure Waffen auf die Truhe neben der Tür", sagte seine schöne Kerkermeisterin beiläufig, denn sie rührte emsig in einem großen Topf auf dem Herd.

James deponierte auf der Truhe auch seinen Brustharnisch und die Beinschienen. „Wollt Ihr Euch nicht setzen?"

Über James' Gesicht flog ein heiteres Lächeln. „Wollt Ihr mich nicht umfassend über die Haftbedingungen aufklären? Was habe ich zu tun und was zu lassen?"

Sie spitzte die Lippen. „Die sind rasch erklärt. Ihr dürft Euch im Haus, sowie auf der Lichtung frei bewegen, und habt mir in allem zu gehorchen. Fluchtversuche sind zwecklos. Ihr dürft Wünsche äußern. Ob ich sie erfülle, steht auf einem ganz anderen Blatt." Dann wandte sie sich wieder dem Topf zu.

Dabei wirkten ihre Bewegungen auf James so anmutig wie ein Tanz. Sein Blick klebte förmlich an ihr. Sie schien es zu fühlen, denn sie drehte sich mit schelmisch blitzenden Augen zu ihm um, wobei sie mit dem Ellenbogen einen Krug von der Herdkante stieß.

Noch bevor es den Boden berührte, fing der junge Ritter das herabfallende Gefäß auf, womit er die Schöne völlig überraschte.

Sie ihn wiederum mit den Worten: „Ich bin froh, dass Ihr nicht als Feind gekommen seid. Ein Kampf mit Euch würde mich an den Rand meiner Kräfte treiben."

„Jetzt verstehe ich gar nichts mehr", erklärte James. „Wie wollt Ihr mich dann gefangen halten?"

„Mit den Waffen einer Frau."

James atmete tief durch. „Ich bin auf diesem Gebiet recht ungeübt, aber irgendwie dämmert es mir, was Ihr meint." Dabei hoffte er bereits jetzt inständig, sich auf dieser Art Schlachtfeld beweisen zu dürfen.

Als er ihr schließlich auch noch ohne viel Federlesen den schweren Suppenkessel vom Herd zum Tisch trug, sagte sie: „Ihr habt zum Glück von Eurem Vater nur den Namen geerbt."

James lachte auf. „Ja, diesen Gedanken wälze ich auch des Öfteren. Wenn ich nur wüsste, was ihn so bitter und unzufrieden macht?"

„Wenn das alles ist, was Ihr wissen wollt, kann ich Euch gute Auskunft geben! Er hat Blutschuld auf sich geladen, als er Eure Mutter vergiftete!"

James schnellte von seinem Platz und starrte die junge Frau entsetzt an, die unbeirrt weitersprach: „Ich habe lange auf den heutigen Tag gewartet. Darauf, ihm aus Rache das Liebste zu nehmen, was er hat – nämlich Euch. Nur bringe ich es nun nicht übers Herz, Euch zu töten."

„Sagt mir doch endlich, wer Ihr wirklich seid!", bat James, sich langsam wieder setzend.

„Ich bin Lilian, die Frau, der er ewige Liebe schwor und die er dann zurückwies, um Eure Mutter ihres Vermögens wegen zu heiraten.

Als er ihrer überdrüssig wurde, wartete er auf eine günstige Gelegenheit, sie aus dem Weg zu räumen, um reumütig zu mir zurückzukehren. Doch da hatte er sich gründlich verrechnet. Solch ein verabscheuungswürdiges Monster hätte ich niemals an meiner Seite geduldet!"

„Und Ihr seid sicher, dass er und nicht Ihr sie vergiftet habt? Aus blanker Eifersucht?", fiel ihr James ins Wort.

Sie zeigte mit dem Finger auf seine Brust. „Genau diese Frage hätte ich wohl auch gestellt."

„Was aber nicht heißt, dass Ihr sie nicht doch ..."

„Fragt ihn, wenn Ihr wieder zu Hause seid!"

James blieb überrascht stehen. „Ihr lasst mich gehen?"

Sie nahm sein Gesicht in beide Hände. „Ja. In der Hoffnung, dass Ihr wiederkehrt." Seufzend schaute sie ihm in die Augen.

„Wenn ich Euern Blick richtig deute, dann wäre es Euch am liebsten, wenn ich erst morgen ritte?"

„Natürlich! Es wird langsam dunkel. Ihr müsst durch sumpfiges Gelände reisen. Da draußen gibt es tausend Gefahren. Es ..."

Sir James winkte lachend ab. „Genug, genug! Wenn Ihr noch ein paar Gründe anführt, glaube ich selbst noch daran, ein Hasenfuß zu sein!"

„Ihr bleibt???"

Auf das heftige Nicken drückte ihm Lilian einen heißen Kuss auf die Lippen. James zog sie in einem Impuls heraus in seine Arme, wobei er fest damit rechnete, eine saftige Ohrfeige zu bekommen. Stattdessen schmiegte sich Lilian katzenhaft an.

Auf ein ausgiebiges gemeinsames Bad folgte eine stürmische Nacht. Lilian führte James von einem Höhenflug zum nächsten. Sie kannte Regungen, die selbst einer Dirne die Schamesröte ins Gesicht getrieben hätten.

James interessierte es nicht, ob sein Vater mit der geheimnisvollen Schönen die gleichen Freuden genossen hatte. Er akzeptierte auch die Tatsache, ein Wesen vor sich zu haben, das anders war, als die Menschen, die er bisher kennengelernt hatte.

Nach ihrem Alter fragte er schon gar nicht. Dass sie auch vor 20 Jahren so jung und umwerfend wie heute ausgesehen haben musste, war klar. Ebenso, dass sie über irgendein Mittelchen verfügte, dieses Aussehen zu erhalten.

James sattelte nach dem Frühstück sein Pferd. Lilian reichte ihm einen Mantelsack mit Proviant. „Vergesst mich nicht", bat sie, ihm zum Abschied die Hand streichelnd, wobei sie einen Wappenring an seinen Finger steckte.

James lächelte. „Ich schwöre, dass ich zurückkommen werde!" Dann gab er seinem Pferd die Sporen.

Der Nebel umwaberte ihn auch heute in dicken Schwaden, schien aber beinahe silbrig zu glänzen. Um die Mittagszeit lichteten sich Nebel und Wald. Sir James konnte in der klaren Luft der weiten Wiesen die Burg seines Clans erkennen.

Er galoppierte in den Hof, warf einem Stallburschen den Zügel seines Rappen zu und eilte, mehrere Stufen auf einmal nehmend, in den Palas, wo er seinen Vater vermutete.

Sir Edward saß beim Mittagessen. „Ihr seid zurück?!" Er schaute seinen unversehrt heimgekehrten Sohn so erstaunt, entsetzt und gleichzeitig neugierig an, dass dieser am liebsten hellauf gelacht hätte.

Eine Magd brachte ein Gedeck für den jungen Herrn, legte ihm seine Lieblingsspeisen vor und schenkte aus einem Krug ein.

Edward hob seinen Weinbecher und James dankte in gleicher Weise, wobei ein vorwitziger Sonnenstrahl genau den Siegelring traf und einen Lichtreflex durch den Palas huschen ließ.

Sir Edward stutze. Der Ring musste neu sein. Er konnte sich nicht erinnern, James jemals mit solch einem Schmuckstück gesehen zu haben. „Was ist das?", fragte er also mit seltsamer Betonung.

James zog den Ring ab. „Ein Liebespfand. Erkennt Ihr das Wappen?"

Sir Edward fiel der Weinbecher aus der Hand, dessen Inhalt sich als blutrote Lache auf dem Tisch verteilte. Dann sprang er auf und wich mit blankem Entsetzen im Blick bis an die Wand zurück.

„Ahhh, ich merke schon, Ihr kennt die Frau, die mir den Ring schenkte." James folgte ihm, um ihm das Wappen genau vor die Augen zu halten. „Was ist mit meiner Mutter geschehen?"

Edward konnte weder die Augen schließen noch den Blick von dem Ring abwenden. Er rutschte mit dem Rücken an der Wand hinunter und sprudelte wie von Sinnen das Geständnis des Mordes heraus, ehe er bewusstlos zusammenbrach.

Als er nach Stunden wieder zu sich kam, hatte James die Burg für immer verlassen.

Zwei Tage später starb Sir Edward an Herzversagen, nachdem man ihm berichtete, der Nebelwald sei über Nacht mit Baum und Strauch verschwunden, als habe es ihn nie gegeben.

Ein Hexenprozess

– Matthias Albrecht –

Anna-Maria Schneidewind war eine Frau wie jede andere auch: Bescheiden, unterwürfig, gottesfürchtig und arbeitsam. Sie war nicht verheiratet und kinderlos – insofern schlug sie im Gegensatz zu allen Frauen des Dorfes aus der Art. Aber sie kümmerte sich nach dem Verlust ihrer Eltern rührend um das Vieh, die Hauswirtschaft, den ererbten Hof und die Feldarbeit. Anno 1751 kein leichter Job.

Anna-Maria, in Wyhl am Kaiserstuhl geboren, galt als Schönheit im Dorf und war als solche vielen Frauen ein Dorn im Auge. Da sie indes den Avancen der lüsternen Mannsleute tapfer widerstand, fand die holde Weiblichkeit keinen Grund, wirklich eifersüchtig zu sein oder gar gegen sie zu Felde zu ziehen. Sie war halt eine „ganz normale Frau in den besten Jahren". Allerdings nur bis zu dem Tag, als ihr bewusst wurde, dass sie über eine besondere Gabe verfügte: Sie konnte in die Zukunft blicken! Da es ihr jedoch nur ein einziges Mal vergönnt war, diese Fähigkeit unter Beweis zu stellen, glaubte sie eher an einen Zufall. Nichtsdestotrotz nahm das Schicksal seinen Lauf, als sie eines sonntagmorgens aufgrund eines Albtraums ein ungutes Gefühl hatte und dies ihrem Nachbarn Alois Schwertleitner anvertraute. Er möge, bat sie ihn inständig, zum Pfarrer gehen und ihm raten, vor der Messe nicht, wie üblich, die Kirchenglocken läuten zu lassen. Es dürfte sich ansonsten ein großes Unglück ereignen. Ihm, dem angesehenen Gemeindemitglied, würde der Geistliche doch sicher eher Glauben schenken als ihr.

„Schmarrn!", knurrte Schwertleitner, der sein Frühstück unterbrach. Er strich sich ungehalten über den Schnauzbart. „Was für a Unglück soll da scho kumma, ha?"

Anna-Maria konnte es nicht benennen, es war alles sehr nebulös, doch sie bedrängte den Nachbarn derart, dass dieser sich schließlich vorzeitig auf den Weg zur Kirche machte und es dem Pfarrer ausrichtete. Mit einem Augenzwinkern und einer entsprechenden Handbewegung vor der Stirn, versteht sich.

Der Pfarrer nahm es gelassen, schüttelte lächelnd den Kopf und ließ die drei Glocken läuten. Die größte von ihnen schlug zum letzten Mal. Schon nach ein paar Schwüngen riss das marode Seil; die schwere Glocke brach durch den Boden des Turms und begrub mit grässlichem Getöse den neu gestifteten, teuren Alabaster-Altar unter sich.

Infolge der Druckwelle wurden die ersten sieben Reihen des Gestühls arg in Mitleidenschaft gezogen, und eine riesige Staubwolke hüllte das Kirchenschiff für Minuten in schmutziggrauen Nebel. Noch hatten sich die Gläubigen nicht eingefunden, demzufolge waren auch keine Verletzten oder gar Menschenleben zu beklagen. Der Pfarrer indes, der am Eingang auf die Ankunft der ersten Kirchgänger wartete, erlitt einen Schock. Ebenso sein Glöckner, der sich mit einem kühnen Sprung auf die Balustrade des Turms retten konnte. Und die beiden Ministranten, welche, unterhalb der Kanzel, gerade damit beschäftigt waren, die Kerzen in die Leuchter zu stecken, nahmen die Beine in die Hand und gaben Fersengeld im Glauben, dass der Weltuntergang unmittelbar bevorstehe.

Nun sollte man denken, dass man der Anna-Maria ob ihrer Prophezeiung gehuldigt hätte. Oh, weit gefehlt. Ganz im Gegenteil: Eine Untersuchungskommission wurde beauftragt, die Ursache für das mysteriöse Ereignis herauszufinden. Schließlich konnte es nicht mit rechten Dingen zugehen, dass sich, so mir-nichts-dir-nichts eine Glocke selbstständig machte. Da musste wohl nachgeholfen worden sein. Immerhin war die Spurensicherung bereits damals schon soweit, zwischen einem aus Altersschwäche gerissenen oder mittels Messer angeritzten Seil unterscheiden zu können. Da sich eine Fremdeinwirkung auf mechanische Art nicht nachweisen ließ, man allerdings auch nicht zugeben wollte, dass Glöckner und Pfarrer im Sinne der damaligen „TÜV-Bestimmungen" grob fahrlässig gehandelt hatten, kam den Gesetzeshütern die Weissagung der Schneidewind'schen Hexe gerade recht. Und mit einer Hexe musste man es zwangsläufig zu tun haben, das war ja offensichtlich und so sicher wie das Amen in der Kirche.

Anna-Maria ahnte nicht, dass sich die pech-schwarzen Gewitterwolken der Inquisition unheildrohend über ihrem Haupt zusammenballten. Sie hatte doch lediglich helfen und größeren Schaden abwenden wollen. Weshalb wurde sie dann verhaftet, ins Verlies gesteckt und verhört?

Der Inquisitor nahm sich Zeit. Viel Zeit. Zwischen den einzelnen Verhören lagen Monate, welche die Delinquentin in kaltem, feuchtem Moder bei Wasser und Hirsebrei verbrachte. Immerhin stünde hier einiges auf dem Spiel, soll er haben verlauten lassen und ließ im Weiteren offen, ob er damit das Schicksal der Anna-Maria oder das Ansehen der Kirche meinte. Man müsse genauestens recherchieren, Beweismittel sichern, Verfahrensweisen abwägen, die nächsten Schritte bedenken. Gleichsam diente diese Strategie wohl eher einer Zermürbungstaktik. Möglicherweise wollte der Inquisitor die Öffentlichkeit auch nur im Glauben lassen, besonders gewissenhaft vorzugehen. Während der Befragungen kam man immer wieder auf die Details der Weissagung zu sprechen: Weshalb die Schneidewind keine genaueren Angaben bezüglich des Ereignisses habe machen können?

Es sei doch nur ein Traum gewesen, antwortete sie; ein Zustand furchtsamer Erwartung, den sie nicht genauer beschreiben könne.

Weshalb war sie zum Zeitpunkt des Unglücks zu Hause geblieben, obgleich sie doch sonst als gewissenhafte Kirchgängerin bekannt ist?

Anna-Maria zuckte mit den Schultern.

Sollte in Wahrheit mehr dahinter stecken als lediglich ihr dubioser Traum?

Anna-Maria wusste darauf keine Antwort. Sie schlug die Hände vors Gesicht und begann zu weinen. Der Inquisitor nahm es als Zeichen, dass sie nicht gewillt war, die Wahrheit zu sagen.

„Wir kommen nicht umhin, andere Methoden anzuwenden", meinte er lapidar. „Führet sie in die Kammer und zeigt ihr die Instrumente!" Er wandte sich um und ging.

Anna-Maria erblasste. Ihr war klar, was dies bedeutete. Die Folterkammer würde sie nicht lebend verlassen. Und wenn, dann nur, um auf dem Scheiterhaufen bei lebendigem Leib verbrannt zu werden. Sie fiel auf die Knie, noch bevor die Knechte Hand anlegen konnten.

„Habt Erbarmen!", bettelte sie. „I wollt doch nur helfen. Wie hätt i denn können ahnen …"

„Jetzt hast du dich verraten, Weib!", frohlockte der Inquisitor. „Wie hättest du es wohl ahnen können? Ha? Wenn nicht mit Hilfe von Zauberei und Teufelsbeschwörung!"

„I geb Euch Brief und Siegel, dös i …"

„Schluss jetzt! Führet sie ab!" Die Knechte beeilten sich, seiner Weisung Folge zu leisten.

„Du weißt, was eine Hexenprobe ist?", fragte der Inquisitor in der Kammer.

Anna-Maria zitterte am ganzen Leib und schüttelte den Kopf. Ihre Augen glitten furchtsam über zwei in der Ecke liegenden Leichname, welche die letzte Folterung nicht überlebt hatten.

„Du wirst, gefesselt an allen Gliedmaßen, ins Wasser geworfen. Bleibst du oben, bist du als Hexe überführt. Gehst du unter, bist du keine."

„Aber – i – i kann net schwimma. I ertrink sicher! Und glei gar, wann 's i gefesselt bi."

„Dann bleibt mir nichts übrig, als dich foltern zu lassen, um den wahren Sachverhalt herauszufinden. Haben dir die Knechte die Instrumente erklärt?"

„Ja, aber …"

„Was aber?"

„I kann 's ganz sicher net aushalte!"

„Dann sag mir jetzt die Wahrheit. Bist du eine Hexe?"

„Niemals net!"

„Wie meinst du das? Das du 's mir nicht sagen willst oder dass du keine bist?"

„I bi koa Hex' net!"

„Also schön. Dann lässt du mir keine Wahl. Ich werde mich nicht erst mit Daumenschrauben oder der Ketzergabel abgeben, sondern gleich zur Sache kommen. Geht hinaus, Kerls. Ich muss jetzt allein sein mit ihr!"

Die Folterknechte verließen grinsend die Kammer. Insgeheim beneideten sie den Inquisitor, der sich das Recht herausnehmen durfte, mit seinem Opfer, noch dazu mit solch einem hübschen, allein zu sein, um seine „Befragung" völlig ungestört durchführen zu können.

Vier Tage darauf befand sich der Inquisitor auf der holprigen Fahrt nach Rom. Er saß mit gerunzelten Brauen auf seiner gepolsterten Kutschbank, starrte gedankenverloren aus dem Türfenster in Fahrtrichtung und ließ das jüngst Erlebte nochmals Revue passieren: Der Weihbischof zu Nürnberg hatte die Hinrichtung der verstockten Anna-Maria Schneidewind „abgesegnet." Bereits am Tag nach der Befragung wurde der Scheiterhaufen errichtet und die Hexe am selben Abend verbrannt. Die einzige „Vergünstigung", die ihr der Inquisitor zugestand: Sie wurde vor dem Anbinden an den Pfahl des Scheiterhaufens erdrosselt. So konnte er sicher sein, dass ihr größere Qualen erspart blieben. Entgegen der allgemein üblichen Verfahrensweise übernahm er dies sogar selbst noch in der Folterkammer und wickelte den

Leichnam danach persönlich in die steifen Bandagen, die ein Aufrechtstehen am Pfahl gewährleisteten. Sollte das „schlechte Gewissen" des Inquisitors dafür verantwortlich sein?

Man muss diesen „humanitären Akt" nicht überbewerten. Es waren durchaus keine Gewissensbisse, die ihn trieben. Er hatte sehr persönliche Gründe. Wäre die Delinquentin alt und hässlich gewesen, na gut. Aber so …

Er war ja auch nur ein Mann und als solcher nicht gänzlich gefühllos. Manchmal aber hasste er seine Berufung. Sicher, sie war wohl notwendig, wenn die Welt nicht eines Tages in der Apokalypse untergehen sollte. Aber eine solch hübsche, naive Frau töten zu müssen – das war hart. Sehr hart sogar. Selbst für einen Inquisitor. „Darf i Euch amol stören?", riss ihn seine mitreisende Bedienstete aus seinen Gedanken.

„Was gibt es?"

„Es – es tut mir leid, aber i hoab vergessen, wie rum mei Vornam is'. Bitte – verzeiht …"

Der Inquisitor atmete tief durch. „Maria Anna! Das kann doch so schwer nicht sein."

„Also net Anna-Maria?"

„Natürlich nicht! Mein Gott …"

„An Schwegelin hab i mi scho g'wöhnt. Dös klingt zwar anders als Schneidewind, aber …"

„Willst du vielleicht doch noch auf dem Scheiterhaufen enden?"

„Jo mei – niemals net …"

„Dann merk dir endlich den Namen! Sonst kommen wir beide in Teufels Küche. Also?"

„Maria Anna Schwegelin. Dienstmagd. Geboren dereinst in Lachen und net in Wyhl."

„Na", lächelte der Inquisitor. „Geht doch!"

Die Söhne des Grafen

– Sina Blackwood –

„Na, wem spielen wir heute einen Streich?"
„Lass mich überlegen, ich sag' es dir gleich."

Die Söhne des Grafen schauen sich an.
„Ich hab's", ruft der eine „Dem Müllersmann!"

„Und gleich noch der Kräuterfrau im Wald!
Wir klauen ihr Holz, dann ist ihr kalt!"

So ziehen die Tunichtgute los,
schieben in den Bach ein großes Floß.

Es verfängt sich im Mühlrad, schlägt die Welle entzwei.
Dass das Mehl nun verdirbt, ist ganz einerlei.

Auf dem Weg in den Wald hecken sie aus:
„Wir brennen nieder das Holz gleich am Haus!"

Die Flammen züngeln rasch, sie breiten sich aus,
doch der Wind bläst sie weg, von der Kräuterfrau Haus.

Männer aus dem Dorf kommen geritten,
die Frau braucht nicht erst um Hilfe zu bitten.

Sie haben die Knaben des Grafen gesehen,
die wie brave Leute nach Hause gehen.

Ein paar Monate später, bei Frost und Schnee,
tut dem Jüngsten plötzlich der Bauch so weh.

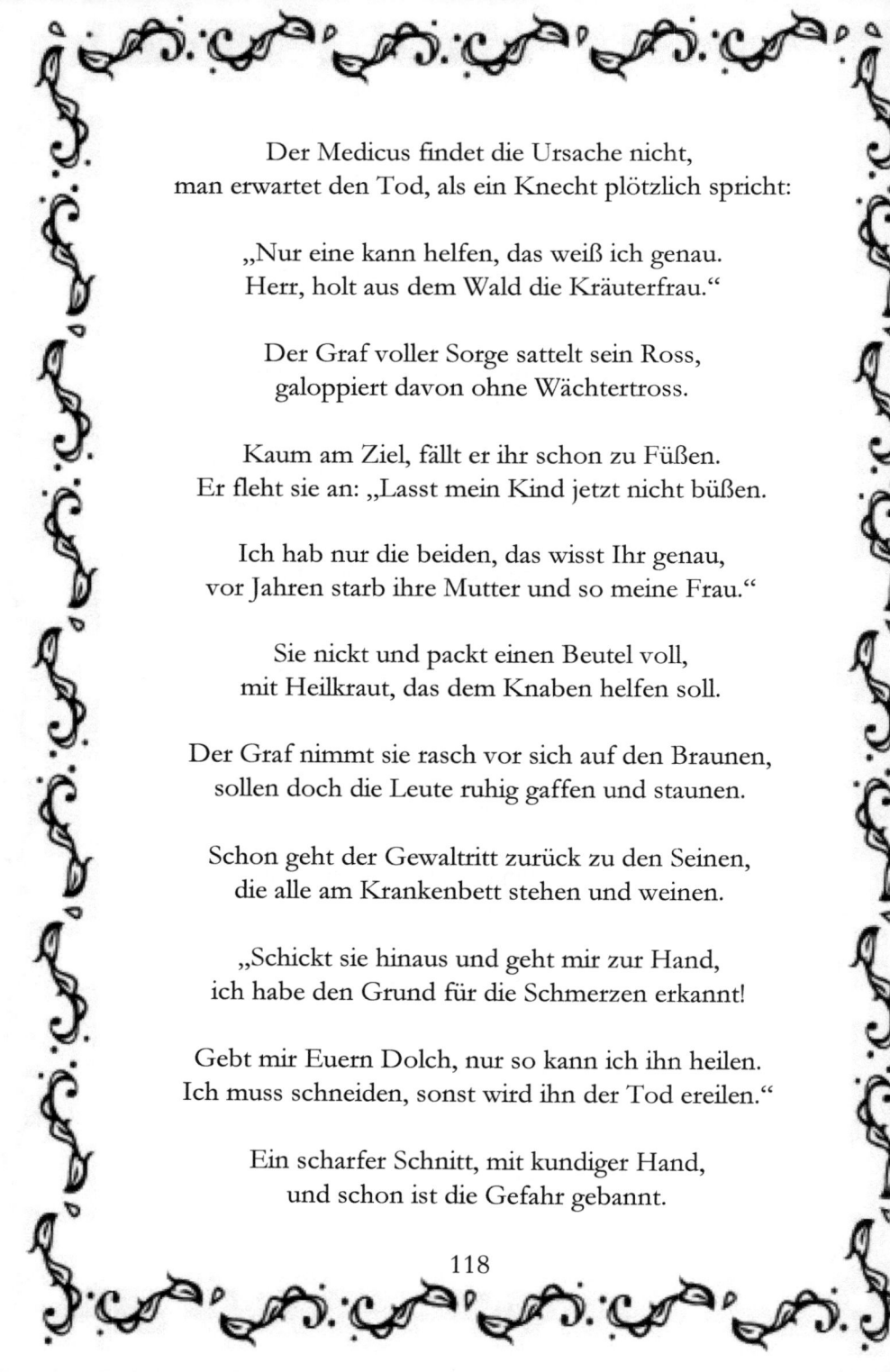

Der Medicus findet die Ursache nicht,
man erwartet den Tod, als ein Knecht plötzlich spricht:

„Nur eine kann helfen, das weiß ich genau.
Herr, holt aus dem Wald die Kräuterfrau."

Der Graf voller Sorge sattelt sein Ross,
galoppiert davon ohne Wächtertross.

Kaum am Ziel, fällt er ihr schon zu Füßen.
Er fleht sie an: „Lasst mein Kind jetzt nicht büßen.

Ich hab nur die beiden, das wisst Ihr genau,
vor Jahren starb ihre Mutter und so meine Frau."

Sie nickt und packt einen Beutel voll,
mit Heilkraut, das dem Knaben helfen soll.

Der Graf nimmt sie rasch vor sich auf den Braunen,
sollen doch die Leute ruhig gaffen und staunen.

Schon geht der Gewaltritt zurück zu den Seinen,
die alle am Krankenbett stehen und weinen.

„Schickt sie hinaus und geht mir zur Hand,
ich habe den Grund für die Schmerzen erkannt!

Gebt mir Euern Dolch, nur so kann ich ihn heilen.
Ich muss schneiden, sonst wird ihn der Tod ereilen."

Ein scharfer Schnitt, mit kundiger Hand,
und schon ist die Gefahr gebannt.

Rasch stillt sie die Blutung, legt Kräuter darauf.
„Ich bleibe hier, sonst wacht er nicht mehr auf."

Die ganze Nacht sitzen die beiden flüsternd am Bett
und der Graf findet die weise Frau schließlich nett.

Sie ist sehr gebildet, wie er ganz schnell findet,
hat Rat zu allen Fragen, was sie nun verbindet.

Sie kocht für den Sohn einen heilenden Tee.
Und zwei Tage später tut ihm nichts mehr weh.

Der größere Knabe hat ihr schon versprochen:
„Ab sofort wird keine Dummheit verbrochen."

„Bleibt doch bei uns!", so betteln die Jungen,
„Ihr kennt so viele Belustigungen.

Eure Geschichten sind alle so spannend-schön.
Ihr dürft noch nicht nach Hause geh'n."

„Nicht nur meine Söhne lieben Euch, seht es ein.
Ich werde Euch jetzt auf der Stelle frei'n!

Warum sollen wir beide denn einsam leben,
wir können einander viel Freude geben!"

Am nächsten Tag ward vom Herold verkündet,
dass der Graf sich mit ihr auf ewig verbindet.

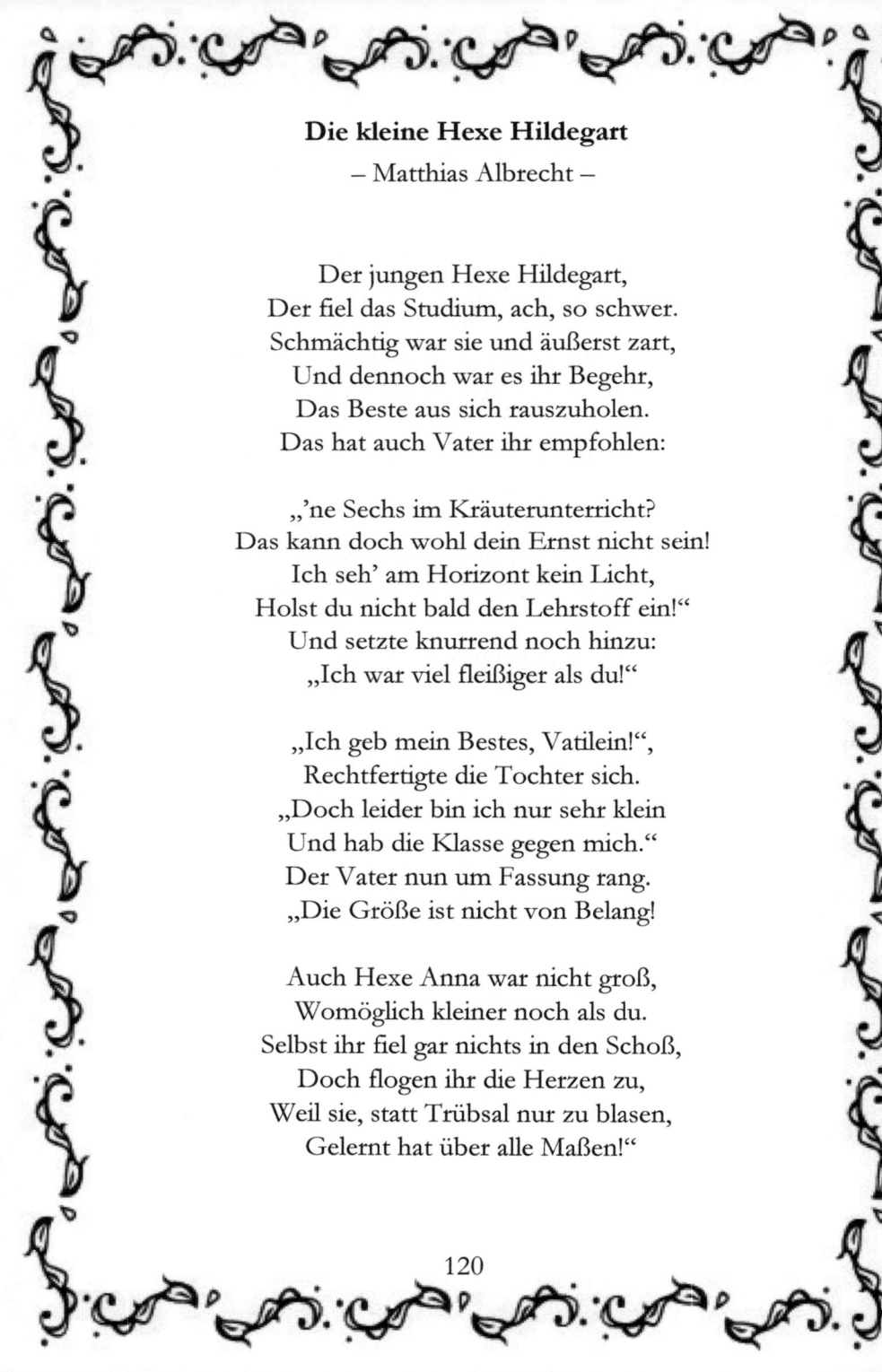

Die kleine Hexe Hildegart

– Matthias Albrecht –

Der jungen Hexe Hildegart,
Der fiel das Studium, ach, so schwer.
Schmächtig war sie und äußerst zart,
Und dennoch war es ihr Begehr,
Das Beste aus sich rauszuholen.
Das hat auch Vater ihr empfohlen:

„'ne Sechs im Kräuterunterricht?
Das kann doch wohl dein Ernst nicht sein!
Ich seh' am Horizont kein Licht,
Holst du nicht bald den Lehrstoff ein!"
Und setzte knurrend noch hinzu:
„Ich war viel fleißiger als du!"

„Ich geb mein Bestes, Vatilein!",
Rechtfertigte die Tochter sich.
„Doch leider bin ich nur sehr klein
Und hab die Klasse gegen mich."
Der Vater nun um Fassung rang.
„Die Größe ist nicht von Belang!

Auch Hexe Anna war nicht groß,
Womöglich kleiner noch als du.
Selbst ihr fiel gar nichts in den Schoß,
Doch flogen ihr die Herzen zu,
Weil sie, statt Trübsal nur zu blasen,
Gelernt hat über alle Maßen!"

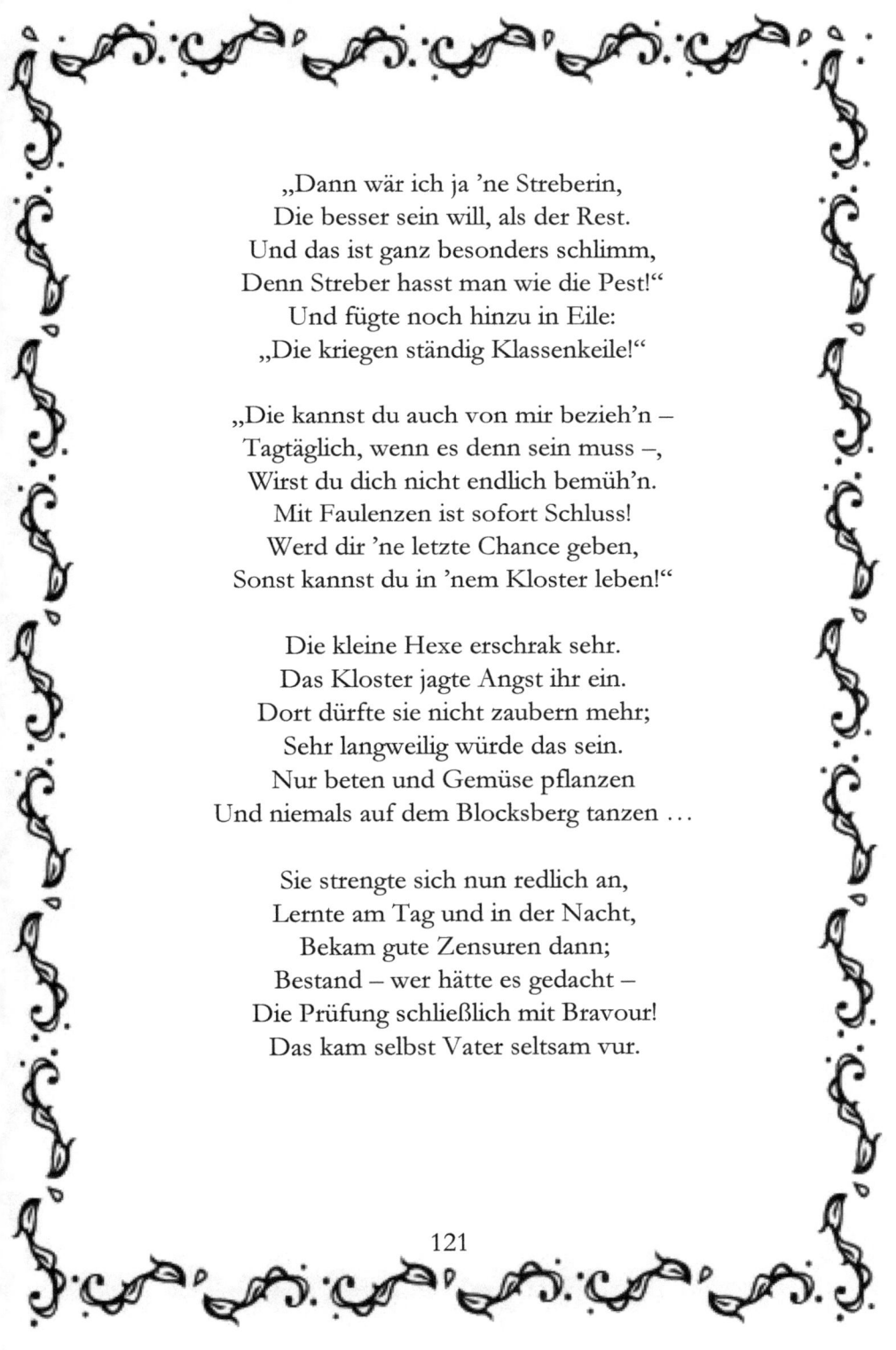

„Dann wär ich ja 'ne Streberin,
Die besser sein will, als der Rest.
Und das ist ganz besonders schlimm,
Denn Streber hasst man wie die Pest!"
Und fügte noch hinzu in Eile:
„Die kriegen ständig Klassenkeile!"

„Die kannst du auch von mir bezieh'n –
Tagtäglich, wenn es denn sein muss –,
Wirst du dich nicht endlich bemüh'n.
Mit Faulenzen ist sofort Schluss!
Werd dir 'ne letzte Chance geben,
Sonst kannst du in 'nem Kloster leben!"

Die kleine Hexe erschrak sehr.
Das Kloster jagte Angst ihr ein.
Dort dürfte sie nicht zaubern mehr;
Sehr langweilig würde das sein.
Nur beten und Gemüse pflanzen
Und niemals auf dem Blocksberg tanzen …

Sie strengte sich nun redlich an,
Lernte am Tag und in der Nacht,
Bekam gute Zensuren dann;
Bestand – wer hätte es gedacht –
Die Prüfung schließlich mit Bravour!
Das kam selbst Vater seltsam vur.

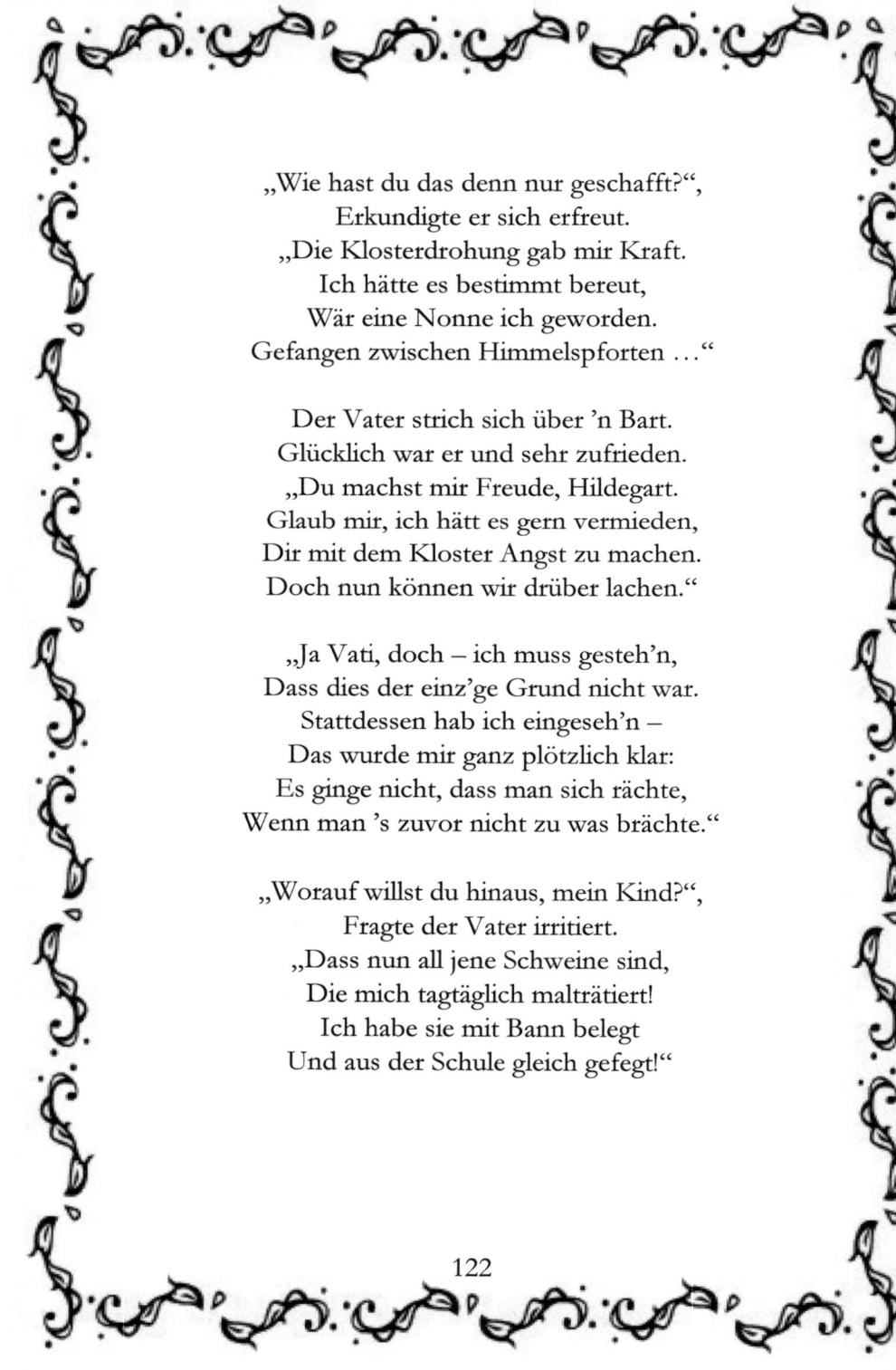

„Wie hast du das denn nur geschafft?",
Erkundigte er sich erfreut.
„Die Klosterdrohung gab mir Kraft.
Ich hätte es bestimmt bereut,
Wär eine Nonne ich geworden.
Gefangen zwischen Himmelspforten …"

Der Vater strich sich über 'n Bart.
Glücklich war er und sehr zufrieden.
„Du machst mir Freude, Hildegart.
Glaub mir, ich hätt es gern vermieden,
Dir mit dem Kloster Angst zu machen.
Doch nun können wir drüber lachen."

„Ja Vati, doch – ich muss gesteh'n,
Dass dies der einz'ge Grund nicht war.
Stattdessen hab ich eingeseh'n –
Das wurde mir ganz plötzlich klar:
Es ginge nicht, dass man sich rächte,
Wenn man 's zuvor nicht zu was brächte."

„Worauf willst du hinaus, mein Kind?",
Fragte der Vater irritiert.
„Dass nun all jene Schweine sind,
Die mich tagtäglich malträtiert!
Ich habe sie mit Bann belegt
Und aus der Schule gleich gefegt!"

Der Hexenmeister konnt 's nicht fassen.
„Du hast verwandelt sie in Schweine?
Das hat der Lehrer zugelassen?"
„Ihm blieb nichts übrig. Es gab keine
Gelegenheit, mich aufzuhalten!"
Des Vaters Stirne lag in Falten.

„Beim Luzifer, was soll gescheh'n,
Wenn selbst der Lehrer nichts kann tun ...
Mir bleibt nichts übrig, als zu gehn;
Werd' meinen Abschied nehmen nun!"
Die Tochter aber sprach gewandt:
„Das liegt allein in meiner Hand!

Ich hab die Schule fest im Griff.
Die Lehrerschaft ist mir zu Willen.
Ich bin der Käpt'n auf dem Schiff
Und meine Gegner werd ich killen!
Das habe ich DIR zu verdanken.
Und jetzt regier ich ohne Schranken!"

Und die Moral von der Geschicht'?
Es ist ganz einfach, hör mich an:
Treib deinen Nachwuchs bitte nicht
Zu etwas, das ihn zwingen kann,
Über sich selbst hinauszuwachsen.
Sonst macht am Ende er nur Faxen.

Und tritt dir letztlich auf die Haxen!

S(H)ex hex!

– Sina Blackwood –

Im Wirtshaus sitzt ein Wandersmann,
der die Lügen wohl nicht lassen kann.

Er preist sich an als großen Krieger –
als Drachen-, Lindwurm-, Hex'-Besieger.

Mit jedem Weinkrug wird er voller
und seine wilden Märchen toller.

Gar bald bekommt der Burgherr Kunde,
in seiner großen Ritterrunde.

Er lässt den Fremden zu sich bringen,
wo er soll einen Preis erringen,

wenn er es schafft den Ritter Gunter,
zu stechen von seinem Pferd herunter.

Denn Gunter ist ein Rittersmann,
den niemals kam das Fürchten an –

ohne Waffen sich mit Bären schlug,
ein Pferd auf seinem Rücken trug,

dicke Ketten riss, mit bloßer Hand,
dem Angst und Bange unbekannt.

Der Lügenbold hat keine Waffen,
will überall nur steh'n und gaffen.

So spielt er plötzlich hier den Kranken,
fängt an zu humpeln und zu wanken.

Er hätt's im Rücken ja so sehr.
Erzählt er seine neue Mär.

„Holt unsere Hex' von nebenan!
Mal schau'n, ob die ihn heilen kann!"

Der Burgherr winkt kurz mit der Hand,
worauf ein Bote fortgerannt.

Der bringt das alte Hutzelweib.
Verkrümmt und bucklig ist ihr Leib.

Sie wirft ein Auge auf den Mann,
der ihren Blick nicht deuten kann.
Schon reibt sie grinsend sich die Hände,
betastet Rücken ihm und Lende.

„Nicht übel", sagt sie. „Will mal sehen,
ob Lahme nicht ganz flott gleich gehen.

Du hast wohl noch nicht ganz kapiert,
was gleich durch mich mit dir passiert.

Heil ich dich nicht, nach Burgherrn Willen,
dann wirst du meine Lüste stillen.

Dafür kannst du im Bettchen liegen,
musst deinen Rücken nicht verbiegen.

Ich hatt' schon lange keinen mehr,
der kräftig war, so wie ein Bär.

Ich sag's dem Herrn nicht gern, für wahr,
wir wär'n ein wundervolles Paar."

Der Lügner springt entsetzt empor
und rennt durch das weit off'ne Tor.

Der Burgherr schüttelt nur den Kopf.
„Was ist das für ein irrer Tropf!"

Und auch die Ritter lachen sehr.
Sie schicken Gunter hinterher.

Mit einem Netz fängt er den Mann,
den nun die Hex' behalten kann.

Hexenordnung

– Matthias Albrecht –

Die Hexe Frieda denkt beklommen:
„Wo ist mein Besen hingekommen?
Schon morgen ist Walpurgisnacht,
Und jetzt – wer hätte es gedacht –
Ist dieser Flieger nicht zu finden.
Nicht vorn im Haus und auch nicht hinten."

Nun sucht Frieda bereits seit Stunden;
Hat ihn noch immer nicht gefunden.
„Der Teufel hole dieses Ding,
Mit dem ich einst die Sterne fing.
Der Kepler guckte in die Röhre.
Das war ein Riesenspaß, ich schwöre!

Und erst der Satan – huckepack,
Der fürchtete sich nicht zu knapp,
Als wir durch die Galaxis flogen,
Und um das Sternbild Widder bogen
Mit tausenddreiundfünfzig Sachen –
Das bringt mich heute noch zum Lachen.

Ja, auch dem Lehrer Haferbrei,
Dem brachte ich das Gruseln bei.
Er leugnete, dass es mich gäbe,
Doch zeigte ich ihm, dass ich lebe
Und mich mit Hexerei befasse.
Vor allen Schülern in der Klasse!

Die Wandtafel in Stücke ging,
Der Lehrer an der Lampe hing,
Die Kreide malte ohne Ende
Manch Schweinisches an saub're Wände.
Die Kinder waren hingerissen –
Der Lehrer fühlte sich besch…"

Die Hexe suchte lange noch.
Sie wühlte in so manchem Loch.
Jedoch – der Besen blieb verschwunden;
Er wurde erst im Mai gefunden.
Walpurgisnacht? Oh, längst vorbei –
Der Hexe war 's nicht einerlei.

Man muss ganz nüchtern es betrachten:
Die Ordnung ist nicht zu verachten!
Regale machen vieles leicht,
Was ohne sie man nicht erreicht.
Und die Moral von der Geschicht'?
Ohne IKEA geht 's wohl nicht!

Zur Erklärung: IKEA = Im Keller Eingelagerte Ausrüstungsge-
genstände.

Oder woran haben Sie gedacht?

Ritter Kunz

– Sina Blackwood –

Ritter Kunz, der Drachentöter,
war schon ein großer Schwerenöter.
Er liebte Wein, Weib und Gesang,
gar oft und meistens nächtelang.

War er dann voll, stieg er aufs Pferd,
obwohl die Dame meist begehrt,
dass er im Rausch bei ihr sollt liegen.
Sie möcht' im Bett ihn gern besiegen.

Doch Kunzens Misstrauen ist begründet,
denn irgendjemand hat verkündet,
die Fräulein seien arge Wesen –
nämlich Hexen – mit 'nem Besen.

Die könnten zaubern – ganz gemein –
und morgens wäre man ein Schwein.
Kunz dachte: Wär es nur das Eine,
dann würd' ich gerne mal zum Schweine.

Die haben Sex, da wirst du blass!
Die treiben's ohne Unterlass!
Da wär die Nacht dann richtig flott.
Doch mit 'ner Hex'? Oh Gott, oh Gott…

Die schlachtet dich, bist du nicht gut
Und röstet dich auf kleiner Glut.
Kommst in den Kessel noch hinein,
du armes geiles Ritter-Schwein.

Da sieht er vorn ein Lichtlein blinken,
das Fräulein Kunigunde winken.
Es zieht ihn magisch in die Richtung,
zu dem Häuschen auf der Lichtung.

Wie sie hierher kam, ohne Pferd,
ist ihm nicht ein Gedanke wert.
Er fliegt ihr zu wie ein Insekt,
das in dem heißen Licht verreckt.

Nicht mal sein Ross bindet er an,
der heiße, trunkene Rittersmann.
Die Rüstung reißt er sich vom Leib,
stürzt sich wie toll auf dieses Weib.

Sie heizt ihn immer weiter an,
bis er's kaum noch ertragen kann.
Er gibt sich Müh' die ganze Nacht,
und trotzdem kommt der Schlaf ganz sacht.

Als er erwacht, ist er perplex.
Er liegt im Bett der schönen Hex'.
An gar nichts kann er sich entsinnen.
Was wird sie wohl mit ihm beginnen?

Es ist schon Mittag! Ei der Daus!
Er will hier weg! Er will hinaus!
Doch ganz so einfach ist das nicht,
weil Kunigundes Lächeln spricht.

Es sagt: Bleib hier, noch eine Nacht.
Dir hat es doch auch Spaß gemacht.
Und schon wird Ritter Kunz ganz warm.
Noch eine Nacht in ihrem Arm!

Das sanfte Streicheln, heiße Küsse!
Der Gipfel aller Hochgenüsse!
Und auch vom Herd da riecht es lecker,
teils nach Braten, teils nach Bäcker.

Sie muss nicht einmal bitte sagen,
denn Kunz knurrt auch schon sehr der Magen.
Dann wird es blass. „Was ist das hier?
Das knusprig braun gebrat'ne Tier?"

Sie lächelt breit.

Das kannst du essen, ohne Sorgen.
Es ist ein Hirsch.
Schwein gibt's erst morgen.

Tante Agatha

– Matthias Albrecht –

Tante Agatha war die gute Seele der Familie Steppenberg. Sie nahm sich eines jeden Problems an, das Mutter oder Vater nicht zu lösen vermochten, ganz gleich, worum es ging. Und sie konnte fantastische Geschichten erzählen, die man in keinem Buch fand; nicht einmal bei den Gebrüdern Grimm.

Darüber hinaus war sie ein wandelndes Lexikon. Sie wusste einfach alles! Das ist kaum zu glauben, ich weiß, doch wenn der kleine Timm an einer schwierigen Gleichung knobelte oder seine ältere Schwester Miranda mit der Hausaufgabe in Chemie nicht weiterkam – Agatha löste die Sache im Handumdrehen.

Wer verlor die Schlacht bei Waterloo? Wann begann der Dreißigjährige Krieg? Wie vermehren sich Tellerschnecken? Was entdeckte Robert Koch? Wie hoch ist der Kilimandscharo? Wo liegt Honolulu? Wer erfand die Glühlampe? Agatha schüttelte die richtigen Antworten aus dem Ärmel, bevor man bis drei zählen konnte!

Heutzutage googelt man im Internet bei Wikipedia, doch zu Lebzeiten Agathas gab es das noch nicht. Man war auf die teuren Brockhaus-Bände oder andere Lexika angewiesen. Oder eben auf Tante Agatha.

Sie hatte auch vor nichts und niemandem Angst. Ob es galt, ganz cool an einer nicht angeleinten, riesigen, zähnefletschenden Bulldogge vorüberzugehen, eine Bande betrunkener Randalierer vom Grundstück zu vertreiben oder mit bloßer Hand eine Spinne zu fangen – Agatha preschte nach vorn und tat es, ohne mit der Wimper zu zucken. Ihr furchtloses, sicheres Auftreten flößte jedermann Respekt ein.

Dabei war Tante Agatha spindeldürr. Ein Lufthauch hätte sie umwerfen können. Und sie war alt. Sehr alt sogar. Uralt. Zumindest in Timms Augen. Sie lächelte, wenn er die Sprache auf ihr Alter brachte, und strich Timm gerührt über sein blondes Stoppelhaar. Mit ihrem zerfurchten Gesicht und den faltigen Händen erschien sie dem Jungen wie ein Wesen aus der Urzeit. Sie zählte erst zweiundsiebzig Lenze, hätte jedoch bei denen, die sie nicht kannten, auch als Hundertjährige gelten können.

Was Familie Steppenberg jedoch am meisten schätzte, war ihre unendliche Geduld. Nichts konnte sie aus der Ruhe bringen. Sie war mit wenig zufrieden und scherte sich nicht um Geld und Besitz. In ihrem kleinen Häuschen am Waldrand suchte man vergeblich nach einem Fernseher, einer Waschmaschine oder einem Mikrowellengerät. Immerhin besaß Tante Agatha ein Kofferradio aus den Siebzigern. Das war aber auch schon der einzige Luxus, den sie sich gönnte. Das Innere des Häuschens blitzte vor Sauberkeit, wenngleich das Mobiliar und sämtliche Einrichtungsgegenstände noch von Anno Dazumal zu stammen schienen.

Und Agatha besaß noch etwas anderes, etwas ganz besonderes: Ein unerschütterliches Gottvertrauen. Mitunter erschien es der atheistisch geprägten Familie Steppenberg wie ein Vabanque-Spiel, wenn sich die Tante, ganz gleich, in welcher Art von Dilemma sie steckte, zu sehr auf den Beistand des Herrn zu verlassen schien. Doch der Erfolg gab ihr wohl recht.

Stets schoss sie wie ein Korken an die Wasseroberfläche, auch wenn sie der Strudel bereits ins Bodenlose gezogen hatte. Dabei kehrte sie ihre Religion nicht vehement nach außen, wie es jene tun, die bei ihren Mitmenschen Aufmerksamkeit erregen und Anerkennung erringen wollen. Sie war in ihrem Innern still gläubig.

Und damit auf dem besten Weg zu Gott. Denn nicht der täglich aus Pflichtbewusstsein heraus und der Form halber Betende, der regelmäßige Kirchgänger oder der Kirchensteuer zahlende Pseudochrist wird je die Pforten des Himmelreichs durchschreiten. Sondern der ehrliche, bußfertige und im Herzen gläubige

Mensch, mag er auch noch so arm sein, bescheiden und einfach gestrickt! Eine Sache gab es allerdings, die Tante Agatha trotz aller Gläubigkeit Sorgen bereitete: Der Wald!

Nein, nicht der Wald an sich, sondern die Hexen, welche in ihm umgingen. Als sie zum ersten Mal darüber sprach, wollte sich Timm halbtot lachen und meinte altklug, Hexen würde es nicht geben. Die seien nur Märchengestalten, und die Erwachsenen würden sie erfinden, damit die Kinder sich nicht zu weit vom Haus entfernen.

Doch Tante Agatha schüttelte nur ernst mit dem Kopf. Sie wurde nicht müde, die Kinder zu warnen, nicht allein in den Wald zu gehen. Schon gar nicht nach Einbruch der Dämmerung. Die Eltern lächelten verhalten und warfen sich vielsagende Blicke zu, wenn die Tante Schauermärchen von Hexen erzählte, die in Vollmondnächten auf den Lichtungen ihre Zauberkreise zogen und Dämonen beschworen. Sie selbst, so behauptet sie, sei Zeugin eines solchen Hexensabbats geworden. Kürzlich erst, vor sieben Jahren, als sie Holz für ihren Kamin sammelte und von der Dunkelheit überrascht wurde. Es war Ende Oktober und bereits recht kalt des Nachts. „Ob du's glaubst oder nicht, ich hatte eine Vorahnung an diesem Abend", flüsterte sie und steckte, während sie den Kopf senkte, ohne den kleinem Timm aus den Augen zu lassen, den Zeigefinger ihrer Rechten bedeutsam in die Höhe. „Als ich die Irrlichter sah, hatte ich eine Vorahnung!"

„Die Irrlichter?", fragte der Vater.

„Glühwürmchen", antwortete Agatha. „Eine ganze Menge davon. So viele auf einmal hatte ich bis dahin noch niemals gesehen."

„Ende Oktober?", wunderte sich die Mutter. „Da gibt es doch gar keine mehr."

„Das eben sagte ich mir auch", entgegnete die Tante. „Es konnte nicht mit rechten Dingen zugehen. Jedenfalls waren sie da. Ich bildete mir das nicht etwa ein, wie ihr jetzt vielleicht vermuten könntet. Oh nein. Sie waren wirklich da. Millionen. Ganze Schwärme. Und sie flogen alle in eine bestimmte Richtung. Strebten einem geheimnisvollen Ort zu. Der schien auf meinem Weg zu liegen, also folgte ich ihnen in gehörigem Abstand, bekreuzigte mich aber vorsichts-halber, bevor ich weiterging."

Der Vater lehnte sich behaglich zurück und steckte sich eine Zigarre an. Das war eine Geschichte, die sich so recht nach seinem Geschmack zu entwickeln schien. Die Kinder rückten näher zusammen und Mutter kuschelte sich – wohlig schaudernd – tiefer in die wärmende Lammfelldecke. Im Kamin knisterten die Holzscheite, während draußen ein eisiger Wind ums Haus strich: Vorbote des nahenden Winters.

„Und was soll ich euch sagen", fuhr Agatha fort, „meine Füße blieben wie auf Kommando stehen, als ich durch Lücken zwischen den Fichtenstämmen eine Lichtung gewahrte, über der sich die Glühwürmchen im Kreis drehten wie leuchtender Nebel. Ganz hell war es auf dieser Lichtung. Hell wie am Abend kurz vor Sonnenuntergang. Zu allem Überfluss schien auch noch der Vollmond. Und dann sah ich …"

Die Tante machte eine Pause, um sich einen Schluck Tee zu gönnen.

„Was denn?", fragte der kleine Timm mit großen Augen.

„Vier Frauen in altmodischen, langen Kleidern. Sie liefen mit erhobenen Armen im Kreis gegen den Uhrzeigersinn um ein kleines, grün-lich leuchtendes Feuer herum. Ihr Haar war grau, obgleich sie ihren Bewegungen zufolge noch jung zu sein schienen. Und aus ihren Augen sprühten Flammen."

Timm schluckte, und seine Schwester starrte die Tante mit offenem Mund an, als trüge diese plötzlich ein goldenes Geweih auf der Stirn. „Waren das Hexen?", fragte sie leise.

„Du hast es erraten, mein Kind."

„Ich mag Hexen. Die können zaubern. Ich habe schon mehrmals geträumt, dass ich selbst eine Hexe bin. Aber keine, die den

Menschen Schaden zufügt. Ich würde ihnen vielmehr helfen und sie von Krankheiten heilen. Leider weiß ich nicht, wie ich zu einer Hexe werden kann."

„Tatsächlich? Du würdest gern eine Hexe sein?" Es war ein eigentümlicher Blick, den Agatha jetzt auf Miranda warf: Verwundert und verstehend zugleich, während die Eltern lächelnd den Kopf schüttelten. Dann sagte die Tante: „Die, von denen ich erzählen will, hatten mit Sicherheit keine derartigen Ambitionen. Vielmehr niedere, weltliche Gelüste. Gepaart mit grauenerregenden Vorhaben, welche sie womöglich noch in dieser Nacht zur Ausführung zu bringen gedachten. Ich konnte mich dieses Gefühls jedenfalls nicht erwehren."

„Du machst den Kindern Angst", sagte die Mutter. „Und mir auch."

Vater nickte. „Deine Fantasie in allen Ehren, Tantchen, doch jetzt scheint sie mit dir durchzugehen. Willst du uns allen Ernstes Glauben machen, dass du das alles erlebt hast?"

„Es gibt mehr Dinge zwischen Himmel und Erde, als Eure Schulweisheit sich träumen lässt, lieber Horatio!", zitierte sie mit erhobenem Zeigefinger und weit aufgerissenen Augen aus William Shakespeares „Hamlet". „Doch ihr braucht keine Angst zu haben. Hört nur weiter: Eine der Frauen trat zum Feuer hin und streckte die Hand aus. Sofort verlöschten die Flammen. An ihrer Stelle wuchs eine gehörnte, männliche Gestalt, die von innen rot zu glühen schien, aus dem Boden. Sie war nackt und sehr muskulös. Links trug sie statt des Fußes den Huf eines Ziegenbocks. Und am Gesäß pendelte ein langer Schweif." Sie bekreuzigte sich, flüsterte: „Der Teufel persönlich!"

„Liebe Agatha", sagte der Vater und sog an seiner Zigarre, die auszugehen drohte. „Nun male ihn mal nicht an die Wand, deinen Teufel. Deine Geschichte wird jetzt ein wenig zu gruselig für die Kinder."

„Es kommt noch besser", erwiderte die Tante eifrig, doch mit verhaltener Lautstärke. „Der Satan paarte sich nämlich nun mit jeder der Hexen. Ich hab's genau gesehen, wie er sie der Reihe nach von hinten …"

„Agatha!", rief die Mutter schnell und lachte, zum Teil belustigt, zum anderen verlegen. „Doch nicht vor den Kindern!"

„Ja, eh, nun a-also …", stotterte Agatha und lächelte dann verschämt. „Ich meine ja nur, dass er, also er hat, eh …"

„Er hat ihnen Hexenkinder gemacht, nicht wahr, Tante?", fiel ihr Miranda ins Wort. „Oh, ich weiß schon, wie das geht. Wir haben erst neulich im Biologieunterricht alles über …"

„Miranda!", ereiferte sich die Mutter. „Bitte keine weiteren Details jetzt!" Auch im Gesicht des Vaters stritten sekundenlang Entsetzen und Erheiterung um die Vorherrschaft, bis letztere Gefühlsregung die Oberhand gewann. „So gern wir uns auch aufklären ließen, Miranda, doch solltest du Rücksicht auf deinen Bruder nehmen. Der ist noch nicht soweit."

Timm spürte, dass es da etwas Geheimnisumwittertes gab, das die Großen ihm vorenthalten wollten und ging nun von sich aus in die Offensive: „Der Robert sagt, nicht der Klapperstorch bringt die Kinder. Die werden auch nicht in Kohlköpfen geboren. Die kommen daher, wenn … wenn sich Mama und Papa ganz, ganz dolle lieb haben und miteinander kuscheln. Stimmt's, Tante Agatha, der Teufel hat mit den Hexen auch ganz dolle gekuschelt?"

Agatha verschluckte sich am Tee. „Also, na ja, wenn man so will, hat er …" Ein Blick in die drohenden Augen der Mutter ließ sie den Satz anders enden, als sie ursprünglich beabsichtigt hatte: „Er hat, eh, ja – gekuschelt. Irgendwie. Sagen wir mal, so auf seine Art …"

„Er hat – hat es ihnen – ganz schön besorgt, was?", platzte Timm heraus.

„Timmi! Was sind das für Ausdrücke?!" Der Vater befand sich abermals in der Zwickmühle seiner Gefühle. „Woher du das nur hast ..."

Es war eine rein rhetorische Bemerkung. Doch Timm blieb keine Antwort schuldig: „Der Robert hat mir erzählt, wie er seine Eltern heimlich belauscht hat vor der Schlafzimmertür. Und dass er erst gedacht hat, der Vater schlägt die Mutter, weil sie doch so gewimmert hat. Aber dann hat er's seiner Schwester erzählt, die schon in die elfte Klasse geht. Und die hat gelacht und gemeint, er muss sich da keine Sorgen machen. Vati hätte es Mutti nur mal wieder so richtig besorgt. Und wenn sie Pech hätten, kriegten sie jetzt vielleicht noch ein Brüderchen dazu. Oder Schwesterchen."

„Aber Timmi, mein Gott ..." Die Mutter war sprachlos. Am liebsten hätte sie das Thema gewechselt. Doch dann siegte ihre Neugier, und sie erkundigte sich vorsichtig: „Und sonst – sonst hat Roberts Schwester nichts gesagt?"

Timm schüttelte den Kopf. „Nein, nur dass da nichts Schlimmes passiert, und dass er es eines Tages verstehen wird, wenn er größer ist. Und er könnte ja seine Mutter selbst fragen. Dann hat sie so komisch gelacht, sagt er."

„Und?", fragte Vater. „Hat er es getan?"

„Ja. Am nächsten Tag beim Frühstücken."

„Was hat ihm denn seine Mutter erzählt?"

„Gar nichts. Er hat eine gescheuert gekriegt. Da ist ihm das Fragen vergangen."

Die Erwachsenen lachten laut auf. Selbst Miranda griente und biss sich auf die Unterlippe. Timm spielte den Eingeschnappten. Er lehnte sich zurück, runzelte die Brauen, verschränkte die Arme, zog eine Schnute und ließ die Beine baumeln. „Das ist nicht fair!", maulte er. „So klein bin ich nicht mehr, dass ich's nicht verstehen könnte. Aber keiner sagt mir was Genaues."

Mutter bemühte sich, die Wogen zu glätten: „Ach Timm, sei nicht böse. Noch ein paar Jahre, und du wirst alles begreifen können. Und nun erzählt uns Tante Agatha auch noch den Rest, nicht wahr?"

Agatha wollte schon loslegen, da setzte Mutter hinzu: „Aber bitte kindgerecht!"

Die Tante lächelte und nickte. „Viel gibt es nicht mehr zu berichten. Nachdem der Teufel mit seiner – eh – Arbeit fertig war, schwangen sich die Hexen auf ihre Besen und flogen durch die Glühwürmchen, die wie Funken auseinanderstoben, in immer größer werdenden, spiralförmigen Bahnen davon. Dabei stießen sie spitze Schreie aus, dass der ganze Wald widerhallte."

„Und der Teufel?", fragte Miranda. „Was tat der?"

„Der stampfte mit seinem Huf den Boden, worauf grellrote Feuerstrahlen hervorsprangen und – schwupps – war er im Erdreich versunken. Danach flohen die Glühwürmchen in alle Richtungen auseinander, bis nichts mehr übrig blieb als völlige Dunkelheit. Mal abgesehen vom Mond, der die Lichtung weiterhin beschien, als wäre nichts passiert."

„Und du, Tante? Was hast du gemacht?" Timm hatte seinen Groll vergessen. Die Erzählung fesselte ihn zu sehr.

„Ich bin nach Hause gegangen", sagte sie lapidar. Und setzte wenig später hinzu: „Mit weichen Knien, wohlgemerkt. Ich habe seitdem aufgepasst, dass mich niemals wieder die Dunkelheit überraschte."

„Hast du die Hexen und den Teufel noch mal gesehen?", wollte Timm wissen.

„Nein, mein Junge. Gott sei Dank nicht. Und ich wage auch nicht, mir auszumalen, was passiert wäre, hätten sie meine Anwesenheit bemerkt. Manchmal ist es gut, wenn man nicht zu viel sieht und weiß!"

„Was wäre dir denn geschehen?", fragte Miranda mit zitternder Stimme.

Agatha zuckte mit den Schultern. „Keine Ahnung. Jedenfalls nichts Gutes. Es ereignen sich nie angenehme Dinge, wenn der

Teufel seine Hand im Spiel hat. Erst recht nicht in Gemeinschaft von Hexen."

„Sind denn alle Hexen böse?", fragte Timm.

„Oh nein, mein Junge, alle nicht. Es gibt auch gute. Und das sind nicht einmal wenige. Doch sie stehen in immerwährendem Kampf mit den Bösen. Manchmal gewinnt die eine und manchmal die andere Seite. Das ist schon seit Ewigkeiten so. Nur in der Walpurgisnacht, wo alle Hexen zum Sabbat auf dem Blocksberg zusammenkommen, herrscht Waffenstillstand."

„So!" Der Vater drückte seinen Stumpen im Aschenbecher aus und erhob sich. „Das mag nun als Schlusswort gelten. Es ist Zeit, ins Bett zu gehen. Vielen Dank, liebe Tante, für deine Geschichte. Ich denke, die Kinder haben dein Anliegen verstanden."

„Ja", sagte Timm und bewies einmal mehr, dass er für sein Alter schon recht reif war: „Wir sollen nicht nach dem Dunkelwerden noch unterwegs sein. Damit wir nicht den Teufel sehen oder die Hexen und so."

„Damit ihr ihnen vor allem nicht in die Hände fallt!", ergänzte Tante Agatha.

Zwölf Jahre später starb Tante Agatha nach einer kurzen, doch schweren Erkrankung. Sie hatte ihr Häuschen mitsamt dem kleinen Grundstück der Familie Steppenbeck vermacht. Diese beschloss, es nicht zu verkaufen, sondern als Garten zu nutzen. Bei den Aufräumarbeiten fand man auf dem Dachboden eine längliche Kiste. Auf ihrem Deckel lag ein Zettel. Er enthielt folgende Worte: Der Inhalt dieser Kiste soll dir, liebe Miranda, gehören. Wofür die einzelnen Dinge gut sind, wirst du schnell herausfinden. Woher ich das weiß? Weil ich mehr als einmal in deine Seele geblickt habe. Deshalb glaube mir: Niemand kann zur Hexe gemacht werden. Entweder man ist von vornherein eine oder eben nicht. Noch etwas: Ich habe ein Verzeichnis der besten Hexenschulen des Landes beigelegt, damit du das Fliegen erlernen kannst. Sieh dich dann mit meinem Flugbesen vor! Er ist nicht mehr der Jüngste. Und nun leb wohl. Vielleicht sehen wir uns ja einmal auf dem Blocksberg wieder?!

Was sonst noch in der Kiste war, wollen Sie wissen? Nun, einfach alles, was eine richtige Hexe so braucht. Natürlich eine, die nur Gutes im Sinn hat und sich nicht mit dem Teufel einlässt oder Schadenzauber praktiziert.

Miranda hat jedenfalls im Laufe ihres Lebens vielen Menschen geholfen und Gutes getan, wo sie nur konnte. Aber, ich denke, das muss ich gar nicht sonderlich betonen.

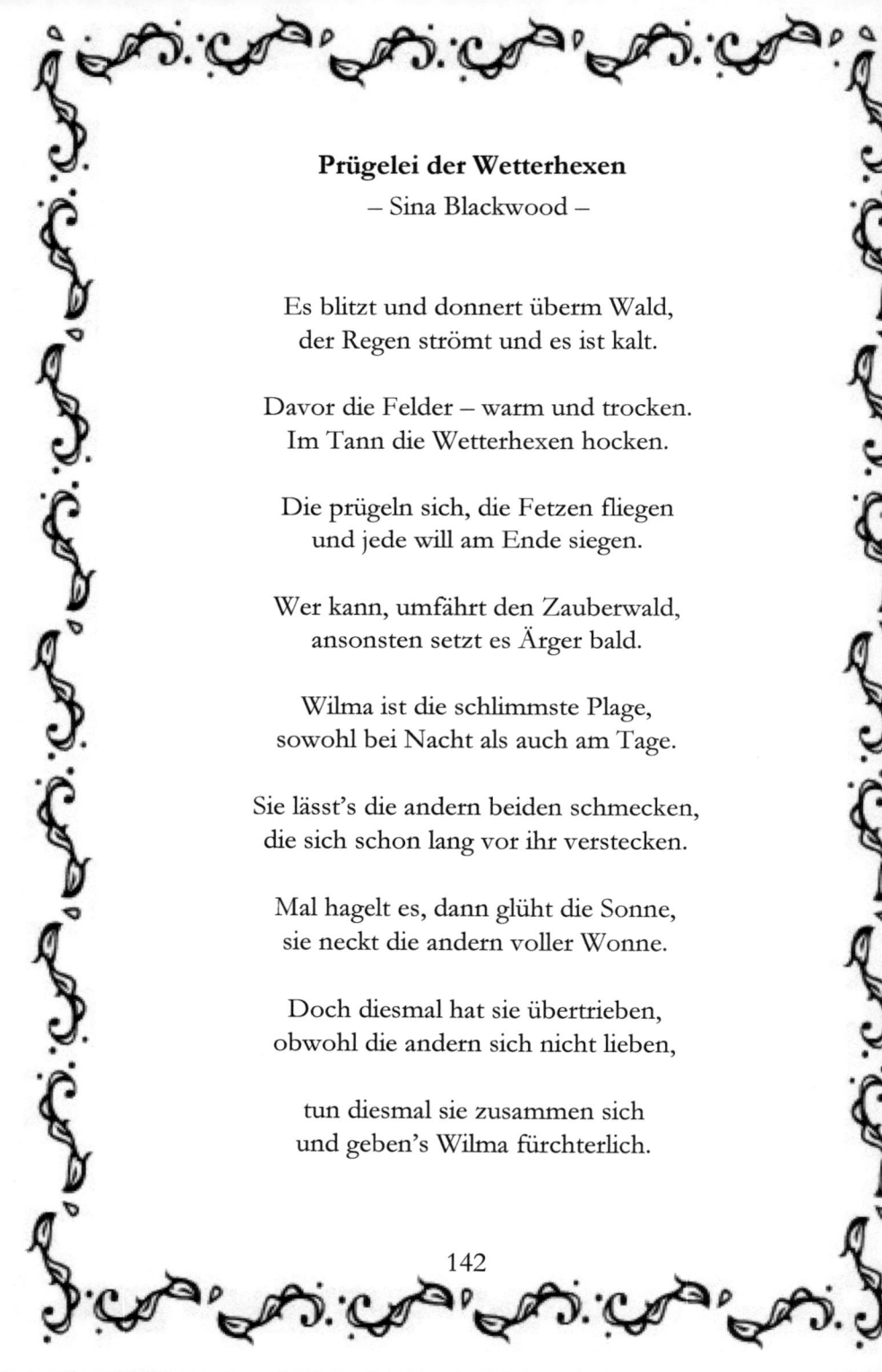

Prügelei der Wetterhexen

– Sina Blackwood –

Es blitzt und donnert überm Wald,
der Regen strömt und es ist kalt.

Davor die Felder – warm und trocken.
Im Tann die Wetterhexen hocken.

Die prügeln sich, die Fetzen fliegen
und jede will am Ende siegen.

Wer kann, umfährt den Zauberwald,
ansonsten setzt es Ärger bald.

Wilma ist die schlimmste Plage,
sowohl bei Nacht als auch am Tage.

Sie lässt's die andern beiden schmecken,
die sich schon lang vor ihr verstecken.

Mal hagelt es, dann glüht die Sonne,
sie neckt die andern voller Wonne.

Doch diesmal hat sie übertrieben,
obwohl die andern sich nicht lieben,

tun diesmal sie zusammen sich
und geben's Wilma fürchterlich.

Es brechen Bäume, brennt das Gras –
Und Wilma merkt, das ist kein Spaß.

Von links kommt Erna mit Orkan,
von rechts schleicht sich die Selma an.

Die wirft mit nadelspitzem Eis.
Der Wilma wird vor Schreck ganz heiß.

Zu spät, hier noch zu verschwinden,
vor Ernas üblen Wirbelwinden.

Nun sitzt sie mächtig in der Patsche,
bekommt von Erna noch ne Klatsche.

Die jagt nen Blitz in einen Stein
und den zerreißt es kurz und klein.

Nach diesen Splittern fasst der Sturm.
Die Wilma krümmt sich wie ein Wurm.

Sie kriegt die Brocken um die Ohren,
sie spürt die Nadeln in sich bohren …

Fast wie ein Igel sieht sie aus,
denn überall spießen sie raus.

Die beiden anderen Wetterfrauen,
die brauchen nur noch zuzuschauen.

Wilmas Ende voller Schmach
Rüttelt die andern endlich wach,

die sofort aufhören, zu grollen
und fortan sich vertragen wollen.

Das merken auch die Menschen bald,
denn sicher wird der Weg im Wald.

Am Ende gibt es noch für sie
Hexenkraft für Feld und Vieh.

Die Hexen nie mehr Böses tun.
Sie lassen alte Fehden ruh'n.

(Wenn das den Menschen mal gelinge,
es unserer Welt viel besser ginge.)

In der Hexenschule

– Matthias Albrecht –

In der Hexenschule ist die Welt, dem Zeitgeist zum Trotz, noch in Ordnung! Hier wird – wie auch in früheren Zeiten bei den Menschenkindern – streng nach Männlein und Weiblein getrennt. Jungs haben bei Mädchen nichts zu suchen und umgekehrt.

Oh nein, mit Zucht und Ordnung hat das nichts zu tun, eher mit den verschiedenen Aufgabengebieten, womit beide Geschlechter nach vollendeter Ausbildung und bestandener Prüfung betraut werden: Die Jungs werden eher für's Grobe, die Mädchen für den Feinschliff herangebildet. Mit anderen Worten: Die männlichen Vertreter der Zunft schlagen mit dem Hammer die Edelsteine aus dem Felsen, während ihre Kommilitoninnen aus den Rohdiamanten Brillanten schleifen.

Dass der Oberlehrer der weiblichen Studentenschaft in der Regel maskulinen Geschlechts ist und sich „Hexenmeister" nennen darf, sei nur am Rande bemerkt. Auch Hexen saugen ihre Kenntnisse, Fähigkeiten und Fertigkeiten nicht mit der Muttermilch auf. Ihnen ergeht es ähnlich wie Harry Potter, der zwar ein gewisses Talent und ererbte Anlagen in die Waagschale werfen konnte, aber auch erst nach und nach lernen musste, mit seinem Zauberstab und Nimbus-2000-Flugbesen umzugehen.

Ich bringe diesen Vergleich nur, weil heute jeder weiß, wer Harry Potter ist, während Grimms Märchen so nach und nach in Vergessenheit geraten. Leider.

Es gibt allerdings Hexen, die als solche geboren werden und es nicht nötig haben, eine Hexenschule zu besuchen, sofern sie sich zeitlebens mit dem kleinen Hexeneinmaleins begnügen. Doch das sind die wenigsten, und auf diese wollen wir hier nicht weiter eingehen.

Die althergebrachte Anschauung, Hexen würden auch heutzutage nur (oder größtenteils) im Gewande alter, buckliger Frauen mit großen Warzennasen in Erscheinung treten, können Sie getrost als überholt betrachten. Die Hexe von Hänsel und Gretel mag ja noch von altem Schrot und Korn gewesen sein, doch hat sie mitnichten etwas mit der heutigen Generation dieser zauberkundigen Wesen gemein, so viel sei schon einmal vorweggenommen.

Da wir gerade von ihr sprechen, muss mit einem weiteren Vorurteil aufgeräumt werden, das da lautet: Hexen können alles und jedes verzaubern! Wenn dem so wäre, hätte es Grimms Märchenhexe nicht nötig gehabt, sich von Hänsel an ihrer warzigen Nase herumführen zu lassen. Der hatte ja bekanntlich der halbblinden Alten, als sie tagtäglich seinen Finger durch die Gitterstäbe des Käfigs befühlte, ob er auch hübsch fett geworden sei, einen dünnen Knochen entgegengestreckt. Da zur damaligen Zeit die Lasertechnik noch nicht erfunden war und auch die Zunft der Optiker als Quark im Schaufenster vor sich hin dümpelte, hätte sie nur auf ihre Zauberkünste zurückgreifen können, um ihre Sehschwäche zu korrigieren.

Aus unerfindlichen Gründen verfiel sie jedoch nicht auf diese Idee. Möglicherweise war ihr ja der entsprechende Zauberspruch unbekannt, weil sie in der Hexenschule gefehlt hatte, als das Thema durchgenommen wurde. Vielleicht besaß sie auch nur die falsche Privatkrankenversicherung, welche die Leistung, sich von einem kundigen Zauberer behandeln zu lassen, nicht übernahm. Wie auch immer – wir werden es nicht erfahren.

In der Hexenschule nun lernen die Erstklässler zunächst, wie man Flugsalbe bereitet. Mit dieser muss sich die Hexe einreiben, bevor sie sich auf Reisigbesen, Zaunlatte, Schneeschieber oder Staubsauger schwingt – je nachdem, was gerade zur Hand ist. Im Gegensatz zu Harry Potters Zauberwelt ist nämlich nicht die Art des Fluggeräts entscheidend, sondern die Qualität der Salbe. Als

Trägersubstanz dient heutzutage weiße Vaseline. Früher begnügte man sich auch mit flüssigem Rindertalg, Schweineschmalz oder Fischtran. Bei Verwendung von Letzterem konnte es natürlich passieren, dass die damit gesalbten Hexen in der Walpurgisnacht auf dem Tanzplatz unter sich bleiben mussten.

Ich werde Ihnen aus Datenschutzgründen nicht mitteilen, welche Ingredienzien man in welchem Verhältnis in die Salbe mischt. Nur so viel sei verraten: Jede Hexe hat ihr eigenes Rezept, auf das sie schwört. Es ist da die Rede von Fledermausblut (um einen geräuschlosen Flug zu gewährleisten), von fein zerriebenen Falkenflügelmuskeln (um ein paar PS mehr rauszuholen), von Lerchenzungenbalsam (um an Höhe zu gewinnen und auch tagsüber durch die Lüfte sausen zu können), von Chamäleon-Haut-Partikeln (um sich innerhalb kürzester Zeit ein anderes Aussehen zulegen zu können) und anderem mehr. Mit Vaseline allein wäre es jedenfalls nicht getan; da könnte die Hexe lediglich mit den Schultern zucken wie ein auf dem linken Fuß erwischter Schüler, der auswendig Gelerntes aufsagen soll und nicht kann. Keinen Zentimeter würde sie sich vom Boden lösen.

Hat man die richtige Mixtur hergestellt, muss man sich den ganzen Körper damit einreiben, ansonsten sind die vernachlässigten Stellen nur mit Mühe in der Lage, sich in die Lüfte zu erheben. Es bleibt Ihnen überlassen, sich vorzustellen, welches Flugbild eine Hexe abgibt, die sich lediglich die Füße salbte. Etliche Kilometer weit kopfüber zum Brocken zu reisen, würde zumindest mit Kopfschmerzen und Sodbrennen einhergehen.

Nun folgt das eigentliche Flugtraining, welches einen Großteil des Lehrplans einnimmt. Erst nach etwa sechshundert Stunden beherrschen zum Ende des Schuljahrs die meisten Schülerinnen auf Anhieb den Blindflug, den Hindernisparcours durch die Baumkronen und die Punktlandung auf einem schmalen Schornstein aus dem Sturzflug heraus. Manche benötigen bei letzterer

Disziplin zwei bis drei Anläufe, und eine von Hundert schafft es nie.

Nachdem die Junghexen die schwierige Kunst der Salbenfabrikation und das Fliegen erlernt haben, kommt die des „Verhexens" an die Reihe. Der profane Liebeszauber ist da noch recht einfach zu erlernen. Dennoch dürfte Amor blass werden und resignierend Pfeil und Bogen verschrotten, sollte er auf die Idee kommen, die Fähigkeiten der Hexen mit den seinigen vergleichen zu wollen, aber das steht auf einem anderen Blatt.

Im zweiten Schuljahr wird die Sache komplizierter. Hier lehrt man die Junghexen, wie sie Gegenstände oder Lebewesen in eine andere Daseinsform überführen können. Dies ist auch die Zeit, in der so manches danebengeht oder billigend in Kauf genommen wird im Bestreben, seinen Mitschülerinnen zu imponieren, respektive den Lehrkörpern eins auszuwischen.

Der Übermut der Hexlein kennt oft keine Grenzen. Es wird auf Teufel-komm-raus gezaubert, bis der tatsächlich raus kommt und kräftig mitmischt. Würden sich die Hexenmeister nicht mit einem Bann schützen, gegen den der Zauber ihrer Schülerinnen nicht ankommen kann, käme für diesen Oberlehrerberuf bald niemand mehr in Betracht.

In den letzten beiden Schuljahren üben sich die Schülerinnen in Wahrsagerei, Ritualen, Bewusstseinserweiterung, Telepathie, Astralreisen, Kommunikation mit dem Jenseits und Kräuterheilkunde, um nur einige Disziplinen zu nennen.

Letztgenannte zählt zur sogenannten Weißen Magie, da die Hexen mit ihren mystischen Tees und Räucherwaren lediglich Gutes bewirken dürfen und können. So dient beispielsweise Lorbeer als Schutz vor Krankheiten und allerlei Unheil, sofern man ihn prophylaktisch einsetzt und nicht erst, wenn das Kind bereits in den Brunnen gefallen, sprich, die Krankheit ausgebrochen ist. Knoblauch soll Kraft und ungeahnte Stärke verleihen, angesichts derer ein Gegner noch vor Kampfbeginn das Handtuch wirft.

(Ich könnte mir allerdings vorstellen, dass dieser aus einem ganz anderen Grund die Flucht ergreift).

Rosmarin hält böse Geister auf Distanz und mittels Baldrian soll es gelingen, ebenso bösen Zauber zu neutralisieren. Da nimmt man es gern in Kauf, dass einem tagelang die Katzen nachlaufen, die ja bekanntlich ganz versessen auf dieses Beruhigungsmittel sind.

Doch nicht nur die genaue Kenntnis von den Heilkräutern und ihrer Wirkung ist entscheidend. Stets werden auch die exakte Dosierung, das richtige Mischungsverhältnis und ein entsprechender Zauberspruch vonnöten sein, um das erhoffte Resultat zu erzielen. Ansonsten könnte ja jeder Depp mit Kräutertees und ein wenig Hokuspokus Wunder bewirken und sich feiern lassen.

Am Ende des vierten Schuljahres legen unsere Junghexen Prüfungen ab und dürfen sich, sofern sie diese bestehen, „Schwestern der heiligen Walpurga" nennen. Sie sind damit allesamt im Kreis der echten Hexen aufgenommen. Und gelten als gute Hexen, denn zu bösen werden sie auf den Schulen nicht erzogen.

Das besorgt dann erst der schlechte Umgang mit Dämonen, Vampiren, Werwölfen und Teufeln, sofern sich die Schwestern mit ihnen einlassen sollten. Dies kommt mitunter vor, wie die Statistik belegt, wobei die Dunkelziffer – leider – viel höher ausfallen dürfte.

Dann allerdings verlieren sie ihre Zugehörigkeit zur Schwesternschaft der „heiligen Walpurga" und können diese niemals mehr zurückgewinnen. Ist der Vertrauensbruch erst mal da, war's das in der Regel. Das kennt man ja auch von Vorbestraften: Wer einmal aus dem Blechnapf frisst, klebt im Schubfach der Vorurteile fest, wie eine mit Alleskleber festgepappte Einlegesohle.

Dies war ein kleiner Auszug aus dem Schulalltag des Hexennachwuchses. Ich hoffe, ich konnte Ihnen diesen kurzweilig näherbringen und nebenbei mit so manchem Vorurteil aufräumen. Sie werden Hexen jetzt sicherlich mit anderen Augen betrachten.

Schauen Sie sich doch einmal aufmerksam um. Gibt es da in Ihrer Nachbarschaft oder in Ihrem Freundeskreis nicht ein paar mysteriöse Fälle, die den Einfluss von Hexen erahnen lassen? Etwa die Heilung eines bereits von den Ärzten aufgegebenen nahen Angehörigen? Der millionenschwere Lottogewinn eines stadtbekannten Unglücksraben? Oder die plötzliche Verlobung eines Paares, das noch kurz zuvor so absolut gar nichts voneinander wissen wollte?

Ich muss jetzt wieder in die Klasse zu meinen Schülerinnen. Die Pause ist vorüber. In den nächsten drei Stunden stehen Verwandlungen jeder Art auf dem Programm. Oh, wie ich das hasse! Aber der Lehrplan ist nun mal nicht zu ändern. Nur gut, dass mein Bann mich vor Ungemach schützt. Sie ahnen ja nicht, was sich die Rabauken alles einfallen lassen, wen man ihnen freie Hand lässt.

In vier (langen) Jahren gehe ich in Pension. Sie glauben ja gar nicht, wie ich den Zeitpunkt herbeisehne ...

Eine alte Schuld

– Sina Blackwood –

Den Kindern hatte die Polizei nicht geglaubt, aber als nun bereits der vierte Jogger berichtete, er habe im Wald eine tanzende Frau in kostbaren spätmittelalterlichen Gewändern gesehen, beschloss sie, der Sache auf den Grund zu gehen. Zumal die Männer auch erzählten, die Frau sei vor ihren Augen verschwunden, als habe sie sich in Luft aufgelöst. Dabei hatten die Beobachter weder unter Drogen gestanden noch waren sie betrunken gewesen.

Also begannen die Beamten die Gothic-Szene zu beobachten, Mittelaltervereine und sogar die Dark-Wave-Clubs, statt sich im Wald auf die Lauer zu legen. Das taten sie erst, als es einen Wanderer bei der Begegnung mit der Fremden übel erwischte. Denn diesmal verschwand sie nicht, oder nicht sofort, wie man sich in der Psychiatrie aus den wirren Worten des Betroffenen zusammenreimte.

Von einem Totenschädel mit feurigen Augen stammelte er, wobei das fast in seinem Zähneklappern unterging. Mal hauchte er die Worte fast, dann schrie er sie wild heraus, wobei er sich in eine Ecke kauerte und beinahe mit der Wand verschmolz.

Selbst starke Psychopharmaka konnten den Zustand des Patienten nicht bessern und genau drei Tage später lag er, mit grauenvoll verzogenem Gesicht und weit aufgerissenen Augen, tot im Bett.

„Und nun?", fragte einer den Leiter der rasch gebildeten Sondereinheit, die den Fall endlich aufklären sollte.

„Installieren wir Kameras an den Bäumen und überwachen das kleine Areal rund um die Uhr."

Gesagt, getan, nur nahmen die Kameras nichts auf, obwohl die Tänzerin erneut gesehen worden war. Also wurden zwei Polizisten in den Wald geschickt, die mit eigenen Augen nach dem Rechten schauen sollten.

Da die Frau zu unterschiedlichen Tageszeiten dort ihr Unwesen trieb, sollten sie nach drei Stunden von anderen Kollegen abgelöst werden. An den ersten drei Tagen geschah buchstäblich nichts. Weder Jogger noch Spaziergänger ließen sich blicken, denn es hatte sich bereits herumgesprochen, dass im Wald Seltsames geschah. Selbst der zuständige Revierförster vermied es tunlichst, auch nur in die Nähe des Spukortes zu kommen. Ihn hatte man als Ersten befragt, als es um etwaige Besonderheiten ging.

Am vierten Morgen, der Frühnebel hatte sich noch nicht ganz verzogen, bemerkten die beiden Polizisten, wie er an einer Stelle plötzlich aufwallte und im gleichen Augenblick die seltsame Fremde etwa 40 Meter vor ihnen tanzte. Sie schien die Männer auch bemerkt zu haben, denn sie wandte ihnen während des Tanzes das Gesicht zu.

Der eine zog ein Fernglas aus der Tasche. „Nicht übel."

„Was?", fragte der andere, ebenfalls durch ein Glas schauend. „Ah, ja. Gertenschlank und ausnehmend hübsch, genau, wie man sich wohl ein Burgfräulein vorstellt, für dessen Gunst die Ritter reihenweise ins Turnier ziehen, nur um einmal ihr Lächeln aus der Nähe sehen zu dürfen."

Der Erste, Christoph, ließ sein Fernglas fast in Zeitlupe sinken und schaute seinen Kollegen mit offenem Mund an.

„Was?", fragte der wieder und grinste harmlos. „Du willst doch nicht etwa sagen, dass die Kleine da vorn hässlich ist?"

„Ist sie nicht", stotterte er. „Aber unheimlich ist sie trotzdem."

„Heh, Kollege, bist du nicht der, der Übersinnliches stets für Spinnerei hält?"

In diesem Augenblick endete der Tanz. Die schöne Fremde kam ein paar Schritte auf sie zu. Christoph fasste nach der Waffe.

Sein Partner Benno hingegen blieb gelassen stehen. *Wer bist du*, dachte er so intensiv, dass er seine Frage fast selbst laut in seinem Kopf hören konnte.

Chiara. Da zerfloss die Schöne auch schon.

Christoph schüttelte sich. „Uahhh, so was muss man echt nicht öfter haben."

„Weichei." Benno ging langsam auf den Tanzplatz zu, um ihn akribisch zu untersuchen. Er machte ein paar Aufnahmen mit seinem Handy, schrieb Notizen dazu und wirkte irgendwie zufrieden.

Dass ihm die geheimnisvolle Unbekannte geantwortet hatte, ließ er in seinem Bericht später aus. Es störte ihn auch keineswegs, dass er am nächsten Tag schon wieder den Wald observieren sollte, weil die anderen Kollegen tausend Gründe fanden, woanders wichtiger zu sein, als bei „Operation Burgfräulein".

Kaum hatte er mit einem neuen Partner den Platz vom Vortag wieder eingenommen, als auch schon die schöne Fremde erschien. „Halte dich zurück", bat er seinen Kollegen. „Ich versuche, mit ihr zu reden."

„Mit dem Gespenst?"

„Spinnt ihr jetzt alle?", lachte Benno. „Seit wann glaubt ihr an Geister?" Mit einem genüsslichen Grinsen ließ er ihn stehen und wandte sich Chiara zu.

Ist es erlaubt, näher zu kommen?, sandte er die gedachte Frage.

Kommt nur, ich werde Euch nichts tun.

Dieses „kommt" und „Euch" bezog Benno goldrichtig ausschließlich auf sich, da in der Zeit der Schönen ein wenig anders miteinander kommuniziert worden war. Das „nichts tun", ließ ihn vorsichtig bleiben. Er hatte zu gut im Kopf, dass es schon einen Toten gab.

Er deutete, zur größten Verblüffung seines Kollegen, eine leichte Verbeugung an. „Ich bin Benno und Ihr müsst Chiara sein, wenn ich mich nicht irre."

Freut mich, Euch kennenzulernen, Benno. Ja, ich bin Chiara. Sie schaute ihn so durchdringend an, dass ihn ein ganz seltsames Gefühl beschlich. Sie hielt ihm ihre Hand mit einem Ring entgegen. *Erkennt Ihr dieses Wappen?*

Benno schaute es sich genau an, soweit es die Entfernung von fast fünf Metern zuließ. „Ich kann mich nicht erinnern, es jemals gesehen zu haben."

Ich glaube Euch, obwohl ich es seltsam finde. Sie musterte ihn von Kopf bis Fuß. *Lebt wohl!*

Als Benno völlig irritiert: „Auf Wiedersehen", antwortete, war der Platz schon leer.

„Klasse!", rief ihm sein Partner zu. „Ich habe alles gefilmt! Vielleicht finden wir jetzt heraus, was hier abgeht!"

In den Diensträumen brach Benno in schallendes Gelächter aus, als die Videosequenz vorgespielt wurde. Er, inmitten eines Waldes, in ein Selbstgespräch vertieft, denn von einer Frau oder anderen Person, mit der er hätte sprechen können, fehlte jede Spur.

Es gab nicht nur einen, dem eine Gänsehaut den Rücken hinunter kroch, während Benno noch immer lachte.

„Dass du das witzig findest, kann ich fast schon verstehen", murmelte Christoph. „Stammst du nicht aus einer Familie, die ein Spukschloss besaß? Das ist übrigens eine Gemeinsamkeit zwischen dir und dem Toten."

Benno wurde schlagartig ernst, hob den Zeigefinger in die Luft, sagte aber nichts. Zumindest wusste er jetzt, wonach es sich vielleicht zu suchen lohnte. Kaum zu Hause, rief er seinen Großonkel in Cornwall an. Zwei Stunden später hatte er per E-Mail beinahe alle Papiere zu den grauenvollen Mysterien bekommen, die sich um Pendennis Castle rankten.

Ein paar Geschichten sortierte Benno gleich aus. Chiara war einfach zu teuer gekleidet, um eine Magd, Köchin oder Bauerntochter zu sein. Blieb noch massenhaft Stoff, sich intensiv mit der Zeit der Tudors zu befassen.

Am nächsten Morgen stand Benno wieder mit Christoph im Wald. Chiara erschien einen Lidschlag später. Sie winkte Benno zu, was Christoph mit Staunen registrierte.

Benno folgte der freundlichen Aufforderung sofort. Er grüßte die Schöne mit der üblichen Verbeugung. *Nun, habt Ihr herausgefunden, wessen Wappen das ist?*

„Ich denke schon. Es deutet auf Henry VIII. hin. Ich weiß nur nicht, was ich damit zu tun habe."

Eure Aura hat mich in diese Zeit geführt. Ihr seid ein Nachkomme jenes Mannes, der mich als Hexe eigenhändig zu Tode folterte.

Benno zuckte zusammen, was auch Christoph nicht entging.

„Und nun wollt Ihr Euch dafür an mir rächen?"

Einen habe ich es schon büßen lassen, der die gleichen Wurzeln hatte. Ursprünglich hatte ich das auch mit Euch vor, weil ich anders keine Ruhe finden kann. Chiaras Lächeln fiel ziemlich verloren aus. *Aber nun …*

„Was nun?"

Kommt morgen wieder! Chiaras Gestalt zerfloss.

Benno griff nach ihr und fasste ins Leere. „Weg ist sie", murmelte er. Er hätte gern mehr über ihr trauriges Schicksal erfahren.

Diesmal verfasste er einen ausführlichen Bericht, welchen sein Chef sofort im Panzerschrank verschwinden ließ. Weil es nicht geben konnte, was es nicht geben durfte.

Großonkel William nahm das abendliche Telefonat überaus ernst. „Mein Junge, das ist das finsterste Kapitel der Familiengeschichte. Ich befürchte ernsthaft, dass es dir ans Leben geht. Es gibt auch keinerlei Anweisungen, wie man dieses Gespenst loswerden kann."

„Morgen treffe ich sie wieder. Ich werde es nehmen, wie es sich ergibt." Benno legte auf. Die ganze Nacht lag er schlaflos. Nicht aus Angst vor dem Tod, nur aus Sorge, was geschehen könne, drehte sein für das nächste Treffen zugeteilter Partner plötzlich durch.

Doch dann kam alles völlig anders.

Chiara eilte Benno entgegen. *Heute ist mein 500ster Todestag. Küsst mich!*

„Was???", stellte der völlig überrascht seine Lieblingsfrage.

Tut es einfach, wenn die Sekunde meines letzten Atemzugs von damals kommt, könnt Ihr mir auf diese Weise Ruhe geben. Sie warf sich an seine Brust und Benno konnte sie sogar körperlich spüren.

„Chiara", flüsterte er, „es tut mir so leid, was Euch durch meinen Vorfahren geschehen ist. Vergebt uns bitte." Ihre Lippen legten sich weich auf die seinen. Eine tiefe Ruhe zog in Bennos Herz. Er hielt Chiara auch dann fest umfangen, als er plötzlich nur noch blanke Knochen spürte. Am Ende glitt ihm das leere Kleid aus den Händen, dessen Trägerin wohl endlich Frieden gefunden hatte.

Als er es aufheben wollte, zerfiel es genau so zu Staub wie Chiara.

Benno quittierte den Dienst und wanderte zu seinem Großonkel nach Cornwall aus, um Chiara auf irgendeine Weise nah zu sein. Er blieb zeitlebens allein. Als er in hohem Alter starb, erlosch mit ihm auch seine Linie.

Ob Benno seinen Frieden fand? Das kann ich euch wirklich nicht sagen. Vielleicht ist er nun auch einer jener Geister, die noch immer ruhelos Pendennis Castle durchstreifen.

Gleich doppelt ein Zwerg

– Sina Blackwood –

Es schleicht der Zwerg durch Berg und Tann,
weil er wohl nicht mehr schlafen kann.

Die ganze Nacht lag er schon wach,
ihn plagt ein großes Ungemach.

Sein Vetter, Beutelfried der Große,
hat nämlich mehr in seiner Hose.

Man sagt, Fips' Augenschmaus Dietlinde
drum oft zu Beutelfried verschwinde.

„Verdammter Mist! Was mach ich nur?
Da hilft kein Zetern, keine Kur …

Wen kann ich fragen, wer mir helfen?
Ich geh am besten zu den Elfen!"

Dass das der größte Fehler war,
ist schon am nächsten Morgen klar.

Der Kuckuck ruft, statt „Guten Morgen",
„Na? Hast du in der Hose Sorgen?"

Die Frösche grinsen kichernd „quaaaak",
versau'n ihm fast den ganzen Tag.

Am Ende geht er nicht mehr raus
und brütet finst're Pläne aus.

Wird grimmig, böse und gemein,
das findet Hutzeleide fein.

Die zaubert gern zum Zeitvertreib
und Fips nimmt sie zum Eheweib.

Gemeinsam sind sie nicht zu stoppen,
man hört sie nächtelang laut *
(*Blümchen pflücken)

So gibt's im Berg, nach ein paar Jahren,
Giftzwerge in hellen Scharen.

Krieg der Gartenzwerge

– Matthias Albrecht –

In einer deutschen Kleingartenanlage soll sich Anfang der Siebzigerjahre etwas zugetragen haben, welches die vielgepriesene und gleichermaßen gescholtene Spießbürgeridylle in einem neuen, Augen schmerzenden Licht, erscheinen ließ. Es war auf den ersten Blick ein völlig normaler Gartenverein mit völlig normalen Kleingärtnern und ebenso normalen Problemen. Das Besondere: Fast die Hälfte der Pächter hatte zwischen den Beeten, auf den Wegen, in den Ecken und überall dort, wo auch nur eine Handbreit ungenutzter Platz vorhanden war, Gartenzwerge aufgestellt. Pro Parzelle fand sich etwa ein Dutzend Zwerge, welche den durch die Anlage flanierenden Spaziergängern in die Augen stachen. Große und kleine, solche aus Terrakotta oder Plastik, immer aber farbenfrohe und unter ihren Zipfelmützen mehr oder weniger lustig dreinblickende, sich in klassischer Pose gebärdende Wichtel: Schubkarre schiebend, einen Fliegenpilz empor haltend, Gartengeräte tragend – Sie wissen schon.

Eine ganze Weile – was sage ich – jahrelang ging das gut, und niemand störte sich daran. Jeder fand dieses Gebaren völlig in Ordnung; schließlich fühlte man sich deutsch mit Herz und Seele, und Gartenzwerge gehören zu dieser Nation nun mal ebenso wie Bratwurst mit Senf, auf Hochglanz polierte Autos, Pünktlichkeit, Ordnungsliebe, Bürokratie und Spießigkeit. Bis eines Tages nach und nach …

… neue Pächter in die leerstehenden Gärten einzogen. Und mit ihnen auch eine Generation Gartenzwerge, welche unsere alteingesessenen, konservativen Parzellenfreunde zuvor nie zu Gesicht bekommen hatten: Da stand inmitten eines Steingartens ein Plastik-Heino und schmetterte – stilecht mit Sonnenbrille und Gitarre ausgestattet – sein „Haselnuss-Lied". Neben einem Wasserfass lehnte ein der Welt entrückter Kiffer mit heruntergelassenen

Jeans und zog an seinem Joint. Ein in schwarzem Lack und Leder Halbnackter schwang wollüstig seine Peitsche über einer vor ihm knienden – gleichermaßen nackten –, in rotes Leder gewandeten Zwergenschönheit, und inmitten des Vorbeetes streckte ein hemdsärmeliger Börsianer auf dem Fahrersitz eines knallroten Plaste-Porsches dem gleichermaßen erstaunten wie verärgerten Betrachter den Mittelfinger entgegen.

Hey, ging's noch? Was sollte das? Wollten deren Besitzer nur provozieren? Oder ihre eigene, „moderne" Weltsicht präsentieren? Oder was? Oder wie?

Eine Woche lang schauten sich die „Altvorderen" die Sache Hälse reckend und kopfschüttelnd an, und in der nächsten begnügten sie sich damit, ihrem Unmut öffentlich und verbal Luft zu machen. Als sich jedoch diese unerhörte Zwergen-Generation das Feld nicht freiwillig zu räumen anschickte, wandte man sich zunächst an den Vorstand und – weil längere Zeit nichts passierte – schließlich an den Bundesvorstand, der, aus welchem Grund auch immer, dieser Misere noch gar nicht andächtig geworden war.

Gartenzwergdiskrepanzen? Was? Wie? Ist das euer Ernst? Oder wollt ihr uns zum Narren halten?

Natürlich war man auf höherer Ebene nicht gewillt, sich einzumischen oder gar eine Entscheidung zu treffen, deren Vorgeplänkel man ohnehin nicht nachvollziehen konnte. Gartenzwerge? Damit beschäftigten sich allen Ernstes die Verantwortlichen des Vereins?! Was für ein haarsträubender Unfug!

Und so kam es, wie es zwangsläufig kommen musste: Die Sache eskalierte. Es begann damit, dass über Nacht fünf Zwergen der Avantgarde mit Lackfarbe aus der Spraydose die Gesichter geschwärzt wurden. Am nächsten Tag hatten zehn Terrakotta-Klassiker ihre Köpfe verloren. Und wieder zwei Tage danach verschwanden der Porsche-Börsianer und die beiden Sadomasochisten auf Nimmerwiedersehen.

Nun war Schluss mit lustig! Da sich die Polizei aus Prioritäts- und Personalgründen außerstande sah, die Anlage des Nachts ständig zu bestreifen, und sich der Vorstand finanziell keinen Wachschutz leisten konnte, griff man zur Selbsthilfe: Sowohl auf Seiten der Klassiker als auch auf der der Provokateure stellte man nachts vier bis sieben Wachposten auf, die aller drei Stunden abgelöst wurden und – mit Taschenlampen und gefährlichen Gartengeräten „bewaffnet" – in dunkler Kleidung durch die Anlage schlichen. Die Mitglieder des amtierenden Vorstands schüttelten die Köpfe angesichts derart freiwilligem Engagements, fand sich doch unter den „Selbstjustizlern in spe" ein nicht geringer Teil, welcher während der alljährlichen sechs Pflichtarbeitsstunden stets mit unentschuldigter Abwesenheit glänzte. Aus psychologischer Sicht betrachtet allerdings weniger verwunderlich, ging es doch hier nicht lapidar um ungeliebte Arbeitsleistungen zugunsten der Gemeinschaft, sondern ums persönliche Eingemachte. Getreu dem Motto: Privat geht vor Katastrophe!

Natürlich kam es während der Streifen zu Begegnungen der „Dritten Art" zwischen den verschiedenen Lagern; das war gar nicht zu vermeiden. Dann umschlich man sich knurrend mit gesträubten Nackenhaaren, fletschenden Zähnen und eingezogenem Schwanz wie Hund und Katze und setzte seinen Weg in entgegengesetzter Richtung fort. Nur selten kam es unter gemäßigteren Charakteren zu einer mageren Konversation:

„Und?"

„Nichts bisher."

„Ach ja?"

„Ja."

„Na dann ..."

„Hm – na dann ..."

Die Atmosphäre war von gegenseitigem Misstrauen geschwängert, doch konnte man sich nichts beweisen oder erwischte gar einen Vandalen auf frischer Tat.

Dessen ungeachtet gingen die Zerstörungen, Verunstaltungen oder gar das Verschwinden der Zwerge weiter: Am Morgen darauf waren wieder mehrere in den Zwergenhimmel aufgestiegen. Ohne Aussicht auf Rückkehr! Es gab keine Zeugen. Niemand hatte etwas gesehen.

Die Wachposten wurden aufgestockt und die Einsatzzeiten verlängert. Jetzt traten sich pro Vier-Stunden-Schicht an die zwanzig Phantomjäger gegenseitig auf die Füße. Ein Drittel aller Pächter der Anlage!

Schlussendlich ohne Erfolg. Es war wie verhext. Allmählich verlor man die Zuversicht, die Zwergenmörder auf frischer Tat zu stellen. Auf beiden Seiten.

Nachdem sich vom einstigen Bestand nur noch ein Viertel der Wichtel der Unversehrtheit erfreute, begann man zu resignieren. Nach und nach verbannten die Pächter den Rest ihrer Lieblinge in die Keller ihrer Mietwohnungen. Die nächtlichen Streifgänge wurden eingestellt. Nirgendwo fand sich mehr ein Zwerg in den Parzellen, ob nun in klassischer oder moderner Ausführung. Lediglich ein einziges Exemplar seiner Gattung stand einsam und ungeschützt inmitten der großen, kurzgemähten Gemeinschaftswiese. Man konnte nicht erkennen, welchem Lager er zuzuordnen war. Irgendwie schien er beide zu vereinigen mit seiner grauen Strick- statt roten Zipfelmütze, der mit Edelweiß geschmückten Lederhose, dem blumenmusterbunten Hemd, der Sonnenbrille und den holländischen Clogs – eine Zusammenstellung wie Lebertran mit Honig oder Banane in Senftunke. (Mahlzeit!)

Aber das war längst nicht alles. In der linken Hand hielt das Unikum eine Farbspraydose, in der rechten einen Baseballschläger. Und im Gesicht trug er ein hämisches, ja zynisches Grinsen, das an den Kannibalen Hannibal aus: „Das Schweigen der Lämmer" erinnerte.

Es gab Gartenfreunde, welche bei seinem Anblick die Nerven verloren und ihn in Stücke schlugen, doch – man höre und staune: Am nächsten Tag stand er unversehrt wieder an seinem Platz!

Irgendwann ließ man um ihn herum das Gras so hoch wachsen, dass er jeden Blickes entzogen wurde. Was nicht hieß, dass er nicht da war und weiterhin über eine gartenzwergfreie Anlage wachte.

Und dies soll sich, zumindest was besagten Verein betrifft, bis zum heutigen Tag nicht geändert haben!

Der Außerirdische

— Sina Blackwood —

Willibald der Pingenzwerg,
rutscht in 'ne Spalte, tief im Berg.

Rasant geht's abwärts, immer tiefer,
er stürzt durch Gneis und Glimmerschiefer.

Dann flutscht er bäuchlings, welche ein Graus,
in eine fremde Welt hinaus.

Genau auf einer Autobahn –
und damit fängt der Ärger an …

Gar bald hat man ihn „einkassiert",
er wird gefilzt und kontrolliert.

Recht schnell hat Staates Macht erkannt:
Der Kerl ist illegal im Land!

Er spricht nicht Deutsch und nicht Latein,
so sperrt man ihn erst einmal ein.

Nach ein paar Tagen in der Zelle,
ist man noch immer nicht ganz helle,

was auf die Herkunft schließen lässt,
so macht man den Genetik-Test.

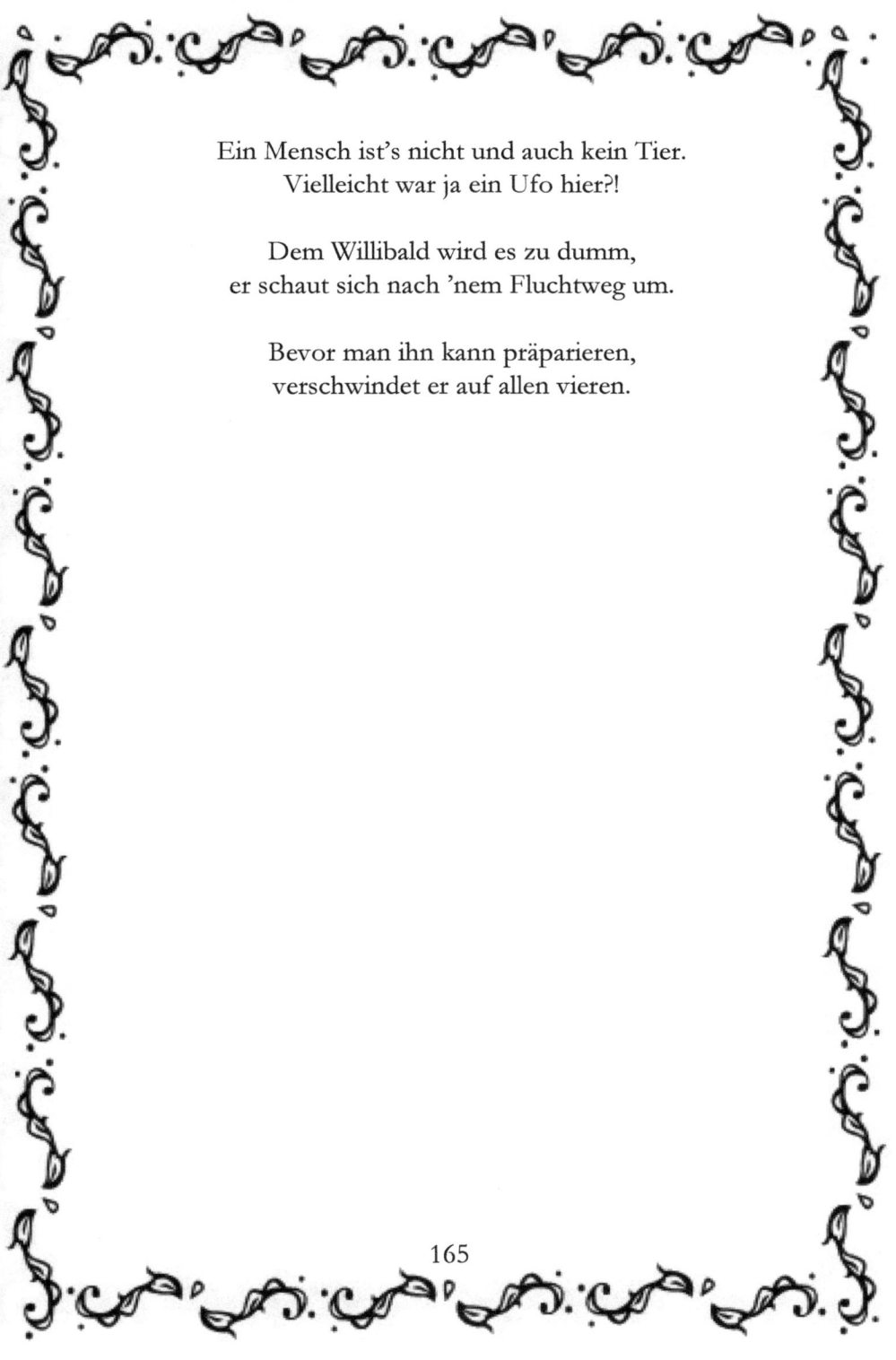

Ein Mensch ist's nicht und auch kein Tier.
Vielleicht war ja ein Ufo hier?!

Dem Willibald wird es zu dumm,
er schaut sich nach 'nem Fluchtweg um.

Bevor man ihn kann präparieren,
verschwindet er auf allen vieren.

Frieso, der Bergwerkszwerg

– Matthias Albrecht –

Der Frieso war im Erzbergwerke
Der Kleinste aller Bergbauzwerge.
Mit einer Elle Körperlänge
Zwängte er sich entlang der Gänge
Fast mühelos durch enge Stollen –
Man musste schon Respekt ihm zollen!

Und Frieso besaß überdies
Viel Körperkraft, sodass es hieß:
„Steckt auch der Karren tief im Dreck –
Holt Frieso, der schafft ihn schon weg!"
Man wollte ihn in jeder Schicht,
Denn ohne Frieso ging es nicht.

Auch war das Glück ihm bislang hold;
Er fand im Berg das meiste Gold
Von allen Steigern, Hauern, Knappen,
Die es gewannen in Etappen.
Der Frieso schürfte hier vor Ort
Tagein, tagaus nur im Akkord.

Er ignorierte Schweiß und Schmutz,
Doch leider auch den Arbeitsschutz.
Der Obersteigerbergmannswicht,
Er sprach zu ihm: „Das geht so nicht!
Wirst deinen Job nicht lang behalten,
Lässt du nicht künftig Vorsicht walten."

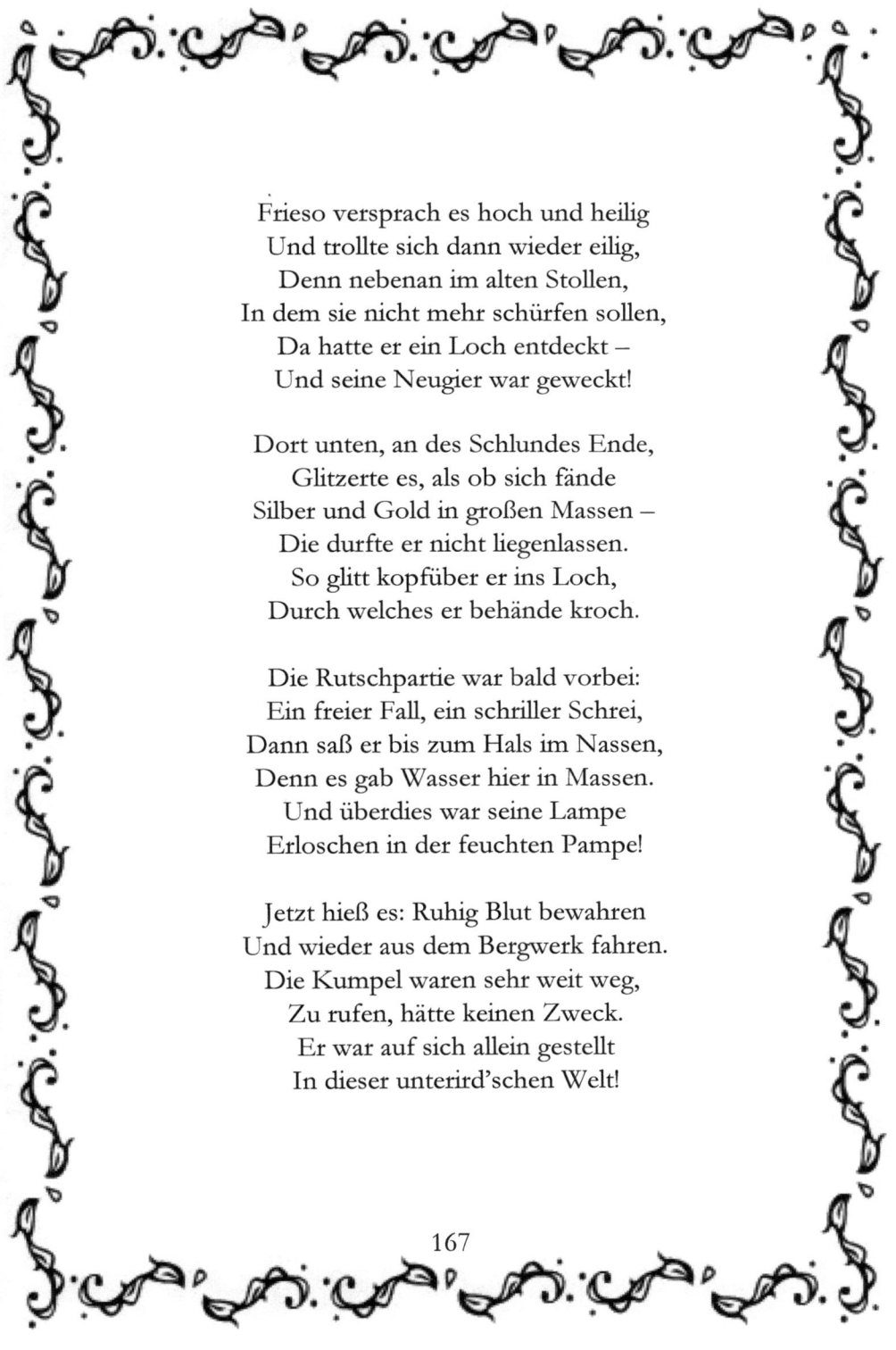

Frieso versprach es hoch und heilig
Und trollte sich dann wieder eilig,
Denn nebenan im alten Stollen,
In dem sie nicht mehr schürfen sollen,
Da hatte er ein Loch entdeckt –
Und seine Neugier war geweckt!

Dort unten, an des Schlundes Ende,
Glitzerte es, als ob sich fände
Silber und Gold in großen Massen –
Die durfte er nicht liegenlassen.
So glitt kopfüber er ins Loch,
Durch welches er behände kroch.

Die Rutschpartie war bald vorbei:
Ein freier Fall, ein schriller Schrei,
Dann saß er bis zum Hals im Nassen,
Denn es gab Wasser hier in Massen.
Und überdies war seine Lampe
Erloschen in der feuchten Pampe!

Jetzt hieß es: Ruhig Blut bewahren
Und wieder aus dem Bergwerk fahren.
Die Kumpel waren sehr weit weg,
Zu rufen, hätte keinen Zweck.
Er war auf sich allein gestellt
In dieser unterird'schen Welt!

Zunächst sprang Frieso ganz behände
Hinüber bis zum Höhlenende.
Da er nichts sehn konnt', stieß er sich
Am Felsvorsprung ganz fürchterlich.
Die Nase schwoll an wie ein Kropf;
Schon war sie größer als der Kopf.

Um seine Schmerzen schnell zu lindern,
Und die Geschwulst etwas zu mindern,
Taucht' er den Kopf ins Wasser ein –
Die Kälte müsste hilfreich sein!
Das war sie auch, doch nach Minuten
War Frieso es zu viel des Guten.

Sehr lange musste er nicht bangen –
Die Schwellung war zurückgegangen.
Jetzt hieß es, gut zu überlegen
Und sich nicht hitzig zu bewegen.
Still saß er da, der arme Wicht.
Inzwischen trocknete sein Licht.

Nach einer ganzen Weile dann,
Zündete er die Lampe an.
Sie brannte! Ach, wie tat das gut;
Der Frieso schöpfte neuen Mut.
Und schon – wer hätte es gedacht –
Gewahrte er auch einen Schacht.

Der führte, wie es schien, nach oben.
Frieso wollte ihn gleich erproben
Und kletterte ganz schnell hinauf.
Dann hielt er ein in seinem Lauf,
Denn ein Geräusch drang an sein Ohr –
Das kam dem Frieso seltsam vor!

Ein leises Schaben, Schlurfen, Kratzen,
Auch ein ganz unheimliches Schmatzen,
Vernahm er nun direkt vor sich.
Und dann erschrak er fürchterlich:
Vor ihm wand sich, oh welcher Graus,
Ein Wurm. Und der sah Scheiße aus!

Zwei Meter hoch und fünfmal länger –
Dem Frieso ward es bang und bänger.
Und dazu noch dieser Gestank …
Der Zwerg wurde ganz plötzlich krank.
Er musst sich heftig übergeben –
Der Wurm schien kurz zu überlegen.

Dann sagte der: „Es stört mich nicht,
Wenn sich ein Gnom, wie du, erbricht!
Weiß doch als Wurm davon zu leben,
Dass andere sich übergeben –
Da kommt einer wie du grad recht …"
Dem Frieso war noch immer schlecht.

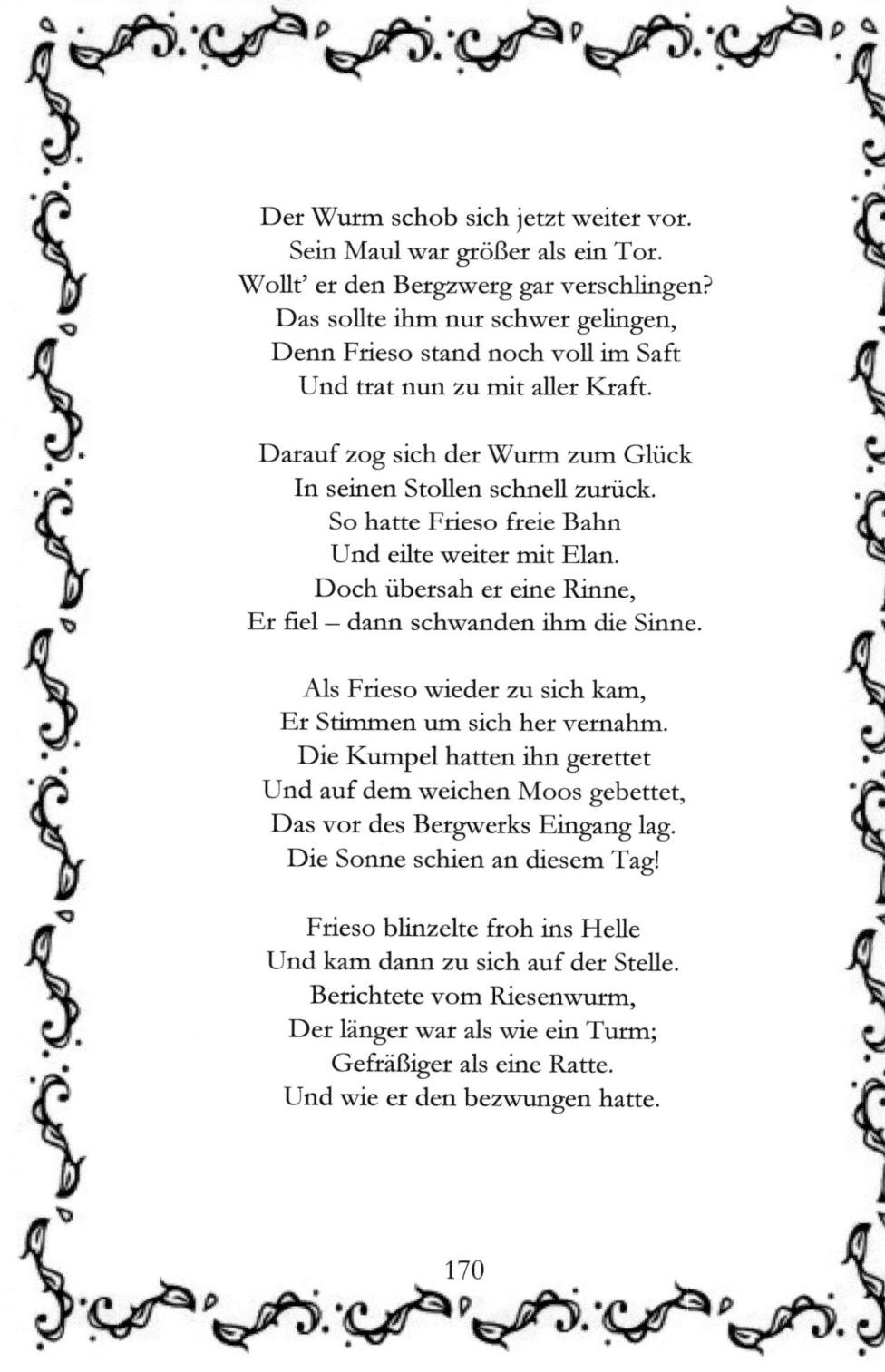

Der Wurm schob sich jetzt weiter vor.
Sein Maul war größer als ein Tor.
Wollt' er den Bergzwerg gar verschlingen?
Das sollte ihm nur schwer gelingen,
Denn Frieso stand noch voll im Saft
Und trat nun zu mit aller Kraft.

Darauf zog sich der Wurm zum Glück
In seinen Stollen schnell zurück.
So hatte Frieso freie Bahn
Und eilte weiter mit Elan.
Doch übersah er eine Rinne,
Er fiel – dann schwanden ihm die Sinne.

Als Frieso wieder zu sich kam,
Er Stimmen um sich her vernahm.
Die Kumpel hatten ihn gerettet
Und auf dem weichen Moos gebettet,
Das vor des Bergwerks Eingang lag.
Die Sonne schien an diesem Tag!

Frieso blinzelte froh ins Helle
Und kam dann zu sich auf der Stelle.
Berichtete vom Riesenwurm,
Der länger war als wie ein Turm;
Gefräßiger als eine Ratte.
Und wie er den bezwungen hatte.

Doch Obersteigerbergmannswicht,
Der meinte nur: „So war das nicht!
Du stecktest fest in einem Loch,
In dem nach Grubengas es roch.
Du weißt schon, dort in jenem Stollen,
In dem wir nicht mehr graben sollen!"

Der Frieso konnt' es glauben kaum.
„So war das alles nur ein Traum?
Dank euch bin ich jetzt noch am Leben,
Und einen Wurm hat 's nie gegeben?"
Man nickte und bejahte dies.
Der Frieso fühlte sich ganz mies.

Der Obersteigerbergmannswicht,
Er sprach: „Du warst darauf erpicht,
Silber und Gold allein zu bergen,
Doch so läuft das nicht bei uns Zwergen.
Wir arbeiten stets Hand in Hand –
Dafür sind wir nun mal bekannt!"

Da war der Frieso wie gelähmt;
Er fühlte sich total beschämt.
Bereute seine Taten sehr,
Schwor gleich: „Keinen Alleingang mehr!"
Und – ob ihr 's glaubt oder auch nicht –
Er hielt sich dran. In jeder Schicht!

Die wahre Geschichte

der Tochter des Grafen Weiß-Wittchen

– Sina Blackwood –

Perla, die Tochter des Grafen Weiß-Wittchen, war gerade 18 geworden, als sie von zu Hause ausbüxte, um den langweiligen Repräsentationsaufgaben und ihrer selbstsüchtigen Stiefmutter zu entgehen. Mit den Rittern hätte sie lieber ganz andere Spiele getrieben, als ihnen, huldvoll lächelnd, Turnierpreise zu überreichen.

Besonders seit dem Tag, als sie zufällig herausfand, dass ihre Stiefmutter die schmucken Recken für ganz andere Dienste in Anspruch nahm, als für welche sie ihr Vater vorgesehen hatte. Perla war sauer. Stinksauer, um genau zu sein. Sie befahl man in ihre Kemenate, weil es sich für eine Dame nicht schicke, an den wüsten Gelagen der Ritter teilzunehmen, während die Gräfin sehr wohl mit den Männern zechte.

Der alte Graf schlief meist nach dem zweiten Becher Wein ein, weil er mit den jungen kraftstrotzenden Kerlen nicht mithalten konnte. Kaum brachten ihn die Mägde zu Bett, suchte auch die Gräfin ihr Schlafgemach auf. Allerdings nicht, ohne mindestens einen der knackigen heißen Typen dahin mitzunehmen. Im Laufe der Nacht wechselten die Bettgenossen immer wieder. Perla hatte zwar keine Ahnung, was die dort trieben, es klang aber so, dass sie Lust bekam, das Gleiche zu tun. Nur wusste sie nicht, wen sie befragen konnte, ohne dass ihre Stiefmutter Wind von der Sache bekäme. Also beobachtete sie in den nächsten Tagen mit Adleraugen die Vorgänge in der Burg.

Rasch stellte sie fest, dass der einzige Mann, den ihre Stiefmutter nicht als solchen behandelte, ein Zwerg aus den fernen Bergen war. Den hatte man vor Monaten als Gefangenen hierher geschleppt, um die Gräfin zu erheitern.

Meist bekam er Aufgaben übertragen, die er auf Grund seiner Körpergröße gar nicht erfüllen konnte und die nur deshalb gestellt wurden, damit man sich über ihn kaputtlachen konnte.

Dabei war seine Statur das Einzige, was ihn von den anderen unterschied. In die Größenverhältnisse der Ritter versetzt, wäre Max ein muskelbepackter, umwerfend aussehender Mann gewesen. Wie auch immer, er schien Perla derjenige zu sein, von dem man am ehesten Auskünfte bekommen konnte. Und sei es nur deshalb, ihrer Stiefmutter eins auszuwischen.

Als er wieder einmal einen riesigen Haufen Lanzen und Schilde in die Waffenkammer schleppte, fing ihn Perla buchstäblich weg, um mit ihm zu reden. Sie öffnete ihre Tür einen Spalt und zog den erschrockenen Max herein. Sie legte einen Zeigefinger auf ihren Mund und deutete auf einen Schemel. Dann begann sie, ihn flüsternd zu befragen.

Mit jedem Satz wurden die Augen des Zwerges größer. Allerdings gab er ohne Zögern so freimütig Auskunft, dass Perlas Gesichtsausdruck in den nächsten Minuten kaum anders aussah, als seiner kurz vorher. Allerdings lehnte er das Ansinnen, sie auf der Stelle in allem zu unterrichten, was eine Frau beherrschen sollte, kategorisch ab. „Dann macht mich Euer Vater durch Abschlagen meines Kopfes noch kürzer, als ich schon bin."

Stattdessen bot er an: „Verhelft mir zur Flucht, kommt mit zu den Meinen und Ihr sollt alles bekommen, was Ihr Euch wünscht."

Nur war das einfacher gesagt als getan. So kam es, dass Perla fast ganze zwei Jahre auf diesen Tag warten musste. Beim ersten großen Gelage, an dem buchstäblich alle sturzbetrunken in den Betten lagen, nutzte sie die Gunst der Stunde. Sie gab Max ein Zeichen, raffte ihren Schmuck zusammen und eilte zum Stall, wo Max schon ihr Pferd gesattelt hatte. Er setzte sich hinter sie auf den Wallach, so dass er sich unter ihrem weiten Umhang verstecken konnte. Auf diese Weise kamen sie unangefochten aus der Burg und zum Stadttor hinaus.

Außer Hörweite der letzten Nachtwächter gab Perla bekannt: „Wir haben es geschafft, nun kann uns sicher keiner mehr aufhalten."

„Sehr gut", klang es unter ihrem Umhang hervor, wobei gleichzeitig Max' Hände von Perlas Taille aufwärts wanderten, um sich genüsslich an ganz anderer Stelle festzuhalten. Schließlich hatte er gezwungenermaßen in den letzten drei Jahren enthaltsam leben müssen.

Zudem sehnte er sich seit jenem ersten Gespräch danach, der hübschen und überaus wissbegierigen Perla das Liebes-ABC beizubringen. Perla ließ den Braunen angaloppieren, um möglichst rasch den Wald zu erreichen, wo sie ganz sicher sein konnte, nicht sofort gesehen zu werden. Dort gab es auch einen kleinen Unterstand für die Jäger, in welchem man etwas vor Wind und Wetter geschützt die Nacht verbringen konnte.

Perla bemerkte nicht ohne Wohlgefallen, dass Max von einem Augenblick zum anderen vom, fast anderthalb Köpfe kleineren belächelten, Zwerg zum bewaffneten Beschützer wurde. In der Aufregung der Flucht war ihr völlig entgangen, dass ein langes, großes Paket hinter den Sattel geschnallt war, welchem Max soeben eine prunkvolle Rüstung und diverse Waffen entnahm. Die darum gewickelten Decken breitete er unter dem Schutzdach aus. Ihr Vater und die Stiefmutter waren wohl die Einzigen, die wussten, dass Max kein dahergelaufener Tunichtgut war. Offensichtlich hatte es ihnen besonderen Spaß gemacht, ihren Gefangenen doppelt zu erniedrigen.

„Wer seid Ihr wirklich?", fragte Perla.

„Es ist besser, wenn Ihr es noch nicht erfahrt", entgegnete Max, sie auf seinen Schoß ziehend. „Seid Ihr noch interessiert, mir Minne zu geben, oder habt Ihr es Euch inzwischen anders überlegt?"

Perla ließ ihre Fingerspitzen über die stilisierten goldenen Blüten an seinem Harnisch gleiten. „In Anbetracht dieses Anblicks ist das Interesse ungebrochen und eher noch gewachsen." Sie blinzelte verschwörerisch.

Also kuschelte sie sich nach einem kurzen Nachtimbiss zu Max unter die Decke und der überhäufte sie mit Zärtlichkeiten, bis sie es kaum noch erwarten konnte, ihm ihre Unschuld zu opfern. Diesen Gefallen tat er ihr nur zu gern und bewies, dass auch ein Zwerg ein ganzer Mann sein konnte.

Für Perla gab es nun kein Zurück mehr, wie beide wussten. Auch, dass sie ohne ihn in der Fremde verloren war, hatte sie schon begriffen. So überließ sie Max am nächsten Morgen jegliche Initiative und gehorchte seinen, als Bitten formulierten, Anweisungen aufs Wort.

Bei einem Bauern tauschte sie bei erster Gelegenheit ein goldenes Armband gegen ein gutes Pferd und reichlich Wegzehrung ein. Damit überraschte sie Max völlig, der in keiner Weise damit gerechnet hatte.

Ein paar Tage später, sie hatten inzwischen das Gebirge erreicht, das die Menschenwelt von der der Zwerge trennte, begann Perla zu ahnen, dass sich ein hoher Herr hinter Max verbergen musste. Jeder Zwerg, der ihn erkannte, verbeugte sich fast bis zur Erde und manch einer bot ihnen eine komfortable Unterkunft an, ohne einen Deut dafür zu verlangen.

Aber mit jedem Tag wurde Max' Miene sorgenvoller. Schließlich ließ sich Perla nicht mehr vertrösten. „Sagt mir doch endlich, wer Ihr seid und wie ich Euch helfen kann!"

Max schüttelte resigniert den Kopf. An diesem Punkt hakte ihr heutiger Gastgeber ein: „Gut, wie Ihr wollt, mein Herr, dann werde ich Eurer bezaubernden Begleiterin das Geheimnis verraten. Der, den Ihr Ritter Max nennt, war der Kronprinz unseres Landes. Sein skrupelloser Bruder hat ihn in einen Hinterhalt gelockt und den Menschen in die Hände gespielt. Dann ließ er verbreiten, sein Bruder sei im Kampf gefallen. Unser alter König konnte den Tod seines ältesten Sohnes nicht verwinden und starb kurz darauf. Die Ländereien, die einst Max gehörten, hat sich Jim, der Niederträchtige, unter den Nagel gerissen. Ende der Geschichte!"

Der Hausherr drehte sich um und überließ die beiden ihren Gedanken.

„Nun bin ich wirklich ein mittelloser Vagabund", sagte Max mit tonloser Stimme. „Ich halte Euch nicht zurück, wenn Ihr gehen wollt."

„Wohin? Außerdem werdet Ihr mich so schnell nicht los." Perla hob den Zeigefinger. „Im Grunde genommen sind wir beide mittellos, auch, wenn ich noch meinen Schmuck besitze. Aber das bringt mich auf eine Idee, wie wir zu Geld kommen können."

Sie winkte Max, ganz nah heran zu kommen, und flüsterte. „Wenn ich mich in den letzten Wochen nicht getäuscht habe, dann haben Euch alle um mich, die Menschenfrau, beneidet. Wie wäre es, wenn wir meinen Schmuck gegen ein Häuschen eintauschen und ich interessierten Herren gegen reichlich Barschaft das für einen Abend gebe, was sie sich am meisten wünschen?"

Max blieb der Mund offen stehen.

„Noch besser!", verkündete Perla. „Wir lassen es so aussehen, als wüsstet Ihr nichts davon. Dann zahlen die Herren noch mehr, damit ich schweige."

„Wisst Ihr, dass ich Euch nicht gern teile?", fragte Max mitten in der Nacht, nach langen heißen Liebesakten.

„Das wusste ich nicht. Es erschwert die Sache zwar, macht sie aber nicht unmöglich. Mich als Dienstmagd zu verdingen, ist sicher eine dumme Idee."

Max nickte. Perla wäre an der ungewohnten Arbeit verzweifelt. Das Leid, das er erfahren hatte, hätte er ihr nicht zumuten wollen. Da war der Weg, sich als Dirne zu versuchen, schon einfacher zu bewerkstelligen.

Beim Frühstück fasste sich Perla ein Herz und weihte ihren Gastgeber in den gefassten Plan ein. „Wahrheit gegen Wahrheit", seufzte sie, als er genau so ungläubig schaute, wie Max am Vorabend.

Als dieser jedoch die Sache bestätigte, machte der Gastgeber einen Vorschlag, den die beiden eindeutig gut hießen und sofort in die Tat umsetzten:

Sie bekamen eines der großen Torhäuser der Burg als Bleibe, dessen Kaufpreis Perla in regelmäßigen Raten im Bett des bisherigen Besitzers beglich. Der wiederum vermittelte ihr solvente Kundschaft aus dem Hochadel.

So kam es, dass jeden Tag, außer sonntags, was ausschließlich Max vorbehalten war, ein anderer das Vergnügen hatte, bei Perla von Weiß-Wittchen zu liegen.

Und wie bei allem, was nur mündlich überliefert wurde, setzte jeder Erzähler seinen eigenen Senf dazu. So kommt es auch, dass man heute die Geschichte kaum wiedererkennt und sie „Schneewittchen und die sieben Zwerge" nennt.

P.S. Das Edelbordell lief im Zwergenland so erfolg- und vor allem ertragreich, dass Max noch mehrere gleichartige Etablissements installierte, um den riesigen Zwergenbedarf buchstäblich zu befriedigen. Auch trauerte er der verlorenen Königswürde in keiner Weise nach. Es machte wesentlich mehr Spaß, ein Imperium mit willigen Dirnen zu befehligen, als einen ganzen Staat mit unwilligen Untertanen.

Scorpio, der Gnom

– Matthias Albrecht –

Als Gott die Welt erschuf, dacht' er
Darüber nach, sie zu beleben.
Denn eine Ödnis, wüst und leer
Sollt es auf Dauer doch nicht geben.

Und so ersann er viele Arten
Von Lebensformen, klein und groß.
Mit weichen Körpern und mit harten –
All das gelang dem Herrn famos!

Die Tiere wuselten auf Erden,
Bevor der Mensch aus Lehm entstand.
Als Einzelgänger und in Herden
Durchstreiften sie bald jedes Land.

Doch neben Tieren gab es Wesen,
Die haben seltsam sich betragen.
Man kann von ihnen heut noch lesen
In Mythen, Fabeln und auch Sagen.

Sie waren weder Mensch noch Tier,
Doch hatten sie von beiden was.
Und säten Missgunst, Neid und Gier,
Auch Zwietracht aus. Und blanken Hass!

Sie hausten in der Unterwelt,
Hatten stets Böses nur im Sinn.
Die Menschen gaben Gut und Geld
Und manchmal auch ihr Leben hin.

Gnom Scorpio war solch ein Wicht,
Der vorgab, Menschenfreund zu sein.
In Wahrheit war er nur erpicht,
Auf neugebor'ne Kinderlein.

Litt man an Hunger wie an Durst,
Niemals hat Mitleid er empfunden.
Die Menschheit war ihm völlig Wurst;
Er fühlte sich ihr nicht verbunden.

Doch warum ging man dann dem Wicht
So auf den Leim, werdet ihr fragen.
Gutgläubigkeit allein war 's nicht –
Jedoch die Not in diesen Tagen.

Es zahlte schließlich Scorpio
Für 's Erstgeborne reines Gold.
Das machte zwar nicht wirklich froh,
Aber dies war auch kaum gewollt.

Es hielt die Menschen über Wasser,
Flossen auch Tränen ohne Zahl.
Doch Scorpio, der Menschenhasser,
Weidete sich an deren Qual.

Nun sah der Herr sich dies Gebaren
Nur einen Augenblick lang an.
Und wies bereits nach ein paar Jahren
Den Gnom in seine Schranken dann:

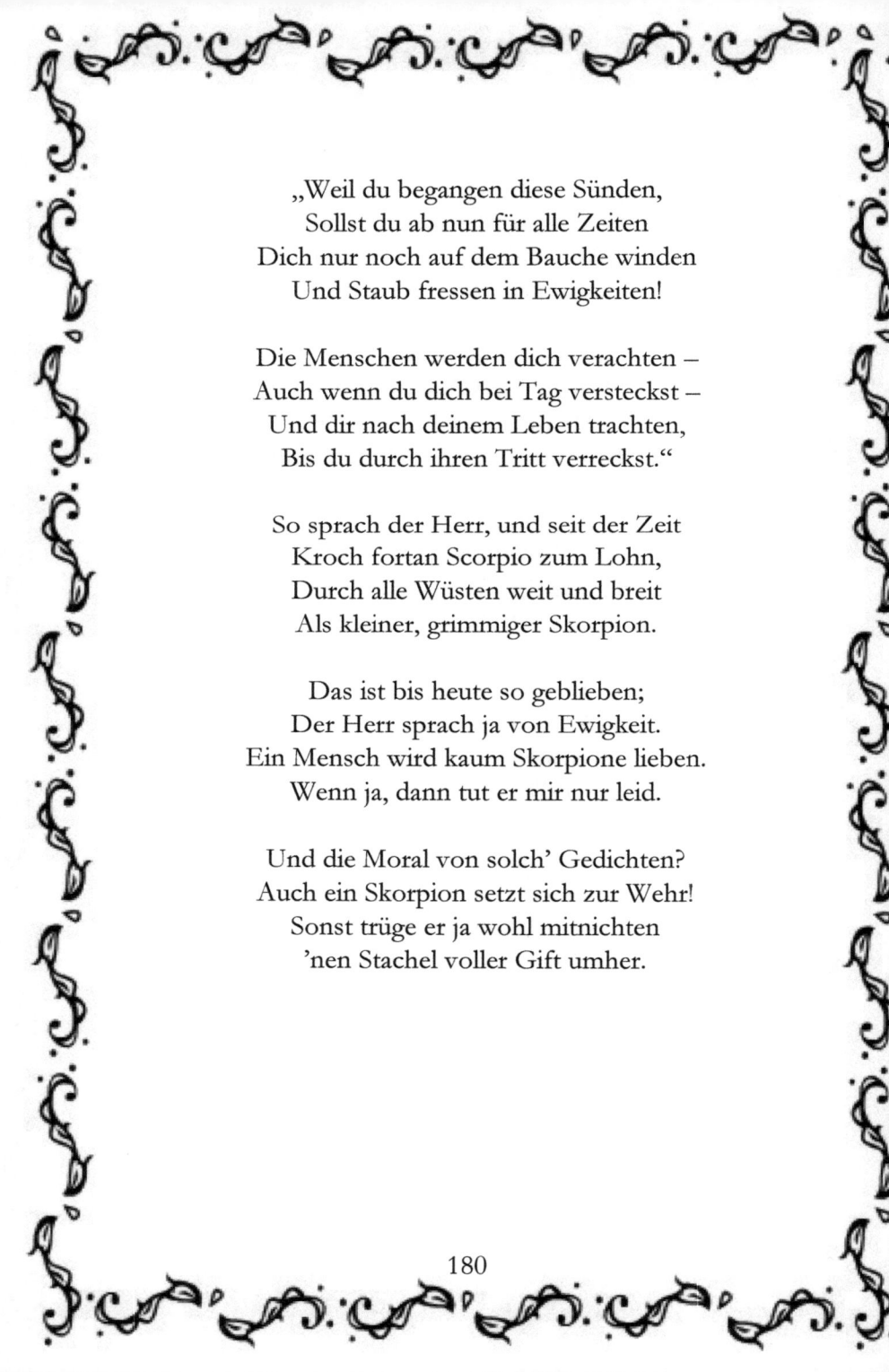

„Weil du begangen diese Sünden,
Sollst du ab nun für alle Zeiten
Dich nur noch auf dem Bauche winden
Und Staub fressen in Ewigkeiten!

Die Menschen werden dich verachten –
Auch wenn du dich bei Tag versteckst –
Und dir nach deinem Leben trachten,
Bis du durch ihren Tritt verreckst."

So sprach der Herr, und seit der Zeit
Kroch fortan Scorpio zum Lohn,
Durch alle Wüsten weit und breit
Als kleiner, grimmiger Skorpion.

Das ist bis heute so geblieben;
Der Herr sprach ja von Ewigkeit.
Ein Mensch wird kaum Skorpione lieben.
Wenn ja, dann tut er mir nur leid.

Und die Moral von solch' Gedichten?
Auch ein Skorpion setzt sich zur Wehr!
Sonst trüge er ja wohl mitnichten
'nen Stachel voller Gift umher.

Weihnachts-Wichtel

– Sina Blackwood –

Weihnachts-Wichtels große Sorgen:
Was geschieht am Weihnachtsmorgen?

Kann ich alle Kisten schleppen?
Denn was wünschen sich die Deppen:

X-Box, Laptop und dergleichen,
Bausteinkästen müssen weichen.

Handy, Tablet und auch Schminke,
oder Gutschein mit viel Pinke.

Dreikäsehochs, die kaum frei laufen,
bekommen davon ganze Haufen.

Ein Kinderhändchen schnell gefüllt?
Welch Irrtum! Weil's meist überquillt!

Statt Stift und Malbuch gibt es Dinge,
die ich hier nicht zur Sprache bringe.

Sonst schlepp ich nächste Weihnacht dann
noch schwerer für den Weihnachtsmann.

Tommotoi, der Riesenzwerg

— Matthias Albrecht —

Zu einer Zeit, zu der längst nicht so viele Menschen auf Erden wandelten wie heutzutage, lebte ein Zwergenvolk im Erzgebirge am Fuße des Fichtelberges. Damals war die Gegend noch sehr bewaldet. Die tiefen, dunklen Nadelwälder beherbergten neben Luchsen und Wildkatzen auch Wölfe und Bären. Daher wagten sich die Menschen nicht tief in den Wald, und wenn, dann nur, weil sie als Holzarbeiter oder Jäger nicht umhinkamen.

Diesen Umständen verdankte das Volk der Zwerge die Ruhe und Beschaulichkeit, mit denen es sein Leben führen konnte. Die Zwistigkeiten unter den Sippen gehörten der Vergangenheit an. Mit anderen Zwergenvölkern führte man auch schon längst keine Kriege mehr, seit man sich vor den Menschen in Acht zu nehmen hatte und nicht mehr frei durch die Lande streifen konnte.

Zu Beginn hatte es keine Probleme gegeben. Die Zwerge halfen den Menschen, wo sie nur konnten, und erhielten dafür Dinge, welche sie nicht selbst herzustellen in der Lage waren. Es war ein beiderseitiges, freiwilliges Geben und Nehmen, und niemand fragte danach, ob der Wert einer erhaltenen Gabe mit dem der im Austausch gewährten gleichbedeutend sei.

Das änderte sich, als die Zwerge begannen, Bergbau zu betreiben und für die Waren der Menschen mit Edelmetallen zu bezahlen. Plötzlich verschoben sich die Wertvorstellungen der Dorfbevölkerung, und deren Gier kannte nun keine Grenzen mehr. Das Kleine Volk kam mit dem Abbau des begehrten Silbers kaum noch nach und erhielt im Gegenzug immer weniger dafür. So zerbrachen mit der Zeit die Geschäftsbeziehungen zwischen Zwergen und Menschen.

Einige Generationen später erinnerten sich die Erzgebirgler sehr sporadisch daran, dass sie mit dem Zwergenvolk einmal in Eintracht gelebt hatten, und als ein paar hundert Jahre ins Land gegangen waren, gehörten die Kleinen Leute nur noch ins Reich der Mythen und Legenden. Warum aber bekamen die Menschen nie mehr einen Zwerg zu Gesicht? Es waren nicht nur die Urwälder und wilden Tiere, welche das Reich der Zwerge wie eine schier unüberwindliche Barriere umgaben, sondern vor allem der Umstand, dass Letztere in Höhlen wohnten. Zudem trauten sie sich nur noch des Nachts aus ihren Behausungen.

Dennoch mangelte es ihnen an nichts. Sie waren ein bescheidenes Völkchen und erfreuten sich an den Schätzen, die sie der Erde in mühevoller Arbeit abtrotzten, zumeist Silber, Halbedelsteine und sogar ein wenig Gold. Da sie die Früchte ihrer Arbeit nicht mehr verkaufen konnten, die Hoffnung auf bessere Zeiten jedoch nicht aufgaben, horteten sie ihre Schätze in großen Haufen, bis die Höhlenkammern aus den Fugen zu brechen drohten.

Zu dieser Zeit wurde dem Zwergenpaar Jasper und Ragna ein Sohn geboren, den sie Tommotoi nannten. Der Junge wuchs schnell heran, doch die Freude darüber hielt sich in Grenzen und schlug bald in Entsetzen um, denn Tommotoi hörte nicht auf, zu wachsen. Bereits im Alter von drei Jahren war er größer als sein Vater und sieben Jahre darauf überragte er ihn gar um das Doppelte.

Ein erzgebirgiger Zwerg der damaligen Zeit konnte mit einer Körperlänge von einem halben Meter als ausgewachsen und durchschnittlich groß betrachtet werden. Zwar gab es Zwergenvölker, deren Vertreter bis zu 120 Zentimetern groß werden konnten, doch lebten diese vorwiegend in nördlicheren Gefilden.

Mit seinen 105 Zentimetern Körperlänge war Tommotoi jedenfalls ein Riese unter seinesgleichen. Nie zuvor hatte ein Zwerg dieses Volkes eine solch enorme Größe erreicht. Die Eltern waren entsetzt, König Sarin ebenso, ja das ganze Volk befand in einem Zustand immerwährenden Entsetzens, sobald es Tommotio gewahr wurde oder auch nur an ihn dachte. Um dies nachvollziehen zu können, brauchen Sie sich nur einmal vorzustellen, Ihr

Sohn wäre dreieinhalb Meter groß und überragte damit gar indische Elefanten. Unvorstellbar!

Zu allem Überfluss blieb sein Gesicht bartlos. Es zeigte sich lediglich ein zarter Flaum – eine Schande für einen Zwerg, trugen doch selbst deren Frauen Bärte. So dürfte es wohl nicht verwundern, dass sich Tommotoi seit frühester Kindheit Hohn und Spott ausgesetzt sah. Dazu kam, dass niemand mit ihm, der Missgeburt, zu tun haben wollte. Er wurde gemieden, gemobbt, gehänselt und umher geschubst, wo es nur ging. Dabei wollte er doch nur dazugehören. Er war ja als Zwerg geboren worden. Was konnte er denn für die Launen der Natur?

„Hau ab, du bist keiner von uns", pflegten seine Mitschüler zu sagen, wenn er – wieder einmal – den von vornherein zum Scheitern verurteilten Versuch unternahm, Anschluss zu finden. „Geh und such dir bei den Menschen einen Platz. Da gehörst du hin, du Wechselbalg!"

Nun muss man wissen, dass es in früheren Zeiten, als die Menschen mit dem Kleinen Volk noch Handel trieben, mitunter einem Zwerg einfiel, sein eigenes Kind, den sogenannten Wechselbalg, einer Wöchnerin unterzuschieben und das ihre mit sich zu nehmen, weil es schöner und anmutiger war als das leibliche. Die wahren Gründe hierfür mochten vielfältig sein; auf sie einzugehen hieße, den Rahmen dieser Erzählung zu sprengen. Im Falle Tommotois schien es sich nun gerade umgekehrt zu verhalten. Sowohl seine Eltern als auch die Gelehrten des Kleinen Volks mutmaßten, dass es diesmal die Menschen gewesen sein mussten, die den Austausch – mit welchen Absichten auch immer – vollzogen hatten. Allmählich glaubte der Junge selbst daran, dass er ein Mensch sei, obgleich er, außer dem spärlichen Bartwuchs, alle äußerlichen Zeichen eines Zwerges aufwies: ein runzliges, aschfarbenes Gesicht, eine Knollennase, kleine, tief in ihren Höhlen liegende, gerötete Äuglein, stark wuchernde Brauen und große Plattfüße mit kaum ausgeprägten Zehen. Jedenfalls litt Tommotoi unter der Vorstellung, ein Mensch zu sein. Mehr noch als unter der fehlenden Liebe und Aufmerksamkeit seiner Eltern, sofern sie überhaupt die leiblichen waren. So war es kein Wunder, dass Tommotoi ein sehr zurückgezogenes Leben führte und zunehmend daran dachte, seinem unglücklichen Dasein ein Ende zu setzen.

In einer Spätsommernacht des Jahres 1672 verließ Tommotoi still und heimlich die Zwergenwelt. Er befand sich nun in einem Alter, in welchem er die Zwergenweihe (unserer Konfirmation ähnlich) hätte empfangen können, wäre sie ihm nicht vorenthalten worden. Dennoch dürfte ihn jeder Mensch, sofern er ihm begegnete, für einen Greis halten. Gedanklich bereits mit dem Leben abgeschlossen, begann Tommotoi ein makabres Spiel: Er hatte sich vorgenommen, immer schnurstracks geradeaus zu gehen, soweit es das Gelände zuließ und die Schritte zu zählen, bis zu dem Moment, in dem ihn ein wildes Tier anfallen und zerreißen würde. Ob er wohl bis Hundert käme? Eher nicht. Die Wölfe und Bären machten keinen Unterschied zwischen Menschen- und Zwergenfleisch; alles war willkommen, den Hunger zu stillen, wenn es sich anbot.

Die Dunkelheit war ihm kein Hindernis. Seine Augen hatten sich an sie gewöhnt. Und Tageslicht hatte er bislang nur selten in der Nähe des Höhleneingangs als Morgen- oder Abenddämmerung zu Gesicht bekommen.

Wider Erwarten konnte Tommotoi bis Hundert zählen, ohne dass ihm etwas Schlimmes widerfahren wäre. Also nahm er sich die nächsten Hundert vor und trottete stumpfsinnig weiter. Das Zählen beschäftigte ihn derart, dass er weder die Morgendämmerung wahrnahm noch die Tatsache bemerkte, den Wald längst verlassen zu haben. Erst als sich der rotgoldene Rand der Sonne am Horizont zeigte und ihr Licht ihm schmerzhaft in die Augen stach, hielt er verwundert inne und schaute sich um. Felder umgaben ihn, auf denen Getreide wuchs. Der Waldrand lag in beträchtlicher Entfernung hinter seinem Rücken. Fasziniert blinzelte er in die zunehmend heller werdende Sonne, die er zum ersten Mal in seinem Leben zu Gesicht bekam.

Im Unterbewusstsein hatte Tommotoi einen Weg verfolgt, der zu einem Bauernhof führte. Nun beschleunigte er seine Schritte, um Schutz vor der schmerzenden Helligkeit zu suchen.

Als er den Hof betrat, kam ihm ein großer Hund entgegen und fletschte knurrend die Zähne. Auch gut, dachte Tommotoi, wenn mich Wolf und Bär nicht wollen, lass ich mich eben von diesem Ungetüm fressen. Furchtlos, weil lebensmüde, schritt er auf das Tier zu. Dieses jedoch zeigte in Anbetracht jener respektlosen Annäherung kein Verlangen, Tommotoi zu verspeisen. Es bellte ein paar Mal, zog den Schwanz ein, winselte kläglich und trollte sich.

Während Tommotoi noch überlegte, wohin er sich wenden sollte, traten die Bauersleute aus der Tür. Sie stutzten, der Bauer runzelte die Brauen und kam, indes seine Frau auf der Schwelle stehenblieb, langsamen Schrittes und mit offen stehendem Mund näher.

„Was bist du denn für ein hässlicher Zwerg?"

Tommotoi war die Sprache der Menschen weitgehend fremd; immerhin verstand er ein paar Vokabeln, und als das Wort „Zwerg" fiel, erhellte sich sein Gesicht. Er strahlte den Bauern regelrecht an, denn wenn ihn ein Mensch sofort als Zwerg erkannte, gab es möglicherweise doch noch Hoffnung für ihn. „Ich Zwerg!", bekräftigte er daher, nickte heftig und zeigte mit dem Finger auf sich. Dann fügte er noch ein paar Erklärungen in seiner „Agla"-Zwergensprache hinzu, mit denen der Bauer natürlich nichts anfangen konnte. Tommotois Freude währte indes nur kurz. Kaum hatte er seine Ausführungen beendet, da packte ihn der Bauer mit einer entschlossenen Handbewegung am Kragen, hob ihn empor und schrie seiner Frau zu: „Ich hab einen von denen erwischt! Der hier klaut uns keine Eier mehr!" Dann trug er ihn ins Haus und sperrte ihn im Keller ein.

Der Rest ist schnell erzählt: Der Bauer verkaufte Tommotoi an einen Quacksalber, der ihn auf den Jahrmärkten als „Der Zwerg vom Fichtelberg – der Letzte seiner Art" zur Schau stellte. Tommotoi musste vor den Augen des Publikums Schmuckgegenstände aus Kupfer und Silber fertigen, die dann an interessierte Zuschauer verkauft wurden. Er konnte nicht fliehen, denn er blieb ständig an den Füßen gefesselt und wurde des Nachts zusätzlich in einen Käfig gesperrt. Doch Tommotoi nahm es den Menschen nicht übel. Sicherlich gab es Gründe, so mit ihm zu verfahren.

Zumindest hatten sie ihm sein Selbstwertgefühl zurückgegeben, weil sie ihn als das erkannten, was er war: ein Zwerg. Doch unter seinesgleichen als Zwerg zu groß und unter den Menschen als solcher zu klein, saß er nun zwischen den Stühlen. Mit der Zeit ergab sich Tommotoi in sein Schicksal und dachte nicht mehr daran, seinem Leben ein Ende setzen zu wollen. Es hatte ja nun wieder einen Sinn bekommen: Er schuf Kunstwerke und das Publikum honorierte seine Arbeit mit Beifall. Auch bekam er von diesem des Öfteren eine Süßigkeit oder ein Stück Obst zugesteckt. Sein Herr, der Quacksalber, behandelte ihn zwar wie einen Gefangenen, doch zumindest nicht schlecht. Alles in allem konnte Tommotoi zufrieden sein.

Nach zwei Jahren der Gefangenschaft ließ ihn der Quacksalber frei. Doch Tommotoi konnte mit dieser Freiheit nichts anfangen. So blieb er freiwillig und schuf weiterhin seine Schmuckstücke zur Freude seines Herrn und der Menschen. Als Künstler. Und vor allem – als Zwerg!

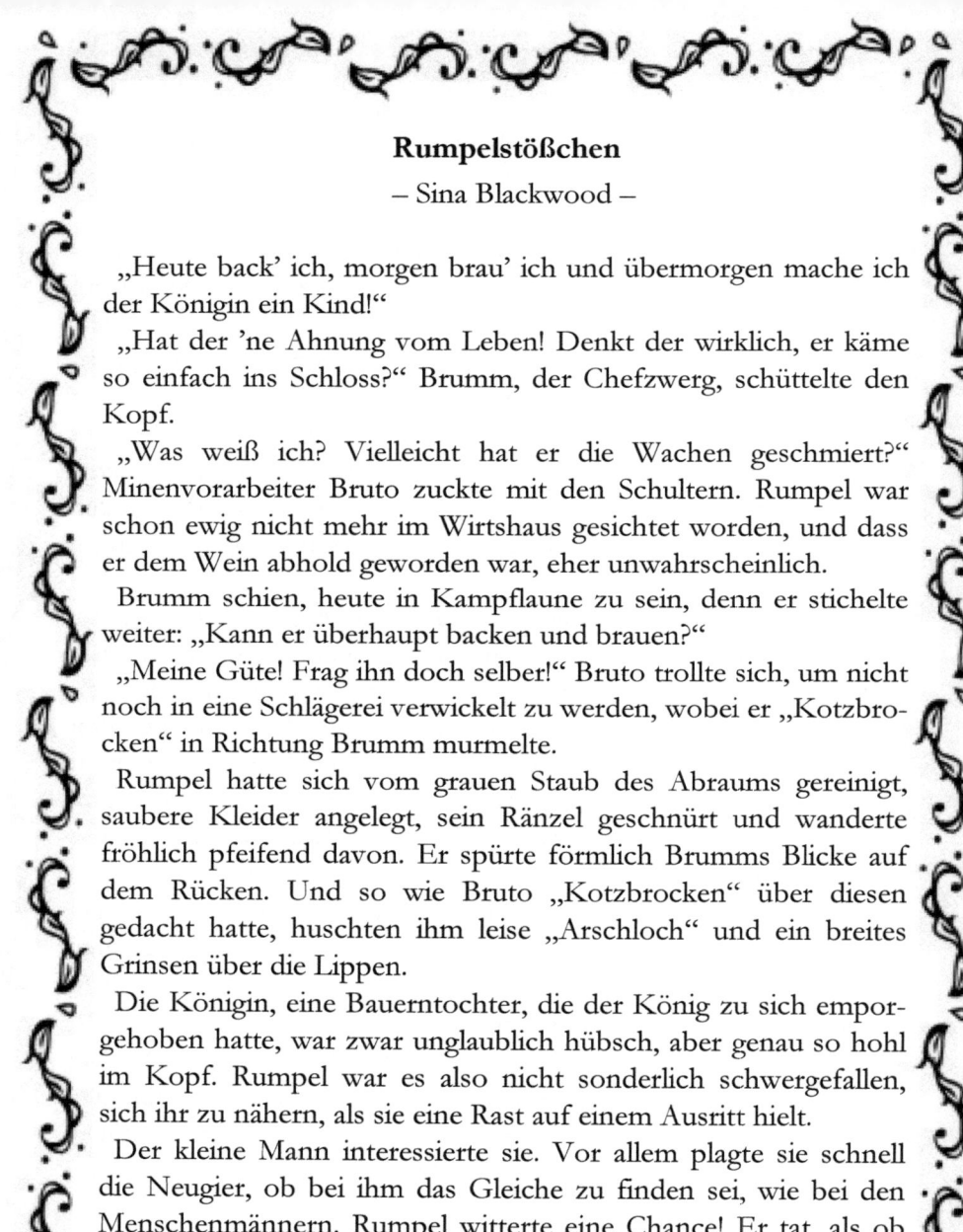

Rumpelstößchen

– Sina Blackwood –

„Heute back' ich, morgen brau' ich und übermorgen mache ich der Königin ein Kind!"

„Hat der 'ne Ahnung vom Leben! Denkt der wirklich, er käme so einfach ins Schloss?" Brumm, der Chefzwerg, schüttelte den Kopf.

„Was weiß ich? Vielleicht hat er die Wachen geschmiert?" Minenvorarbeiter Bruto zuckte mit den Schultern. Rumpel war schon ewig nicht mehr im Wirtshaus gesichtet worden, und dass er dem Wein abhold geworden war, eher unwahrscheinlich.

Brumm schien, heute in Kampflaune zu sein, denn er stichelte weiter: „Kann er überhaupt backen und brauen?"

„Meine Güte! Frag ihn doch selber!" Bruto trollte sich, um nicht noch in eine Schlägerei verwickelt zu werden, wobei er „Kotzbrocken" in Richtung Brumm murmelte.

Rumpel hatte sich vom grauen Staub des Abraums gereinigt, saubere Kleider angelegt, sein Ränzel geschnürt und wanderte fröhlich pfeifend davon. Er spürte förmlich Brumms Blicke auf dem Rücken. Und so wie Bruto „Kotzbrocken" über diesen gedacht hatte, huschten ihm leise „Arschloch" und ein breites Grinsen über die Lippen.

Die Königin, eine Bauerntochter, die der König zu sich emporgehoben hatte, war zwar unglaublich hübsch, aber genau so hohl im Kopf. Rumpel war es also nicht sonderlich schwergefallen, sich ihr zu nähern, als sie eine Rast auf einem Ausritt hielt.

Der kleine Mann interessierte sie. Vor allem plagte sie schnell die Neugier, ob bei ihm das Gleiche zu finden sei, wie bei den Menschenmännern. Rumpel witterte eine Chance! Er tat, als ob er sich sehr ziere. Die Königin fiel darauf herein und bot ihm eine Stelle als Abendunterhalter an, um doch noch an die begehrten Informationen zu kommen. Der König, zuerst nicht gerade erfreut, als ihm seine Frau offerierte, einen Mann zur abendlichen Erbauung engagiert zu haben, lachte lauthals, als Rumpel zum ersten Mal im Schloss erschien. Einen Zwerg hatte er noch nicht bei Hofe gehabt und dem Winzling traute er auch nicht zu, ihm irgendwie den Rang bei seiner Frau abzulaufen.

Noch am selben Abend ging Rumpel in die Offensive. „Ich lasse Euch schauen, wenn ich bei Euch das Gleiche darf."

Nun ist Neugier eine Sache, die man nur schwer bremsen kann …

Nachdem sich die Königin überzeugt hatte, dass auch Zwerge recht ansprechend bestückt sind und für eine Menge Freude sorgen können, tauchte Rumpel unter ihre vielen Röcke ab. In diesem Augenblick klopfte es. Rumpel beeilte sich sehr, ihre Kleider so zurechtzuzupfen, dass man ihn nicht zwischen ihren Schenkeln bemerken konnte. Da trat auch schon der König ein.

„Oh, meine Liebe, Euer Unterhalter ist wohl schon auf winzigen Beinen davon getippelt?" Er ahnte ja nicht, dass dessen winzige Hände gerade ganz fleißig an die Arbeit gingen.

Mit einem tiefen, tiefen Seufzer antwortete die Königin: „Ja, es war wohl etwas viel für einen Abend. Er wird aber sicher morgen pünktlich seinen Dienst antreten."

„Na klar, erst den in der Mine, dann in Eurer Grotte", wisperte Rumpel, sich richtig ins Zeug legend.

Der König stutzte: „Sagtet Ihr etwas?"

Die Königin schüttelte errötend den Kopf. „Mir sind wohl heute die Erbsen nicht bekommen, es grummelt heftig in meinen Eingeweiden."

„Dann will ich Euch nicht weiter belästigen", sprach der König, sich rasch zurückziehend, weil er sogleich noch andere Folgen der Erbsen befürchtete.

Und so, wie die Königin in den nächsten Minuten stöhnte, mussten sie wohl die fürchterlichsten Bauchschmerzen plagen.

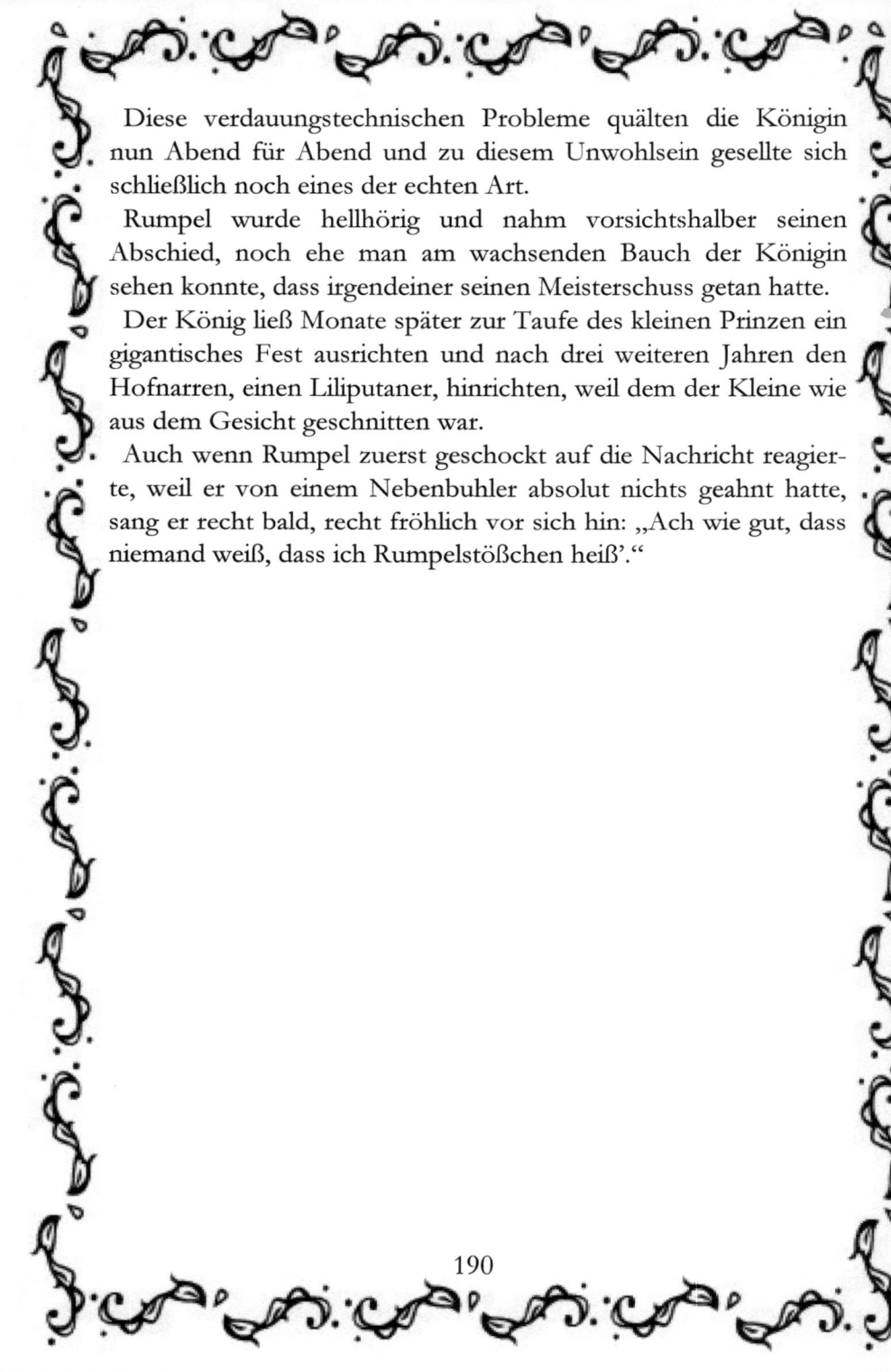

Diese verdauungstechnischen Probleme quälten die Königin nun Abend für Abend und zu diesem Unwohlsein gesellte sich schließlich noch eines der echten Art.

Rumpel wurde hellhörig und nahm vorsichtshalber seinen Abschied, noch ehe man am wachsenden Bauch der Königin sehen konnte, dass irgendeiner seinen Meisterschuss getan hatte.

Der König ließ Monate später zur Taufe des kleinen Prinzen ein gigantisches Fest ausrichten und nach drei weiteren Jahren den Hofnarren, einen Liliputaner, hinrichten, weil dem der Kleine wie aus dem Gesicht geschnitten war.

Auch wenn Rumpel zuerst geschockt auf die Nachricht reagierte, weil er von einem Nebenbuhler absolut nichts geahnt hatte, sang er recht bald, recht fröhlich vor sich hin: „Ach wie gut, dass niemand weiß, dass ich Rumpelstößchen heiß'.“

Zwergengold

– Matthias Albrecht –

Der Holzfäller Franz Taubert war
Ein armer Kerl trotz seiner Kraft.
Er schuftete schwer Jahr für Jahr
Und hat sein Pensum stets geschafft.
Doch er – es war der blanke Hohn –
Bekam oftmals nur Mindestlohn!

Bei einem Heller in der Stund',
Ganz gleich, wie schwer die Arbeit war –
Wollt sich erbarmen mancher Hund,
Doch Arbeiter waren nicht rar;
Und hätt der Franz gekündigt schnell –
Ein andrer säß an seiner Stell!

Es blieb ihm also nichts zu tun,
Als weiter vor sich hin zu schuften.
Gedachte er, sich auszuru'hn,
Hätt er auch können gleich verduften.
Doch sieben Kinder kriegt nur satt,
Wer etwas in der Tasche hat!

Dass dieses „Etwas" wenig war,
(Wenig zum Leben; viel zum Sterben)
Das wurde Franzl plötzlich klar,
Ließ sich doch auch nicht groß was erben
Von Eltern, Großeltern und Tanten –
Und von den übrigen Verwandten.

Der Franzl brach seitdem enorm
In jeder Schicht mit voller Kraft
Und Vehemenz so manche Norm,
Was niemand hier bislang geschafft.
Die Kameraden voll Verdruss,
Sie meinten, dass nun Schluss sein muss!

„Das darf nicht mehr so weitergehn!“,
Schimpft' ihn der Vorarbeiter aus.
Und gab ihm auch gleich zu versteh'n:
„Du fliegst bald aus der Firma raus,
Bremst du nicht deine Arbeitswut.
Glaub mir, lang geht das nicht mehr gut!“

Der Franz sah das auch endlich ein
Und nahm sich etwas mehr zurück.
Wollt nicht als Kameradenschwein
Verfolgen weiterhin sein Glück.
Doch was sollte er nun beginnen?
Es war – weiß Gott – zum Händeringen!

So saß er grübelnd noch am Berg –
Die andern waren längst zu Haus –,
Da stand vor ihm plötzlich ein Zwerg
Und sagte: „Du siehst traurig aus!
Sag mir, du großer, starker Mann,
Ob ich dir vielleicht helfen kann?“

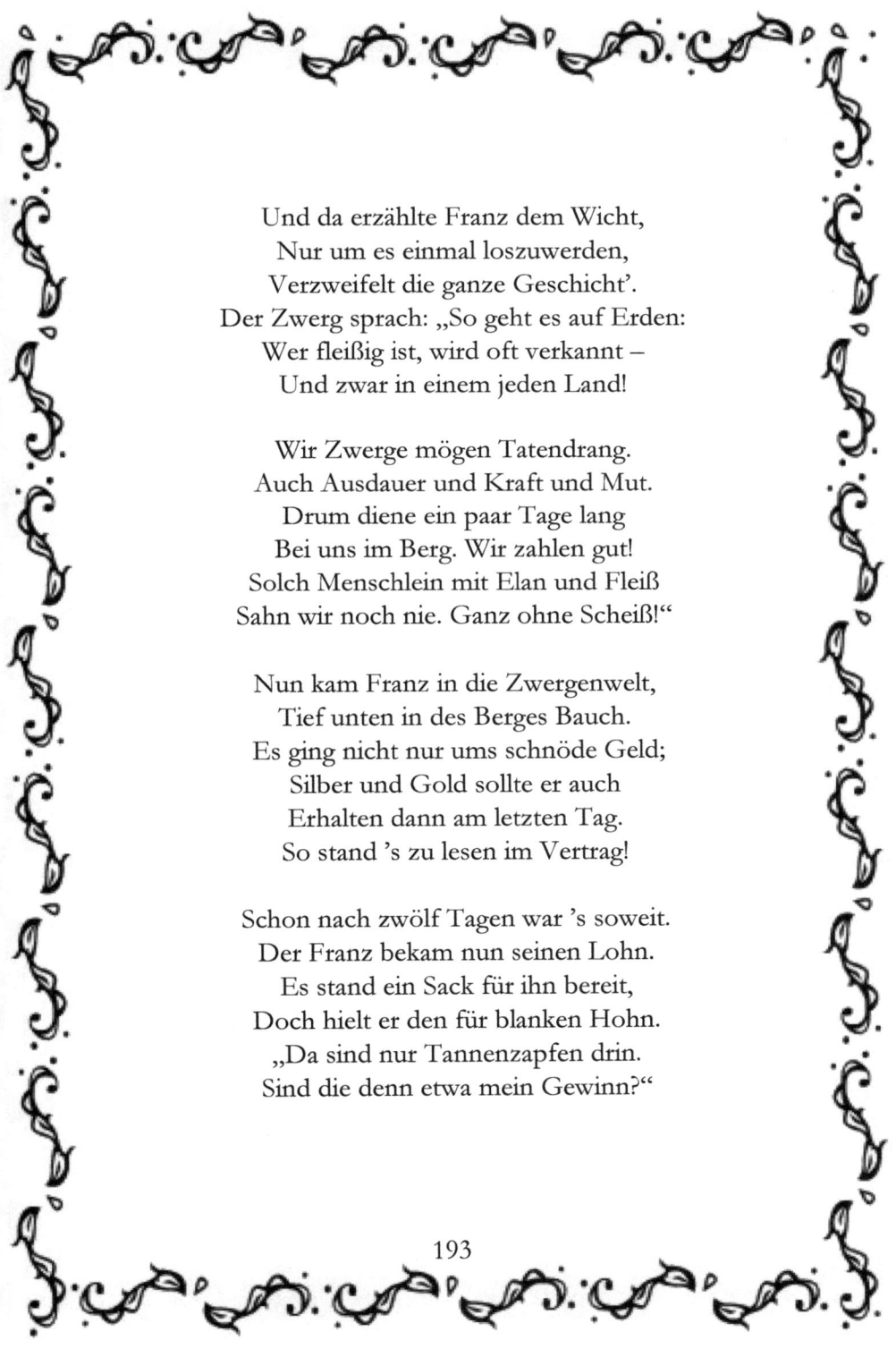

Und da erzählte Franz dem Wicht,
Nur um es einmal loszuwerden,
Verzweifelt die ganze Geschicht'.
Der Zwerg sprach: „So geht es auf Erden:
Wer fleißig ist, wird oft verkannt –
Und zwar in einem jeden Land!

Wir Zwerge mögen Tatendrang.
Auch Ausdauer und Kraft und Mut.
Drum diene ein paar Tage lang
Bei uns im Berg. Wir zahlen gut!
Solch Menschlein mit Elan und Fleiß
Sahn wir noch nie. Ganz ohne Scheiß!"

Nun kam Franz in die Zwergenwelt,
Tief unten in des Berges Bauch.
Es ging nicht nur ums schnöde Geld;
Silber und Gold sollte er auch
Erhalten dann am letzten Tag.
So stand 's zu lesen im Vertrag!

Schon nach zwölf Tagen war 's soweit.
Der Franz bekam nun seinen Lohn.
Es stand ein Sack für ihn bereit,
Doch hielt er den für blanken Hohn.
„Da sind nur Tannenzapfen drin.
Sind die denn etwa mein Gewinn?"

Da sagte eins der Wichtelein:
„Nimm nur und trage ihn nach Haus!
Mag manches trügerisch auch sein,
Bei Tageslicht sieht 's anders aus."
Und da dem Franz nichts übrigblieb,
Nahm mit den Zapfen er vorlieb.

Er lief und lief die halbe Nacht
Und sollte bald zu Hause sein.
Der Morgen dämmerte schon sacht,
Da trat er in sein Häuschen ein.
Die Ehefrau erschrak sich sehr:
„Oh großer Gott, wo kommst du her?

Zwölf Monate warst du verschollen.
Ich wusst' vor Sorg' nicht aus noch ein.
Hatte vor Gram schon sterben wollen …"
Der Franz erstarre fast zu Stein.
Ein ganzes Jahr war er im Berge!
(Die Zeit läuft anders für die Zwerge.)

„Und dafür nur ein Sack voll Dreck!",
Sprach er und hob ihn hoch empor.
„Am besten ist, ich werf ihn weg!"
Doch da dran etwas an sein Ohr:
Ein heller Ton! Metallisch gar …
Wie schwer der Sack auf einmal war!?

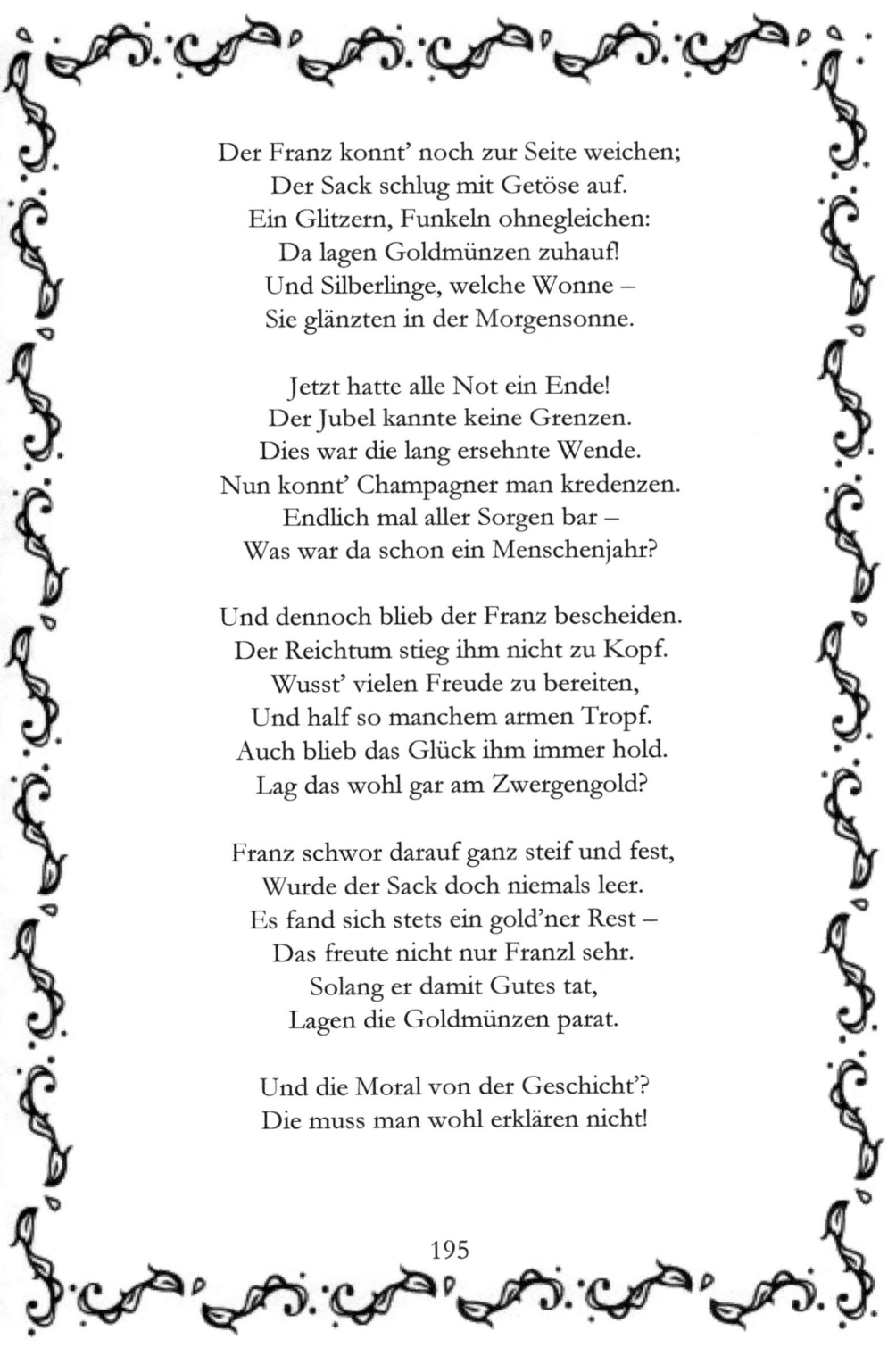

Der Franz konnt' noch zur Seite weichen;
Der Sack schlug mit Getöse auf.
Ein Glitzern, Funkeln ohnegleichen:
Da lagen Goldmünzen zuhauf!
Und Silberlinge, welche Wonne –
Sie glänzten in der Morgensonne.

Jetzt hatte alle Not ein Ende!
Der Jubel kannte keine Grenzen.
Dies war die lang ersehnte Wende.
Nun konnt' Champagner man kredenzen.
Endlich mal aller Sorgen bar –
Was war da schon ein Menschenjahr?

Und dennoch blieb der Franz bescheiden.
Der Reichtum stieg ihm nicht zu Kopf.
Wusst' vielen Freude zu bereiten,
Und half so manchem armen Tropf.
Auch blieb das Glück ihm immer hold.
Lag das wohl gar am Zwergengold?

Franz schwor darauf ganz steif und fest,
Wurde der Sack doch niemals leer.
Es fand sich stets ein gold'ner Rest –
Das freute nicht nur Franzl sehr.
Solang er damit Gutes tat,
Lagen die Goldmünzen parat.

Und die Moral von der Geschicht'?
Die muss man wohl erklären nicht!

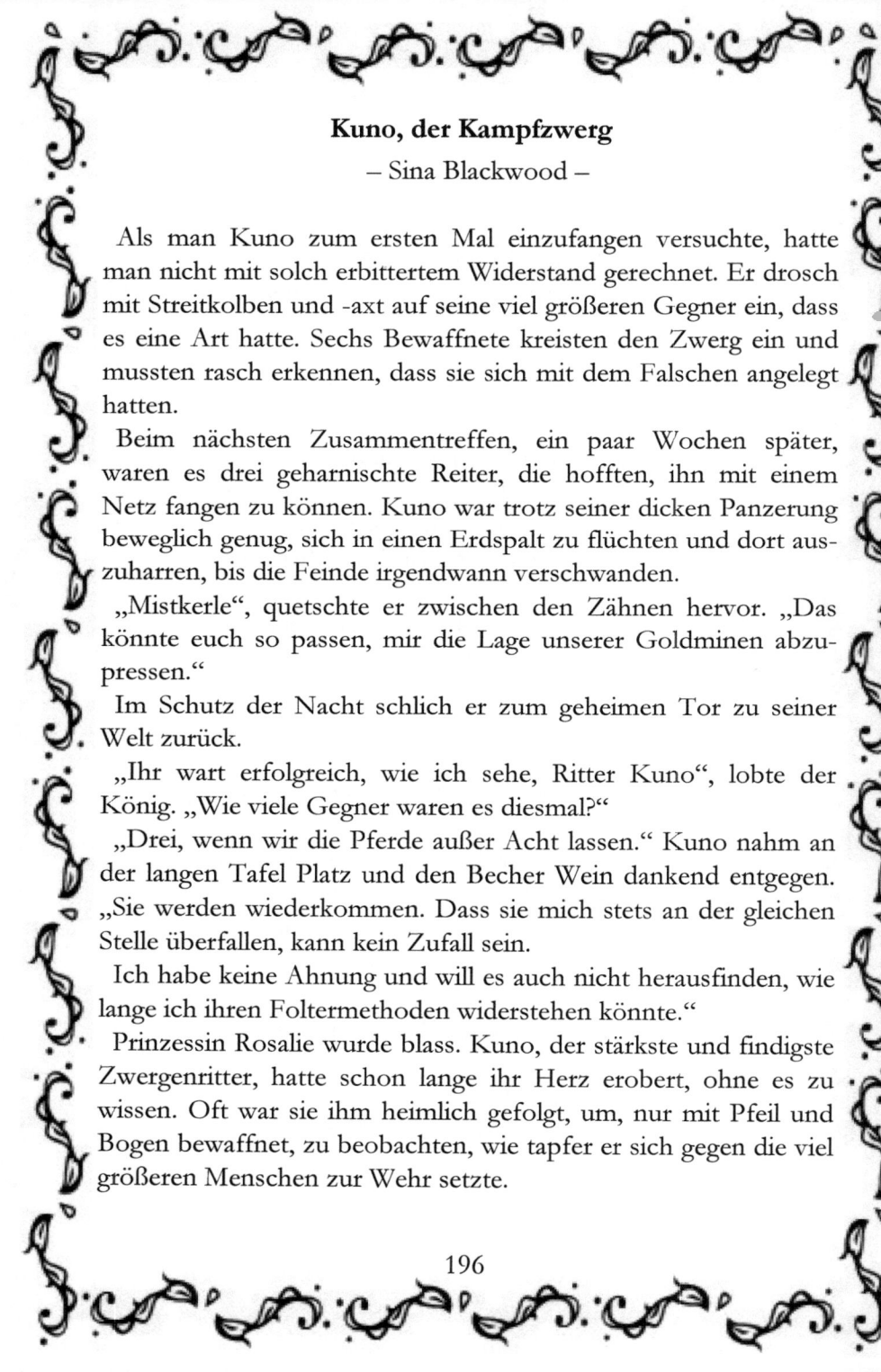

Kuno, der Kampfzwerg

– Sina Blackwood –

Als man Kuno zum ersten Mal einzufangen versuchte, hatte man nicht mit solch erbittertem Widerstand gerechnet. Er drosch mit Streitkolben und -axt auf seine viel größeren Gegner ein, dass es eine Art hatte. Sechs Bewaffnete kreisten den Zwerg ein und mussten rasch erkennen, dass sie sich mit dem Falschen angelegt hatten.

Beim nächsten Zusammentreffen, ein paar Wochen später, waren es drei geharnischte Reiter, die hofften, ihn mit einem Netz fangen zu können. Kuno war trotz seiner dicken Panzerung beweglich genug, sich in einen Erdspalt zu flüchten und dort auszuharren, bis die Feinde irgendwann verschwanden.

„Mistkerle", quetschte er zwischen den Zähnen hervor. „Das könnte euch so passen, mir die Lage unserer Goldminen abzupressen."

Im Schutz der Nacht schlich er zum geheimen Tor zu seiner Welt zurück.

„Ihr wart erfolgreich, wie ich sehe, Ritter Kuno", lobte der König. „Wie viele Gegner waren es diesmal?"

„Drei, wenn wir die Pferde außer Acht lassen." Kuno nahm an der langen Tafel Platz und den Becher Wein dankend entgegen. „Sie werden wiederkommen. Dass sie mich stets an der gleichen Stelle überfallen, kann kein Zufall sein.

Ich habe keine Ahnung und will es auch nicht herausfinden, wie lange ich ihren Foltermethoden widerstehen könnte."

Prinzessin Rosalie wurde blass. Kuno, der stärkste und findigste Zwergenritter, hatte schon lange ihr Herz erobert, ohne es zu wissen. Oft war sie ihm heimlich gefolgt, um, nur mit Pfeil und Bogen bewaffnet, zu beobachten, wie tapfer er sich gegen die viel größeren Menschen zur Wehr setzte.

Bisher war er immer erfolgreich gewesen, selbst dann, wenn er gegen eine Übermacht stand. Das änderte sich, als man 20 Mann zu Fuß und zu Pferd gegen ihn schickte. An Schulter, Arm und Knie schwer verwundet gab es keine Chance zu entkommen. Kuno wurde gefesselt, auf ein Pferd geworfen und in die naheliegende Burg der Menschen geschleppt, wo man ihn an der Wand im Verlies festkettete.

Rosalie eilte zu ihrem Vater, um über das Unglück zu berichten. „Dann werden wir Kuno wohl nicht mehr wiedersehen", murmelte der König.

Rosalie fuhr auf. „Ja, wollt Ihr ihm denn nicht helfen?!"

„Womit denn? Um die Burg anzugreifen bräuchten wir ein riesiges Heer!"

Rosalie knirschte mit den Zähnen. „Dann hole ich ihn mir allein zurück und wehe Ihr wagt es, ihm dann meine Hand zu verweigern!"

Dem König blieb der Mund offen stehen. Rosalie hatte nie Ambitionen gezeigt, sich mit Männern zu beschäftigen, und er glaubte schon, sie mit Gewalt verheiraten zu müssen. Nun stotterte er überrumpelt: „Wenn … wenn … er das Wagnis eingehen will …"

Statt sich voller Kummer in ihr Kämmerlein zurückzuziehen, legte Rosalie sofort Gambeson, Kettenhemd und Helm an. Zwei Stunden später ritt sie auf ihrem schwarzen Pony bereits über die Ebene vor den Toren der Menschenstadt.

In der einsetzenden Dämmerung verschmolz sie fast mit der Umgebung und schaffte es unbehelligt bis an den Fuß des Berges. Dort ließ sie ihr Pony laufen und begann zu klettern. Durch eine schmale Mauerritze drang sie in die finsteren Gänge der Trutzburg ein. Sie blieb stehen und taxierte den Spalt von innen. Er erschien breit genug, um auch einen kräftigen Zwergenmann hindurchzulassen.

Tumult riss sie aus ihren Gedanken. Sie glaubte, Kunos Kampfschrei gehört zu haben. Vorsichtshalber zog sie ihren Dolch und tastete sich um die nächste Ecke. Was ihr dort vor die Augen kam, hätte sie in anderer Situation lauthals lachen lassen:

Zwei Folterknechte waren wohl gerade dabei gewesen, den Gefangenen zu einer Befragung aus seiner Zelle zu schleppen, ein Fehler, den sie schnell bereuen sollten.

Obwohl man Kuno schon übel zugerichtet hatte, als man ihn hier einsperrte, brachte er die Kraft auf, dem einen seine Ketten so um die Waden zu schleudern, dass er hinstürzte und den Zweiten mit aus dem Gleichgewicht brachte.

Noch ehe sich die beiden von ihrer Überraschung erholt und wieder aufgerappelt hatten, war der Zwerg durch die offene Tür davon geschlüpft und gerade dahin geeilt, wo Rosalie lauerte. Er hätte sie auf seiner wilden Flucht sogar beinahe über den Haufen gerannt.

„Hier lang!" Sie hielt das Kettenende fest.

Kuno folgte der Stimme, denn mit seinen zugeschwollenen Augen konnte er nicht viel sehen. Weil zudem das Blut in seinen Ohren rauschte, war es ihn nicht einmal gelungen, herauszufinden, ob ein Mann oder eine Frau mit ihm sprach. Nur, dass es auch ein Zwerg sein musste, stellte er fest, weil er die Worte genau in Kopfhöhe vernommen hatte.

Nun spürte er Hände, die die letzten Schnallen an seinem völlig verbeulten Brustharnisch lösten. „Damit passt Ihr nicht durch die enge Passage", hörte er die fremde Stimme flüstern und fühlte sich Sekunden später vorsichtig durch einen Engpass dirigiert, den er nicht einmal erahnt hatte. Dann traf ihn ein kühler Windhauch. Sein Retter ergriff die Ketten, um ihn zu sichern, als es steil und ziemlich halsbrecherisch bergab ging. Im fahlen Licht der Sterne schien Kuno dieser Jemand sehr zierlich, ja fast filigran zu sein.

Sicher eine Sinnestäuschung, dachte er. Um in die Burg einzudringen, musste man schon ein kühner Krieger sein. Und genau an dem Punkt kam er nicht weiter …

Keiner, der Zwerge, die er kannte, hatte diese Statur und wäre trotzdem kräftig genug gewesen, solche Strapazen auf sich zu nehmen, nur um ihn zu retten.

Auf der Burg wurde soeben Alarm geblasen und der geheimnisvolle Fremde beschleunigte seinen Schritt. „Ihr müsst durchhalten! Egal wie. Jetzt geht es für uns beide um Leben und Tod."

Etwas Dunkles, Vierbeiniges tauchte auf. Kuno versuchte, die verquollenen Augen aufzureißen. Das war Sally, das Pony der Prinzessin. Er konnte deutlich das prachtvolle Zaumzeug erkennen. Nur war er zu schwach, aufzusteigen. Sein Retter ging in die Hocke und befahl ihm, auf seine Schultern und von da aufs Pferd zu klettern. Kuno gehorchte und im nächsten Augenblick saß der Fremde vor ihm, wickelte sich den Kettenrest um die Taille und trieb Sally zum Galopp.

Es ging querfeldein durch Unterholz und Gestrüpp, während die Menschen breit gefächert auf der Ebene ritten, um den Flüchtigen zu suchen.

Sally nahm eine Straße, die einen riesigen, aber sicheren, Umweg zum Zwergenreich bedeutete. Im Morgengrauen durfte sie rasten. Die Kühle der Nacht hatte die Schwellungen in Kunos Gesicht etwas zurückgedrängt, sodass er endlich sehen konnte, wer ihn befreit hatte. Noch auf dem Pony sitzend, verneigte er sich, so weit es sein Zustand zuließ. „Prinzessin! Ich bin Euch mein Leben lang zu Dank verpflichtet. Jeden Wunsch werde ich Euch erfüllen."

Sie lächelte verschmitzt. „Damit könnt Ihr gleich heute anfangen, indem Ihr bei meinem Vater um meine Hand anhaltet."

Kuno versuchte zu blinzeln. „Liebend gern. Goldene Ketten sind kleidsamer, als das, was ich gerade trage."

„Ihr tut es???", fragte Rosalie gleichermaßen erstaunt wie entzückt und warf sich an seine Brust.

„Falls Ihr mich nicht vorher umbringt, meine schöne Retterin!", stöhnte Kuno, ehe er vor Schmerz bewusstlos zusammensackte.

Rosalie schlug die Hände vor das Gesicht. Kuno brauchte Hilfe und das auch noch rasch. Die Wunden bluteten stark und im Oberarm schien sogar noch eine abgebrochene Pfeilspitze zu stecken. Aus Ruten band sie eine Rutsche zusammen, mit der ihn Sally nach Hause ziehen sollte.

Nun musste Rosalie ihn aber erst einmal auf Selbige bekommen. Der plötzliche Schmerz des Herumgezerrtwerdens weckte Kuno aus seiner Ohnmacht, in die ihn der letzte Schmerz befördert hatte. „Helft mir lieber aufs Pferd", flüsterte er mit zusammengebissenen Zähnen und Rosalie spielte noch einmal den Trittschemel.

„Ihr seid der einzige Mann, der ungestraft auf mir herumtrampeln darf", versuchte sie ihn aufzuheitern.

Kuno konterte mit schmerzverzerrtem Gesicht: „Und Ihr die einzige Frau, deren Umarmung mich vor Glück ohnmächtig werden lässt."

„Touché, mein Lieber! Ich glaube, ich sollte mich zu Hause persönlich um Euch kümmern, damit Ihr wirklich rasch wieder zu vollen Kräften kommt. Es drängt mich, Eure anderen versteckten Qualitäten kennenzulernen. Bei mir müsst Ihr auch nicht den starken Mann zur Schau stellen, weil ich weiß, dass Ihr der beste Kämpfer seid." Sie ließ Sally gemächlich traben, um Kuno vor zusätzlichen Schmerzen zu bewahren.

„Dann nehme ich Euch jetzt beim Wort", murmelte Kuno, legte ihr seinen Kopf an die Schulter und hielt sich an ihrer Taille fest, statt mühsam auf dem Pferderücken das Gleichgewicht zu halten.

Rosalies Lächeln konnte er nicht sehen, aber umso deutlicher hören, wie sie mit gespieltem Ärger in der Stimme sagte: „Kerle! Warum nicht gleich so? Immer dieses Macho-Gehabe."

Ja, logisch, dass sich Kuno in den nächsten Tagen die größte Mühe gab, schnell wieder topfit zu werden. Dabei ahnte er im Augenblick noch nicht einmal, dass er die allerbeste Kondition auch dringend brauchte, denn Rosalie war unersättlich, als um den Beweis ging, auch im Bett einsame Spitze zu sein.

Schneewichtel und die zwölf Kleinwüchsigen

– Matthias Albrecht –

Wir alle kennen seit Kindertagen die Story von „Schneewittchen und den sieben Zwergen". Aber – hat sie sich wirklich so zugetragen? Eine verstoßene Stieftochter, die von einem königlichen Jäger ums Leben gebracht werden sollte, um sicherzustellen, dass die Königin die einzige im Lande bleiben würde, welche als Schönste gelten durfte? Die während ihrer Flucht durch den Wald auf ein Häuschen stieß, das den „Sieben Zwergen hinter den Sieben Bergen" gehörte? Welche von ihrer in allerlei Verkleidungen daherkommenden Stiefmutter zu Tode gebracht werden sollte?

Sie haben bereits vom Geheimnis um Weiß-Wittchen lesen dürfen, von dem der Titel behauptet, die wahre Geschichte zu liefern. Nun, ich möchte das beileibe nicht in Abrede stellen; es gibt mehrere Versionen, und das ist nur eine davon. Eine andere ist die, welche ich nun zum Besten geben will. Bemühen Sie sich nicht, darüber nachzudenken, ob sie Ihnen glaubwürdiger erscheint als alles zuvor Gelesene. Jede Variante hat ihren Reiz; welche jedoch der Wahrheit entspricht – sofern ein Märchen diese überhaupt für sich in Anspruch nehmen kann –, wird wohl ein ewiges Geheimnis bleiben.

Das Schneewittchen, von dem hier die Rede sein soll, hieß eigentlich Margaretha Schneeberg und war Hausangestellte auf Burg Schwarzenstein. Der Überlieferung ist nicht zu entnehmen, wo diese Burg gestanden hat, doch ist dies auch nicht von Belang.

Margaretha war Vollwaise und siebzehn Jahre alt, als sie in die Dienste des Herrn Klaus Edgar von Schwarzenstein trat. Vier Jahre später hatte sie – unüblich für die damalige Zeit – ihre Stellung noch immer inne. Da sie ihre Arbeit in der Küche stets sehr fleißig, pünktlich und gewissenhaft erledigte, hatte Burgherrin Sieglinde nichts gegen ihre Festanstellung einzuwenden. Der

Burgvogt schon gar nicht, denn Margaretha war darüber hinaus auch sehr ansehnlich, um nicht zu sagen, hübsch. Schon seit geraumer Zeit hatte er ein Auge auf die süße Köchin und Kaltmamsell geworfen, was der Herrin nicht verborgen geblieben war. So sehr Letztere Margarethas lukullische Leistungen auch zu würdigen wusste, so sehr war diese ihr andererseits aus oben genannten Gründen ein Dorn im Auge.

Eines Abends erwischte sie ihren Gemahl erneut dabei, wie er dem Mädchen verstohlen-lüsterne Blicke nachsandte. Sie benötigte lediglich zwei Sekunden, um sämtliche Vor- und Nachteile ins Verhältnis zu setzen, und kam zu dem Schluss, dass Margaretha ihren Abschied zu nehmen hatte. Der Burgvogt war verständlicherweise anderer Meinung. Er schäumte vor Wut, als ihm seine Gattin vor die Wahl stellte: Sie oder Margaretha! Mithin lag es nicht in seinem Interesse, einen Skandal heraufzubeschwören. Er nahm sich zusammen, stritt jegliche Beziehung zu dem Mädchen kategorisch ab, machte Sieglinde aber auch unmissverständlich auf seine Rechte als Burgherr aufmerksam. So beschwichtigte diese ihren gestrengen Herrn Gemahl geschwind, nickte still vor sich hin und beschloss insgeheim, alles Weitere ohne dessen Wissen in ihre Hände zu nehmen.

Auch Sieglinde war optisch nicht ohne. Sie brauchte den Vergleich mit ihren Mittvierziger-Kontrahentinnen wahrlich nicht zu scheuen. Und sie wusste, dass ihr der Hofmeister Karl Eduard Steimle wohlgesonnen war. Mit anderen Worten: Der Steimle machte Sieglinde heimlich Avancen, welche diese bislang nur mit einem hochmütigen Schmunzeln zur Kenntnis genommen hatte. Nun jedoch begegnete sie dessen umständlichen Flirtversuchen mit vorsichtigem, Hoffnung verheißendem Entgegenkommen. Steimle witterte seine – vielleicht letzte – Chance und versprach, alles tun zu wollen, um Sieglindes Wünsche zu erfüllen, welche auch immer das sein mochten.

„Wolltet Ihr wahrhaft etwas für mich tun", flötete Sieglinde, während sie sich mit ihm unter vier Augen befand, „so wäre ich Euch äußerst verbunden, sorgtet Ihr dafür, dass diese Margaretha nicht wiederkehret, sofern sie sich des frühen Morgens in den Wald begibt." Und setzte mit einem frivolen Augenaufschlag hinzu: „Ich werde Euch auch innigsten Dank zu sagen wissen!"

Steimle war wie elektrisiert, zögerte nicht lange und entgegnete stotternd: „Ich – ich werde Euch nicht ent-täu-täuschen, Herrin. Befiehlt mir, und ich tue – tue all-alles, was mir …"

„Ich habe lediglich eine Bitte geäußert", entgegnete Sieglinde geschmeidig mit frivolem Augenaufschlag. „Nicht mehr – aber auch nicht weniger!"

Die Burgherrin wusste, dass Margaretha trotz deren Jugend eine vorzügliche Kenntnis über allerlei Würz- und Heilkräuter besaß. Unter dem Vorwand, diverse Leiden wie Migräne und Schlaflosigkeit behandeln zu wollen, schickte sie das Mädchen am darauf folgenden Morgen in Begleitung des zu ihrem Schutz bewaffneten Hofmeisters in den Wald, um eben diese Kräuter zu beschaffen. Das Mädchen war völlig arglos, ja es freute sich gar darüber, seiner Herrin einen Dienst erweisen zu können. Es war Margaretha nicht entgangen, dass sich Sieglinde ihr gegenüber misstrauisch verhielt, seitdem ihr der Burgherr schöne Augen machte. Jetzt glaubte sie, bei ihrer Herrin mit den verlangten Kräutern auch gleichzeitig Pluspunkte sammeln zu können.

Es versprach, ein sonniger Tag zu werden. Die Morgennebel verzogen sich rasch. Vögel zwitscherten in den Wipfeln der Bäume. Ein harziger, erfrischender Geruch erfüllte die Waldesluft. Margaretha kannte die besten Stellen, an denen die begehrten Kräuter wuchsen, doch Steimle führte sie immer tiefer in den Wald unter dem Vorwand, noch weitaus ertragreichere Plätze zu kennen. Das Mädchen hatte keinen Grund, ihm zu misstrauen und folgte dem Hofmeister, bis es beiläufig erwähnte, nun nicht mehr zu wissen, wo es sich befand und ohne Hilfe mitnichten den Rückweg finden zu können. Darauf schien Steimle nur gewartet zu haben. Er hieß das Mädchen, sich auf einen Baumstumpf zu setzen, nahm seine Flinte von der Schulter und erzählte unverhohlen von dem eigentlichen Zweck und Grund ihres Hierseins.

Aus Margarethas Gesicht wich alle Farbe. Sie begann zu zittern und um ihr Leben zu bitten. Der Hofmeister indes dachte nicht daran, von seiner Waffe Gebrauch zu machen, erklärte ihr aber, dass sie beide verloren wären, würde Margaretha irgendwann zur Burg zurückkehren.

„Geh, wohin immer du willst", sagte er mit Nachdruck. „Ich werde dich nicht daran hindern. Der Herrin erzähle ich, dass ich ihren Auftrag ausgeführt hätte. Solltest du dich allerdings auf der Burg oder auch nur in deren Nähe wieder blicken lassen, kann ich für dein Leben nicht mehr garantieren. Der Nächste, welchen die Herrin beauftragt, dich ins Jenseits zu befördern, wird nicht so nachsichtig sein. Hier hast du etwas Wegzehrung. Jetzt geh! Ich kann nichts weiter für dich tun."

Unter Tränen nahm Margaretha das Bündel, welches ihr der Hofmeister reichte und wankte davon, ohne sich noch einmal umzudrehen.

In der Hoffnung, auf bewohnte Gefilde zu treffen, geriet sie tiefer und tiefer in den Wald. Sie zerriss sich ihre Kleider an wilden Brombeerranken und dichtem Unterholz. Ihre Wangen machten mehr als einmal die schmerzhafte Begegnung mit einem zurückschnellenden Zweig. Doch sie achtete kaum darauf. Weiter, nur weiter! Wohin? Egal, nur weiter. Fort vom Einflussbereich der Burgherrin, die ihr ans Leben wollte.

Die Sonne hatte sich inzwischen stark gen Nachmittag geneigt und Margaretha fürchtete sich vor dem Anbruch der Dämmerung und den wilden Tieren, denen sie dann schutzlos ausgeliefert sein würde. Weiter. Nur weiter … Wenig später streckte die Nacht ihre unheimlichen, bedrohlich-kalten Finger nach dem Mädchen aus, als es auf einer kleinen Lichtung ein Häuschen erblickte, aus dessen Fenstern warmes Licht drang. Mit letzter Kraft schleppte sich Margaretha vor die niedrige Tür und klopfte. Dann schwanden ihr die Sinne ...

Als sie zu sich kam, fand sie sich auf einer Lagerstatt aus aufgeschichtetem Stroh und trockenem Laub wieder. Die warmen Strahlen der Sonne drangen durch die bunte Bleiverglasung eines der Fenster und weckten ihre Lebensgeister. Sie blinzelte ein paar Sekunden lang – und glaubte zu träumen: Vor ihr standen zwölf Kinder, die sie neugierig beäugten. Nein, Kinder waren es wohl nicht. Sie hatten zwar deren Größe, doch faltige, uralte Gesichter, als wären es Erwachsene, die ein böser Zauberer auf die Körperlänge Fünfjähriger geschrumpft hatte. Und sie trugen zu Margarethas Erstaunen alle farbige Zipfelmützen. „Wo – bin – ich?", fragte sie.

„Du hast dich augenscheinlich verlaufen und bist nun in Sicherheit", antwortete eines der Wesen, das einen ungeheuren grauen Bart und eine blaue Mütze trug.

„Du Depp", wies ihn sein Nebenmann zurecht, welcher nur einen Schnauzbart sein Eigen nennen durfte. „Sie fragte, wo sie sei. Kannst du nicht präziser sein?"

„Bin ich ein Depp, bist du ein Drops!", entgegnete Ersterer, fasste blitzschnell zu und zog seinem Gesprächspartner die rote Mütze übers Gesicht. Das sah so drollig aus, dass Margaretha unwillkürlich lachen musste.

„Wer seid ihr?", wollte sie wissen.

„Wer wir sind?", fragte der kleinste von ihnen. Er trug ein lindgrünes Zipfelmützchen und eine Geschwulst inmitten der Stirn, als wüchse ihm über kurz oder lang ein zweiter Kopf. Sein Gesicht war darüber hinaus so glatt und rosig, als ob es noch nie mit einem Rasiermesser Bekanntschaft gemacht hätte. „Wir sind die Kleinen Leute. Kleinwüchsige, von den Menschen allgemein Wichtel genannt, denen Zauberkräfte nachgesagt werden, und mit denen sich der Rest der Welt nicht abgeben mag. Es sei denn auf Jahrmärkten oder in Theateraufführungen zur Belustigung des Volkes. Wir sind …"

„Ausgestoßene!", fiel ihm der Nachbar hart ins Wort. Er trug einen dunklen Vollbart und eine wahrhaft riesige, gerötete Nase, als leide er unter chronischem Schnupfen. Auch hatte er buschige Augenbrauen, die er furchterregend runzelte. „Der Abschaum der Menschheit. Missgeburten. Abartige. Zwerge. Gnome. Kretins. Wichte …"

„Halt auf, Moritz!", fiel der größte von ihnen, der sich Mojo nannte, lachend ein. „Das klingt ja, als ob du selbst auch dieser Überzeugung wärest!"

„Ich hasse es nun mal!", erwiderte Moritz. „Ich hasse diese Verachtung uns gegenüber abgrundtief. Nur, weil wir keine normale Größe haben …"

„Was nennst du normale Größe, he?", unterbrach ihn ein anderer Wicht. „Auch eine Ratte hat normale Größe, oder etwa nicht? Und die ist doch riesiger als eine Maus. Und diese wiederum größer als ein Käfer. Und der gewaltiger als eine Laus. Und doch sind diese vier in den Augen der Menschen keine wirklichen Missgeburten. Höchstens Schädlinge."

„Wir aber sind beides!", bellte Moritz. „Das ist weitaus schlimmer."

„Aber – welchen Schaden könntet ihr wohl anrichten?", fragte Margaretha. „Habt ihr denn wirklich Zauberkräfte?"

„Gar keine. Doch die Menschen machen uns für allerlei Unglück und Ungemach verantwortlich. Das ist einfacher, als sich die eigene Unwissenheit und Unzulänglichkeit eingestehen zu müssen. Wir sind – neben Geistern, Hexen und Teufeln – die Urheber alles Unerklärlichen!"

„Ja", fuhr Moritz fort, „Blitz und Donner, Hagelschlag, Überschwemmungen, Dürren, Seuchen, Missernten, Totgeburten, Erdrutsche, Steinschläge, Krankheiten, Stürme, Buschbrände …"

„Halt ein, halt ein!", lachte Margaretha. „Wie könntet ihr kleinen Leute denn für all das verantwortlich sein?"

„Du sagst es", antwortete Moritz und nickte. „Und wenn alle Menschen so dächten, wären wir froh …"

„Aber ihr seid doch auch nur Menschen. Das sehe ich doch ganz deutlich! Kann das denn niemand anerkennen?"

„Leider nicht. Hab Dank dafür, dass du es so siehst. Doch sag, was führt dich nun in unsere abgelegene Gegend?"

Margaretha erzählte ihre Geschichte. Es herrschte für Weile betretenes Schweigen, nachdem sie geendet hatte.

„So ist dein Leben in Gefahr, wenn du zurückkehrst?", fragte endlich Mojo.

„So sagte es mir der Hofmeister." Margaretha schlug die Hände vors Gesicht und brach in Tränen aus. „Was soll ich denn nur tun? Wo soll ich denn nun hin?"

„Bleib doch bei uns", schlug Moritz vor und erhaschte einen zustimmenden Blick des langen Mojo sowie aller Umstehenden. „Du wirst es bei uns gut haben. Wir werden für dich sorgen. Es soll dir an nichts fehlen. Und im Gegenzug hilfst du uns bei den Arbeiten, die wir nicht selbst verrichten können."

„Was sollten das für Arbeiten sein?", wunderte sich Margaretha. „Ihr seht mir nicht so aus, als bräuchtet ihr Hilfe."

„Sag das nicht", erwiderte Mojo. „Hast du nicht gesagt, du wärest Köchin?"

„Ja – und?"

„Nun", lächelte Mojo, „wir können vieles, nur leider nicht kochen."

„Höchstens vor Wut", ergänzte Moritz.

„Das kann ich nun so gar nicht glauben", staunte Margaretha.

„Und doch ist es wahr. Wir ernähren uns von Wurzeln, Beeren, Wildäpfeln und sonstigen Waldfrüchten. Fangen wir wirklich einmal einen Fisch oder ein kleines Tier, so verspeisen wir dies entweder halb roh oder fast zu Kohle verbrannt. Von Gewürzen, außer den Kräutern, die mit verbrennen, ganz zu schweigen. Glaub mir – es ist kein Genuss!"

„Kein Genuss, kein Genuss", echoten die Kameraden und schüttelten die Köpfe, dass die Zipfelmützen Gefahr liefen, von den Köpfen geschleudert zu werden.

„Aber – das ist doch kein Problem", rief Margaretha erleichtert aus. „Ich werde euch lehren, wie man ein schmackhaftes Essen bereitet. Es ist gar nicht schwer. Ich werde auch Wäsche waschen, Staub wischen, Betten machen, aufräumen …"

Die Augen der Kleinwüchsigen wurden groß. Sie strahlten regelrecht.

„Und wilde Äpfel pflücken kann ich auch ohne Leiter", ergänzte Margaretha. Nun kannte der Freudentaumel der Kleinen Leute keine Grenzen. Es war beschlossene Sache: Margaretha sollte bei ihrem kleinen Völkchen, wie sie es liebevoll nannte, bleiben. Sie bereute es nicht, hatte sie doch ein neues Zuhause gefunden. Und ihr Leben einen neuen Sinn. Die Kleinwüchsigen nannten sie fortan nur noch Schneewichtel – eine Zusammenfügung aus ihrem Namen und ihrer neuen Identität.

An dieser Stelle endet die Überlieferung. Aus dem Schneewichtel wurde irgendwann das uns bekannte Schneewittchen und aus den zwölf Kleinwüchsigen die Sieben Zwerge hinter den Sieben Bergen. Ich weiß nicht, ob Margaretha jemals einem Prinzen begegnete und dieser sie ehelichte. Dies ist wohl auch nicht von Belang. Wichtig ist nur: Sie lebte glücklich und zufrieden, bis …

… bis in die Kinderstuben unserer heutigen, desillusionierten Epoche.

GeSCHNAPPt

– Sina Blackwood –

Es gab eine Zeit, wo die Heinzelmännchen immer wieder Gutes taten, selbst dann, wenn es ihnen oft mit Bösem vergolten wurde. Nun ist es mit den Zwergen wie mit den Menschen – es gibt Gute und Böse. Nicht immer ist sofort zu merken, mit wem man es gerade zu tun hat. Schnapp war ein Kobold der besonderen Sorte. Unfug war sein Lebenselixier. Ihn praktizierte er von früh bis spät und nahm auf nichts und niemanden Rücksicht, wenn es um sein Vergnügen ging.

So avancierte er rasch zum bevorzugten Mann seines Königs, dem tyrannischen Alberich. Denn dieser fühlte sich nur wirklich wohl, wenn er jemandem eins auswischen konnte.

Wobei beiden auch die gleiche Gier nach Schätzen angeboren schien.

In den Tiefen der Erde hatte Alberich alles horten lassen, was wertvoll und vor allem glänzend war. Tag für Tag ließ er seine Bergleute schuften, um immer mehr Gold und Edelsteine anzuhäufen.

Selbst vor dem Eigentum der Menschen machte er nicht halt. Er zapfte nicht nur deren Bergwerksstollen heimlich an, sondern ließ auch alles stehlen, was in deren Häusern nicht niet- und nagelfest verwahrt wurde.

Weil seinen Diebesbanden selten einer auf die Schliche kam, wurde er immer dreister. Vor allem Schnapp, sein Handlanger, stahl, was die Hände fassen konnten. Schließlich legte er sich, um an dessen riesigen Schatz zu kommen, sogar mit einem Drachen an, welcher die finstere Höhle hoch im Gebirge bewohnte.

Der geflügelte Riese hatte im Laufe der Jahrhunderte tonnenweise Juwelen zusammengetragen, weil Drachen nun mal, und das ist ein offenes Geheimnis, auch auf alles Glänzende stehen.

Allerdings hatte der diebische Zwerg die Rechnung diesmal ohne den Wirt gemacht. Der schwarz geschuppte Hausherr bemerkte Schnapp schon, noch ehe der überhaupt in die Nähe seiner Grotte kam. Zwar konnte er den Zwerg nicht sehen, aber umso besser riechen und hören. Selbst das Trippeln einer Maus wäre ihm nicht entgangen, geschweige denn das Huschen von Zwergenfüßen.

Der Drache blieb mit geschlossenen Augen liegen und lauschte. Und weil sich in der Höhle nichts regte, ging Schnapp davon aus, hier allein und unbeobachtet zu sein. Denn der Drache muckste sich auch nicht, als Schnapp im Finstern mehrmals den Schuppenpanzer streifte. Völlig überzeugt, es handele sich um den Fels der Höhle, fuhr Schnapp sogar mit der Hand daran entlang.

Während der Drache zwischen Unglauben, Wut- und Lachanfall schwankte, taxierte der Zwerg die Goldberge. Da der Dollar noch nicht erfunden war, blitzten alle möglichen Währungen in seinem geistigen Auge auf.

Er beschloss, den größten Teil für sich abzuzweigen und seinem König ein Viertel des Ganzen zu überbringen. Der Glanz des Goldes versetzte Schnapp in einen Rauschzustand. Ohne einen einzigen Gedanken an den Herrn der Höhle zu verschwenden, begann er zu sortieren. Er merkte weder, dass das Metall schepperte und klirrte, noch dass er ziemlich laut vor sich hin brabbelte: „Seins … meins … seins … meins … meins … seins. Nein, auch meins."

Dem Drachen wurde es langsam zu bunt. Er erhob sich mit einem durchdringenden schleifenden Geräusch. Schnapp teilte seelenruhig weiter in: „Seins … meins … meins … meins", ein.

Erst als ihm der Drache vorsichtig mit der Kralle auf die Schulter tippte und amüsiert fragte: „Na, ist genug für alle da?", hielt er überrascht inne.

Im Zeitlupentempo wandte er den Kopf und kippte vor Schreck wie ein Käfer auf den Rücken, als er das riesige grüne Auge mit der senkrechten Pupille genau vor sich sah.

Wie ein Kastenteufel aufspringen und davonstieben, war alles eins. Nur kam Schnapp nicht weit. Der Drache rollte seinen Schwanz vor dem Ausgang der Grotte aus und den konnte Schnapp beim besten Willen nicht einfach überspringen.

Bei der anschließenden Jagd quer durch die Drachenbehausung ging ihm zudem recht schnell die Puste aus. Der Drache hockte einfach da und scheute den Zwerg Runde um Runde, indem er einfach blitzschnell mit der schuppigen Klaue nach ihm fasste. Um nicht zerquetscht zu werden, musste Schnapp flitzen, bis ihm die Zunge aus dem Hals hing. Am Ende erwischte ihn der Drache doch noch und ließ ihn genüsslich zwischen zwei Krallen vor seinen Augen baumeln.

Schnapp traten selbige vor Angst glatt aus den Höhlen, als der Drache ungeniert die Reste seiner letzten Mahlzeit zwischen den Zähnen heraus popelte und gleichzeitig Maß zu nehmen schien, um Schnapp zu fressen.

Also verlegte sich der Zwerg aufs Betteln, um bloß nicht als Nachspeise zu enden. Er ahnte ja nicht, dass der Drache darauf nur gewartet hatte. Und erst recht nicht, dass er in diesem, was Bosheit anbelangte, seinen Meister finden würde.

Nachdem der Drache den Zwerg ausgiebig beschnüffelt und beleckt hatte, ließ er sich scheinbar erweichen, selbigen am Leben zu lassen, wenn er denn die geforderten Bedingungen erfülle.

Diese lauteten: „Du kannst dein erbärmliches Leben retten, wenn du mir jeden Tag zehn Goldstücke aus Alberichs Schatzkammern bringst. Tust du es nicht, dann brenne ich ein Loch in den Berg und rotte das ganze Zwergenpack mit Stumpf und Stiel aus."

„Ich tu's! Ich tu's!", winselte Schnapp, dem langsam die Luft zum Atmen knapp wurde, denn der Drache hielt ihn nicht eben zimperlich gepackt.

Dann ließ der ihn fallen, drückte ihm einen goldenen Ritterhelm in den Arm und forderte: „Nimm mit, um deinen König zu beruhigen. Aber wage es ja nicht, morgen ohne diesen Helm hier zu erscheinen!"

Damit war Schnapp für den Moment entlassen und gab schleunigst Fersengeld. Alberich fiel fast aus allen Wolken, als sein Meisterdieb tatsächlich mit Beute aus dem Drachenschatz auftauchte. Wie es dazu gekommen war, interessierte ihn nicht.

Von nun an brachte Schnapp täglich eine Kleinigkeit mit, die auffällig nach Drache stank. Alberich schwebte auf Wolke Sieben. Es dauerte auch recht lange, bis der König begriff, dass die Bestände in seiner eigenen Schatzkammer mit jedem Besuch durch Schnapp immer weniger wurden.

In gleichem Maße mehrte sich allerdings der Drachenschatz, was Alberich verborgen blieb. Der ließ auf alle Fälle Schnapp beobachten und, als man den auf frischer Tat erwischte, sah er sogar mit eigenen Augen, dass sich Schnapp reichlich Gold in seine Taschen gestopft hatte. Denn der wollte es auch hier fleißig mit für sich beiseiteschaffen.

Schnapp wurde gefangen gesetzt, hochnotpeinlich befragt und ohne viele Worte zum Tode verurteilt. Alberich ließ ihn in geschmolzenes Gold werfen und anschließend für alle Zeiten als Abschreckung am Eingang seiner Schatzkammer aufstellen.

Irgendwann kam das auch dem Drachen zu Ohren, der sich schon gewundert hatte, wie lange dieses Spiel überhaupt gut gegangen war. Nun musste er wieder selber dafür sorgen, seine Schätze zu vermehren.

Einen Ersatz für Schnapp fand er nicht, denn Zwerge hat man seitdem nicht wieder außerhalb ihres Berges gesehen. Die haben

sich in der Tiefe verbarrikadiert und lauschen, ob der Drache angreift.

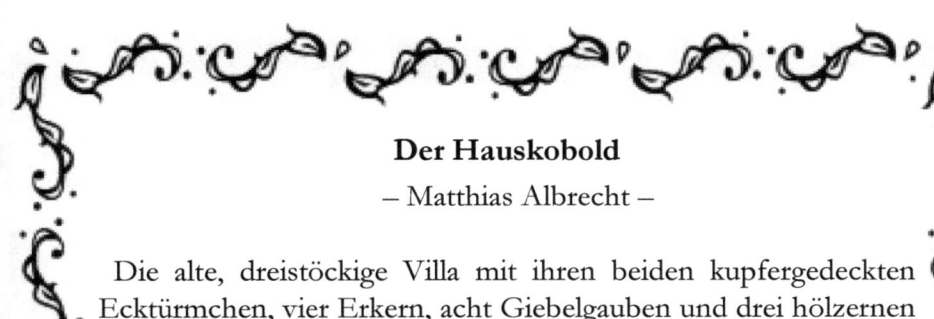

Der Hauskobold

– Matthias Albrecht –

Die alte, dreistöckige Villa mit ihren beiden kupfergedeckten Ecktürmchen, vier Erkern, acht Giebelgauben und drei hölzernen Balkonen machte vor Ort einen noch imposanteren Eindruck als auf den Bildern aus dem Internet. Das Grundstück war nicht sehr groß, doch liebevoll gepflegt. Und das Gebäude sah aus, als wäre es erst in diesem Jahr vollendet worden. Dabei hatte es der Annonce zufolge weit mehr als anderthalb Jahrhunderte auf dem Buckel.

Ich erwartete keinesfalls, als Interessent in die engere Wahl gezogen zu werden; dafür waren meine finanziellen Mittel zu bescheiden. Mit einiger Mühe und gutem Willen hätte ich an die hunderttausend Euro aufbringen können, doch die Immobilie war mindestens das Zehnfache wert, das sah ein Blinder im Dunkeln.

Was mich neugierig gemacht hatte, war der Wortlaut der Annonce: „Liebevoll restaurierte, viktorianische Villa mit zwölf Zimmern abzugeben. Nicht der Kaufpreis, sondern die Eignung des Interessenten entscheidet über den Erwerb!" Es folgten Angaben zum Alter und zur Größe des Gebäudes, dem Interieur und anderem mehr.

Die Eignung des Interessenten! Was sollte man sich darunter vorstellen? Ich griff kurzerhand zum Telefon, wählte die angegebene Nummer und fragte nach. Der Herr am anderen Ende bot mir ein Gespräch vor Ort mit anschließender Besichtigung des Anwesens an. Eine Erklärung betreffs der Eignung wäre am Telefon nicht möglich. Also machten wir einen Termin aus.

Und nun war ich hier und betätigte den altertümlichen Klingelknopf unter dem Bronzeschild mit der ziselierten Aufschrift: Gerhardt Altmann – Antiquitätenhändler.

Wenig später saß ich ihm in der „guten Stube", die eher einem Saal glich, gegenüber. Die Inneneinrichtung harmonierte mit der äußeren Erscheinung der Villa: Mobiliar, Parkett, Stuckdecke, Kamin, Vorhänge – alles fügte sich, ohne überladen zu wirken, stilecht in das Bild, das man sich von solch einem Haus machte.

Der Alte kredenzte schwarzen Tee in kleinen, hauchdünnen Porzellantassen mit Goldrand und winzigen Henkeln, die man kaum sicher zu greifen vermochte. Ich bin zwar kein Teetrinker, akzeptierte jedoch seine gastfreundliche Absicht und nahm hin und wieder einen Schluck zu mir. Wobei ich jedesmal aufatmete, wenn das Tässchen heil an seinen Platz zurückkehrte. Altmann vermittelte das Bild eines rüstigen, seriösen Herrn in den Siebzigern mit graumeliertem Haar und hellblauen, gutmütigen Augen. Er sprach zunächst von sich und seinen verstorbenen Angehörigen. Und dass ihm die Villa zu groß geworden sei.

„Ich kann mich nicht mehr selbst um alles kümmern. Die Zipperlein des Alters, wissen Sie?" Er nickte lächelnd vor sich hin. „Nun könnten Sie sagen, was soll's, muss er sich halt 'n paar Reinigungskräfte kommen lassen; Geld genug hat der alte Knacker ja sicher."

Ich öffnete schon den Mund, um zu widersprechen, zumindest, was den „alten Knacker" betraf, doch er winkte gleich ab und fuhr fort: „Sie sind inzwischen der – lassen Sie mich überlegen – der zweihundertdreißigste Interessent. Oder aber der erste, das ist Ansichtssache."

„Inwiefern der erste?", fragte ich.

„Weil Ihre Vorgänger nicht im Ansatz die Kriterien erfüllten, die zu einem Kaufvertrag hätten führen können."

Ich hob die Brauen und nahm die Unterlippe zwischen die Zähne. „Nun, was das betrifft, werde ich da wohl auch keine Ausnahme sein. Meine finanzielle Lage ließe es gerade so zu, ein Zehntel Ihres Besitzes zu erwerben."

Altmann lächelte süffisant. „Niemand verlangt von Ihnen, zwei Millionen cash auf den Tisch zu legen."

Ich schluckte und erhob mich. „Hatte ich Zehntel gesagt? Ich meinte natürlich Zwanzigstel. Haben Sie dennoch vielen Dank, dass Sie sich die Zeit genomm…"

„Bitte", unterbrach mich Altmann, „nehmen Sie wieder Platz. Ginge es nur ums Geld, hätte ich längst verkauft. Also machen Sie sich keine Gedanken. Im Übrigen sind Sie tatsächlich der Erste, der nicht über die Türschwelle gestolpert ist."

Er schenkte mir ein weiteres Mal Tee ein, während ich wieder in den schweren Ledersessel fiel. Noch bevor ich fragen konnte, beugte er sich etwas über den Tisch, wies mit dem Daumen der rechten Hand über seine Schulter und flüsterte: „Das ist stets sein Werk, wissen Sie? Er sieht es einem Menschen auf den ersten Blick an, ob er etwas taugt oder nicht."

Ich war irritiert. „Er? Sie meinen – Gott?"

Er schmunzelte, lehnte sich wieder zurück, legte die Hände flach auf die Tischplatte und schüttelte mit geschlossenen Augen leicht den Kopf. In diesem Moment erinnerte er mich an meine verpatzte, mündliche Abschlussprüfung in Physik auf dem Gymnasium, als ich trotz Hilfestellung durch den Lehrer partout nicht die richtige Antwort finden wollte. Dann sah er mich mit emporgezogenen Brauen an und fragte: „Was halten Sie von Kobolden?"

Mein Gesichtsausdruck schien nicht besonders geistreich zu sein, denn er lachte kurz auf, wurde jedoch sofort wieder ernst. „Sie reagieren wie Ihre Vorgänger. Und wie es wohl jeder tun würde, der solch eine Frage vorgelegt bekommt. Dennoch sollten Sie sich Ihre Antwort gut überlegen."

Ich zuckte hilflos mit den Schultern, während ich in meinem Gedächtnis kramte, was ich über Kobolde wusste.

„Nun ja", sagte ich schließlich, „es soll sich wohl um zwergartige Wesen der Mythologie handeln, die allerlei Schabernack treiben. Dabei richten sie nicht wirklich Schaden an, doch können sie ganz schön nerven."

Er lachte und nickte. „Schabernack ist der richtige Ausdruck. Wenngleich dies etwas harmlos klingt. Sie können durchaus Unheil anrichten. Und einen glatt zur Verzweiflung bringen mit ihren Streichen."

„So wie Meister Eders Pumuckel, nicht wahr?"

„Genau so. Mit dem Unterschied, dass der tatsächlich meist nur Schaden angerichtet hat, während meiner immerhin auch sehr hilfreich ist."

Ich unterließ es, zur Tasse zu greifen; sie wäre wohl nicht wieder heil auf dem Tisch gelandet. Er hatte – was? Einen Kobold? Mir fehlten die Worte. „Als ich das Anwesen 1884 erwarb, hatte ich natürlich keine Ahnung. Wer denkt schon daran, dass es von einem Hauskobold bewohnt sein könnte. Ich freute mich über das verhältnismäßig günstige Angebot und schlug zu. Das hätten Sie doch auch getan, nicht?"

Ich nickte vorsichtig und schielte zur Tür. Für den Bruchteil einer Sekunde kam mir der Gedanke, einfach aufzuspringen und davonzulaufen, aber irgendetwas hielt mich im Sessel gefangen.

„In den ersten Tagen passierte noch nichts. So nach und nach aber verschwanden Gegenstände. Nachts schlugen Türen und Fenster zu, obwohl sich draußen kein Lüftchen regte. Es rumpelte und polterte im Haus, dass man meinte, Vandalen trieben ihr Unwesen. Mit leisem Klirren zerbrachen Spiegel. Bilder fielen von den Wänden. Vor unseren Augen!

Ich war damals frisch verheiratet, wissen Sie? Und bereits drei Monate später wieder auf mich allein gestellt. Meine Frau hielt es nicht länger aus. Sie hatte mich bedrängt, das Haus schnell zu verkaufen. Doch das konnte ich nicht. Die Sache mit dem Poltergeist hatte sich bereits wie ein Lauffeuer verbreitet. Niemand hätte mir auch nur einen Gulden geboten. Dann stellte mich Elisabeth vor die Wahl: Entweder sie oder die Villa. Mir blieb nicht wirklich eine Wahl. Ich hatte mein gesamtes Vermögen geopfert und überdies noch jede Menge Schulden zu begleichen."

Altmann nahm einen Schluck Tee, während ich, zur Salzsäule erstarrt, im Sessel saß und noch immer nicht fähig war, meine Gedanken zu ordnen, geschweige denn, einen Ton von mir zu geben.

„Kaum war ich allein, hörten die Poltergeist-Phänomene auf. Dafür sah ich mich plötzlich im Besitz von Antiquitäten, für die ich Unsummen hätte berappen müssen, wäre es mir eingefallen, sie legal erwerben zu wollen. Sie standen plötzlich auf dem Kaminsims oder neben dem Bett: Amphoren aus dem antiken Griechenland, ein gut erhaltener, farbig bemalter Steinguttopf aus dem untergegangenen Pompeji, aus purem Gold gefertigte Schmuckgegenstände der Inkas, Bilder berühmter Maler und anderes mehr. Und stets lagen Zertifikate und auf mich überschriebene und beglaubigte Besitzurkunden bei.

Mein Antiquitätenhandel blühte auf. Innerhalb kürzester Zeit zählte ich zu den angesehensten Mitgliedern der High Society, war schuldenfrei und konnte ein Vermögen mein Eigen nennen, um das mich mancher König beneidet hätte. Nur Empfänge durfte ich keine geben. Jedenfalls nicht auf meinem Anwesen." Altmann machte wieder seine Daumenbewegung. „Er hätte etwas dagegen gehabt, wissen Sie?"

„Wann, sagten Sie, haben Sie das Grundstück erworben?", hörte ich mich fragen.

„Vor hundertdreißig Jahren."

„Da waren Sie wie alt?"

„Einundvierzig."

„Demnach wären Sie jetzt – eh – Hunderteinundsiebzig. Ist das richtig?"

Altmann lächelte. „Fast. Ich habe erst in zwei Monaten Geburtstag. Aber es stimmt so ungefähr."

„Und das – eh, entschuldigen Sie, aber – das soll ich Ihnen abnehmen?"

„Es ist die reine Wahrheit. Sie müssen wissen, dass der oder die Bewohner des Hauses, das sich ein Kobold als Heim auserkoren hat, unsterblich sind, solange sie nicht ausziehen. Als ich das Anwesen erwarb, wusste ich allerdings davon nichts. Meine Vorgänger wahrscheinlich auch nicht. Ihnen gingen seine Streiche wohl beizeiten auf die Nerven. Indes habe ich ihn weder zu Gesicht bekommen noch sprechen gehört. Nur ein leises Kichern vernahm ich jedesmal, wenn er sich über einen seiner gelungenen Streiche freute. Es handelt sich bei ihm nämlich um einen unsichtbaren Kobold."

„Natürlich", entfuhr es mir, wobei ich das „ü" dehnte. Ich bereute unmittelbar darauf diese Entgegnung, doch Altmann schien sie mir nicht übel zu nehmen.

„Immerhin weiß ich seinen Vornamen. Ich hatte mehrmals danach gefragt, ohne eine Antwort zu erhalten. Und den Nachnamen verschweigt ein Kobold ja ohnehin geflissentlich, wissen Sie?"

„Wie haben Sie ihn in Erfahrung gebracht, wenn er doch nicht redet?"

„Durch Zufall. Ich holte mir eines Tages ein Glas Marmelade aus dem Keller. Als ich es in die Küche trug, fiel mein Blick auf den Deckel. Im Staub erkannte ich das Wort ,Walter'. Um sicher zu gehen, fragte ich abends laut, ob dies sein Name sei, erhielt jedoch keine Antwort. Als ich morgens erwachte, fand ich auf dem Läufer neben dem Bett Papierschnipsel, die zu eben diesem Namen zusammengefügt worden waren."

„Von ihm?"

„Von wem sonst?"

Ich atmete tief durch. „Also schön, angenommen ich glaubte Ihnen, weswegen wollen Sie eigentlich verkaufen? Sie haben doch das ewige Leben. Der Kobold verhilft Ihnen zu ungeheurem

Reichtum. Sollte man da nicht dessen Streiche als nebensächlich betrachten können?"

„Das ewige Leben habe ich, das ist wahr", nickte er. „Aber nicht ewige Gesundheit und Lebenswillen. Ich bin müde. Unsagbar müde. Regelrecht lebensmüde. Aber abtreten kann ich nicht, solange ich nicht das Grundstück – und damit den Kobold – an einen Nachfolger vererbt habe. Jeglicher Versuch eines Suizids wäre zum Scheitern verurteilt." Er lächelte säuerlich. „Ich fühle mich in der Zwischenwelt so verloren und gefangen wie das ‚ Gespenst von Canterville'. Diese Geschichte von Oskar Wilde, wissen Sie? Sir Simon de Canterville – er war weder richtig tot noch wirklich lebendig. Und ich möchte doch, wie er auch, so gern für immer schlafen." Er blickte auf. „Sie könnten mein Retter sein. Sie scheint er ins Herz geschlossen zu haben. Sie sind nicht gestolpert!"

Ich konnte darauf nichts antworten. Indes witterte ich meine Chance. Womöglich war seine Verrücktheit ja der Beginn meiner Karriere als bislang nur wenig erfolgreicher Schriftsteller. Das mag herzlos klingen. Aber, mein Gott, wenn ich ihm damit einen Gefallen tun konnte … „Was schwebt Ihnen vor?", fragte ich. „Was müsste ich berappen?"

Er schüttelte lächelnd den Kopf. „Einen Euro. Nur für den Kaufvertrag. Rein symbolisch, wissen Sie?"

Einen Euro! Für ein Anwesen, was zwei Millionen wert war. Natürlich ließ ich mich darauf ein. Ich konnte ja nichts verlieren außer besagtem Euro. Der Alte hatte keinen einzigen Erbberechtigten mehr. Und sowohl Besitzurkunde als auch Kaufvertrag waren echt und wasserdicht, wie sich in der Folge herausstellte.

Eine Woche später gehörte das Grundstück mir. Altmann hatte mir Glück gewünscht und mich herzlich verabschiedet, bevor er in ein Pflegeheim, oder wohin auch immer, verschwand. Und mir ans Herz gelegt, den Kobold nicht zu reizen.

Es ging mir so wie meinem Vorgänger: Auch ich musste auf niemanden Rücksicht nehmen. Hatte keine Frau, keine Kinder, keine noch lebenden unmittelbaren Angehörigen. Außer – ha – einen „Kobold".

Ich hatte mich kaum eingelebt, als mir ein großer Publikumsverlag mein neuestes Manuskript abnahm. Und einen Vorschuss von achttausend Euro zahlte. Ich fiel aus allen Wolken. Bislang war es mir nur vergönnt gewesen, in sogenannten Druckkostenzuschuss-Verlagen zu veröffentlichen. Da schrieb ich naturgemäß nur rote Zahlen. Und nun das! Ich tat den Glückstreffer zunächst als Zufall oder „Lottogewinn" ab, ganz wie Sie wollen. Während ich auf die Fahnenabzüge wartete, schrieb ich bereits an drei neuen Werken. Gleichzeitig wohlgemerkt. Meine Muse knutschte mich mehrmals täglich zu Boden. Ich arbeitete wie im Fieber. Hatte Angst, die Fäden zu verlieren – oder schlimmer – eine Schreibblockade zu erleiden. Innerhalb zweier Jahre hatte ich meinen vierten Roman im Trockenen. Und kaum noch einen sichtbaren Buchstaben auf den Tasten meines Computers.

Schon klar, Kobold Walter nervt, wo er nur kann. Zu Beginn hatte er mich zwei Monate lang in Sicherheit gewiegt. Und mir dann den Krieg erklärt. Nicht was das Schreiben betrifft. Da half und hilft er mir selbstlos und aufopferungsvoll. Solange ich auf der Tastatur herum klimpere, lässt er mich in Ruhe. Dann aber …

Wir haben inzwischen eine stille Übereinkunft: Er neckt mich, und ich tue so, als bemerke ich es nicht. Er wird kecker und lässt die gläserne Butterschale, welche bis dahin wie von Geisterhand Stück für Stück an den Rand des Frühstückstisches „gewandert" ist, tatsächlich auf dem Boden in tausend Stücke bersten. Dann erschrecke ich theatralisch und fluche wie ein Rohrspatz. Und er macht sich kichernd in seine Koboldbuchsen im Glauben an seinen gelungenen Streich.

Ich weiß nicht, ob er weiß, dass ich es weiß. Ist auch egal. Für mein Honorar als Bestsellerautor kann ich mir tausend Bleikristall-Butterschalen, hundert Mikrowellen-Herde und dutzende Riesenflachbildfernseher monatlich kaufen.

Dennoch nervt er gewaltig. Besonders des Nachts, wenn ich des Polterns wegen keinen Schlaf finde. Dann gehe ich auch mit meinem schauspielerischen Talent und meiner „zweckgebundenen Toleranz" an meine Grenzen. Aber wenn ich den Gewinn in Relation setze, finde ich immer wieder aufs Neue die Kraft, seine Streiche zu ertragen.

Dachte ich bislang. Heute früh entdeckte ich in der Zeitung einen Artikel betreffs des Ablebens meines Vorgängers Altmann. Er war demnach – vier Jahre nach dem Verkauf seiner Villa an mich – einsam und mittellos verstorben. Einsam – klar. Aber mittellos? Der große, erfolgreiche Antiquitätenmogul mit Millionen auf seinen Spareinlagen? Meine Zukunftspläne bekommen nun die ersten Risse. Dachte ich noch gestern daran, mir ein gediegenes finanzielles Polster zuzulegen und dann das Anwesen zu veräußern, bevor mich mein Nervenkostüm endgültig in die Psychiatrie trieb oder meine natürliche, biologische Uhr ablief, so kommen mir nun Zweifel. Was, wenn der ach so hilfreiche Kobold das letzte Wort hat? Das letzte Kichern, sozusagen? Was, wenn meine enormen Rücklagen gegen null tendieren, kaum dass ich wegziehe?

Hatte sich Altmann auf seine letzten Tage verspekuliert? Seinen Reichtum mit vollen Händen verschleudert? Oder ist etwas dran an meiner Befürchtung?

Ich weiß es nicht. Bin bislang nicht schlauer geworden, obgleich ich nun kein Blatt mehr vor den Mund nehme und Kobold Walter direkt darauf anspreche. Sowohl verbal als auch schriftlich. Er hält sich indes bedeckt. „Finde es heraus!", las ich gerade in aus Linsen zusammengesetzten Buchstaben auf dem Küchentisch.

Ich werde seine Streiche wohl ertragen müssen, solange ich es aushalte. Habe ja keine Wahl. Es sei denn, dass die „Koboldforschung", sofern es eine solche geben sollte, eines Tages Fortschritte macht und mir zu einer Lösung verhilft, mit der ich – im wahrsten Sinne des Wortes – leben kann. Hoffnung habe ich allerdings keine. Bin auch nicht im Internet fündig geworden. Und mal ehrlich: Wer nimmt es schon mit einem Kobold auf?

Keine Angst, die Frage war rein rhetorisch …

Verbotene Liebe

– Sina Blackwood –

In eines Königs finstrem Tann
fing Riese Bens Geschichte an.

Dort sah er sie, die Frau zum Träumen,
lustwandelnd unter alten Bäumen.

Das lange Haar im Winde weht
und Ben in süßem Schmerz vergeht.

Ein leises Raunen, sie bleibt stehen,
will nach dem Mann, der's sandte, sehen.

Entsetzen schleicht in ihren Blick,
dann rennt sie in den Wald zurück.

„Oh, bleib doch hier!" Ben ringt die Hände.
Wenn er doch rechte Worte fände!

Von Amors Pfeil so tief getroffen,
kann er nur auf ein Wunder hoffen.

Was sie entsetzt, weiß er genau,
denn sie ist eine Zwergenfrau.

Und noch dazu von jener Art,
wo nur die Männer tragen Bart.

„Komm doch zurück!" Ben kann's nicht fassen.
Wie kann sie ihn so leiden lassen?

„Ein Blick, ein Lächeln, nur ein Wort!
Oh holde Maid, bist so weit fort!"

Er kennt der Zwerge Neugier nicht,
als traurig er die Worte spricht.

Am nächsten Morgen ist Süße
ganz in der Nähe auf der Wiese.

Der Ben traut seinen Augen kaum,
versteckt sich hinter einem Baum,

von wo aus glücklich er zu ihr schaut,
bis sie sich plötzlich ganz nah ran traut.

„Du bist ganz nett", stellt sie schnell fest,
was Bens Herz höher schlagen lässt.

Nun treffen sie sich Tag für Tag,
weil offenbar auch sie ihn mag.

Sie reden, scherzen, lachen
und würden gern noch andres machen.

Jedoch vom Größenunterschied
da singen sie ein Trauerlied.

Zwei Köpfe fehlen Zwergilein,
um halb so lang wie Ben zu sein.

Und geht der Riese auf die Knie
Ist er gerad' so groß wie sie.

Der Zwergensippe passt es nicht,
als Ben von großer Liebe spricht.

Man will sie trennen, doch sie flieht,
als sie die erste Chance sieht.

Nur können Zwerge böse sein,
so mauern sie das Mädchen ein.

Doch Ben lässt sich nicht unterkriegen,
er kann die ganze Brut besiegen.

Reißt ein den Kerker, jede Mauer,
solch Vorurteil, das macht ihn sauer.
Er rettet sie und trägt sie fort,
an einen unbekannten Ort.

Dort leben sie nun ganz geheim
und können wirklich glücklich sein.

Das hat er nun davon

– Sina Blackwood –

Der Knappe Fips von Waldenstein
wollt schlauer als sein Ritter sein.

Bei Nacht und Nebel zieht er fort,
zu eines Drachen gold'nem Hort.

Der Drache hat niemals gewildert,
wie man dem Fips stets wieder schildert.

„Lass ihn in Ruhe und verschwinde!
Wir sitzen alle in der Tinte,

wenn Pyros dir ans Leben will.
Dann ist hier nichts mehr friedlich-still.

Dass er seit Jahren uns beschützt,
nach einem Raub bestimmt nichts nützt!

Hau ab und kehre nie zurück!
Du riesengroßes dummes Stück!"

Doch reden hilf nicht, Fips zieht weiter.
Er wird wohl niemals je gescheiter.

Am dritten Tag erreicht er schließlich
das Bergmassiv und wird verdrießlich.

„Was muss das Vieh da oben wohnen,
wo sonst nur finstre Wolken thronen?"

Fips ahnt nicht, dass ihn Pyros sah,
denn der ist fast zum Greifen nah!

Hockt hinter einer Burgruine
und zieht 'ne amüsierte Miene.

Zwei Meter Abstand zu dem Drachen,
der mühsam sich verkneift das Lachen.

Ihm macht das Spielchen viel Behagen.
Was man von Fipsen nicht kann sagen.

Fips kraxelt über steile Hänge.
In Spalten wird es nass und enge.

Er reißt sich beide Hände wund,
stürzt fast in einen tiefen Grund,

sieht endlich in der Ferne doch
das große schwarze Eingangsloch.

Der Pyros ist schon lang zurück.
Er schiebt 'nen Steinblock Stück für Stück

von innen in den Tunnelschlund.
Und das hat nur den einen Grund:

Er will den Fips beim Raub ertappen,
den ober-super-schlauen Knappen.

Fips quetscht sich durch den Spalt im Stein,
dringt so in Pyros' Höhle ein.

Es ist ein Funkeln und ein Gleißen,
Fips kann sich kaum zusammenreißen

und wirft das Gold mit beiden Händen
in die Höhe an den Wänden.

Er springt kopfüber in den Haufen.
„Ich kann mir eig'ne Burgen kaufen!

Ich werd' berühmt, ich bin so toll!"
Doch Pyros hat die Nase voll.

Er greift den Dieb an seinem Kragen
und will ihn aus der Grotte tragen.

Fips brüllt: „Lass los, das ist gemein!",
sticht mit dem Dolch auf Pyros ein.

Dem Drachen reicht's.

„Halt's Maul, du Bube!
Sonst fliegt du in die Abfallgrube!"

Doch Fips, der zetert immer weiter.
Das findet Pyros gar nicht heiter.

Wenn Dummheit ansteckt, denkt der Drache,
weiß ich, was ich mit dem hier mache.

Trägt ihn zurück zu seinem Ritter,
geht nieder wie ein Ungewitter.

Schaut finster in die Menschenmenge,
gar manchem wird der Kragen enge.

„Ist das der Dank für meine Güte?
Dass ich mich stets um Frieden mühte?"

Der Ritter Kuno hebt die Hände,
dass er das Schicksal günstig wende.

„Oh, großer Drache, hör mein Flehen,
sollst nicht im Zorne von uns gehen.

Lass los den Dummkopf. Obendrein
bekommst ein Schaf du und ein Schwein.

Und auch die Strafe für den Lümmel,
darfst du bestimmen, ich schwör's beim Himmel!"

Pyron erstaunt:

„Dann steckt's nicht an? Doch es lebt fort.
Zu schade für den schönen Ort."

Der Drache will auch nach Äonen
Noch friedlich bei den Menschen wohnen.

Die Lösung tut er Fips nun kund,
der schlägt die Hände vor den Mund.

Ein Feuerstoß zwischen die Schenkel:
„Jetzt gibt's kein Kind mehr und kein Enkel.

Der Dummen sind hier schon genug,
drum hat eine Ende jetzt der Spuk."

Und die Moral von der Geschicht'?
Verärgere die Drachen nicht!

Ritter Ethelbert von Rabenstein und der Drache

– Mark Galsworthy –

Ethelbert saß auf seinem Schemel und schaute fern aus seinem Burgfenster hinaus über seine Lande. Über dem Burghof freiten laut schreiend die Raben, ihren Frühlingsgefühlen freien Flug lassend. Da riss ihn eine durchdringende Stimme, die den Lautstärkepegel des Rabengezwitschers bei weitem übertraf, abrupt aus seiner Betrachtung. Kunigunde, sein ihm angetrautes Weib, begehrte umgehend seine ritterliche Hilfe und forderte sie mit ihrer liebreizgeschwängerten Stimme ein.

Da kam ihm Fafnir, der Drache, in den Sinn, den er schon lange nicht mehr gesehen hatte, und er beschloss spontan, ihm, Kunigundes Räumlichkeiten um- und seiner Arbeit nachgehend, einen Besuch abzustatten. Den verachtenden Blick seines Schlachtrosses ignorierend, erklomm er Selbiges und trabte via Zugbrücke gen Küstengebirge.

Fafnir und er hatten vor Jahren, nach heißen Kämpfen, sich auf friedliche Koexistenz verständigt. Der Drache hatte versprochen, seinen Jungfrauenverzehr einzuschränken, und er verwies die hilfesuchenden Bittsteller auf den Artenschutz, der es ihm nicht gestattete, eine bedrohte Art auszurotten.

Nach langem Ritt stieg er vom immer noch beleidigten Roß und betrat die Höhle. Ihm fiel auf, dass der Berg mit den Jungfrauenknochen seit seinem letzten Besuch kaum größer geworden war. Es roch auch weniger nach Schwefel als früher.

Nach vielen Kurven und Gängen erreichte er die Wohnhöhle von Fafnir. Er staunte nicht schlecht, als er in der Ecke einen bunten Berg sah, der sich langsam auf und ab hob.

Er rief laut „Fafnir!", und von einem Ende des Berges erhob sich ein langer Hals mit einem farbenfrohen Kopf. „Was ist denn mit dir passiert?", rief Ethelbert.

„Mit mir ist gar nix passiert", erwiderte der Drache, „ich habe mich nur weiterentwickelt!"

„Weiterentwickelt?", fragte Ethelbert mit großen Augen.

„Ja, ich hatte mein Comming out und schule nun um auf Chamäleon!"

„Chamäleon? Was für ein Quatsch, seit wann fressen Chamäleons denn Jungfrauen?"

„Ich bin jetzt Veganer! Das ist viel besser, Pflanzen und Früchte sind viel schmackhafter, reichlich vorhanden, und sie kreischen nicht beim Essen. Echt cool, glaub mir! Und außerdem liefern sie wunderschöne Farben und nicht nur dieses langweilige Blutrot."

„Also gegrilltes Gemüse?"

„Nein, ich speie kein Feuer mehr, in meiner Höhle herrscht Rauchverbot."

„Rauchverbot?"

„Ja, wir Drachen sind euch weit voraus, ihr habt ja noch nicht mal das Rauchen erfunden", kicherte Fafnir. „Und wie geht es dir, hast du auch neue Akzente in deinem Leben gesetzt oder neue Erkenntnisse?"

„Ja, hab ich: Töte einen Drachen, solange er noch einer ist!"

„Das ist aber garstig von dir!", rief der geschminkte Drache beleidigt, aber das hörte Ethelbert nicht mehr, der schnellen Schrittes die Malstatt verließ.

Der Spitzbube von Drachenfels

– Sina Blackwood –

Die von Drachenfels waren Schlitzohren. Selbst die Großeltern der Großeltern sprachen schon davon. Den Vogel der ganzen Sippe schoss aber Willibald ab, welcher rasch den Beinamen „Der Verschlagene" erhielt.

Die große Burg, derer von Drachenfels thronte über einem tiefen Tal mit schroffen, nackten Berghängen. Schon von Weitem ließen sich Handelsreisende erspähen, denen man reichlich Wegezoll abverlangen konnte. Um wochenlange Umwege zu vermeiden, zahlten die meisten gern. Zumindest solange der Vater des Verschlagenen das Sagen hatte. Nach dessen Tod machte rasch das Gerücht die Runde, auf dem Talweg sei es nicht mehr ganz geheuer.

Die Händler zahlten, zogen weiter und wurden in den meisten Fällen nie mehr gesehen. Ganze Reitertrupps und Wagenkolonnen verschwanden spurlos.

Seltsam nur, dass es nie Leute des Burgherrn erwischte. Dafür schafften es Fremde immer seltener, unbehelligt durch das Tal zu kommen. Nur im Winter schien man halbwegs sicher zu sein, wenn man die vielen Schneelawinen unberücksichtigt ließ.

So wie die einen Hab und Gut verloren, wurde Willibald immer reicher. Noch dazu in einem Maße, dass es wirklich nicht mehr mit rechten Dingen zugehen konnte.

Die Sache kam schließlich auch dem König zu Ohren, der seinen tapfersten Ritter und einen Mönch entsandte, um dem Spuk auf den Grund zu gehen.

Wie alle Reisenden bezahlten die beiden ihren Wegezoll auf Willibalds Burg. Sofort, nachdem sie die Zugbrücke bei ihrem Weiterritt passiert hatten, ließ der Burgherr selbige hochziehen. In dem Moment glaubten Ritter Gernot und sein Begleiter, er täte es zu seiner eigenen Sicherheit, um von Mord- und Diebesgesindel verschont zu bleiben. Nach einem straffen Ritt von einer knappen Stunde wurde es auf dem Talweg voraus ungewöhnlich finster. Es war noch nicht mal Mittag und der Himmel zeigte sich im klaren Blau eines eisigen, aber schönen Wintertages. Der Mönch schaute Gernot fragend an.

Der Ritter zuckte unwissend mit den Schultern. „Es könnte einen Bergrutsch gegeben haben, dessen Gesteinsmassen nun uns und dem Licht den Weg versperren."

„Hätten wir das nicht hören müssen?", flüsterte Kuno und bekreuzigte sich hastig. „Auch hat Ritter Willibald keinen Hinweis darauf gegeben."

Gernot lächelte schmal. „In wenigen Minuten werden wir schlauer sein." Er trabte unbeirrt auf die dunkle Masse zu, die das Tal ausfüllte, und sich hin und wieder zu bewegen schien. „Bleibt dicht bei mir!", gebot er seinem zitternden Wegkameraden.

Der wäre aber auch nicht freiwillig nur einen Zentimeter von Gernots Seite gewichen! Stattdessen umkrampfte seine Hand das schlichte Holzkreuz, welches er an einem Lederband um den Hals trug.

Etwa 100 Meter vor dem Hindernis drang plötzlich ein lautes Grollen aus dem unförmigen Hügel auf dem Weg. Gernot zügelte überrascht sein Pferd. „Fünkchen?", flüsterte er auffallend irritiert.

Sofort kam Leben in den schwarzen Haufen. Ein riesiger geschuppter Kopf mit stechend grünen Augen schob sich ihnen entgegen. Das Pferd des Mönches scheute, warf seinen Reiter ab und galoppierte in wilder Hast davon. Kuno lag mit weit aufgerissenen Augen im Schnee und streckte der Bestie abwehrend das geweihte Kreuz entgegen.

Gernot sprang von seinem Rappen. „Fünkchen! Was tust du denn hier? Seit wann erschreckst du friedliche Reisende?"

„Fünkchen??? Ihr kennt dieses … Untier?", hauchte der Mönch, noch immer wie ein Käfer auf dem Rücken liegend.

„Das ist kein Untier! Ich kenne Fünkchen schon, seit sie aus dem Ei geschlüpft ist." Ritter Gernot tätschelte liebevoll den Kopf des Drachen zwischen den gebogenen Hörnern. „Steht endlich auf und benehmt Euch wie ein Mann", herrschte er Kuno an.

„Papa Gernot", wisperte der Drache mit selig verdrehten Augen. „Es ist schön, dich wiederzusehen. Du hast mir so gefehlt."

Gernot hielt inne. „Wirklich? Ich dachte, du magst mich nicht mehr, weil du ohne ein Abschiedswort verschwunden bist."

Fünkchen legte vorsichtig ihre Klaue um den Ritter, als wolle sie ihn ganz fest umarmen, schloss die Augen und schnurrte wie eine über-große Katze. „Ach, Papa Gernot, wenn du wüsstest!"

„Erzähl's mir."

Fünkchen seufzte. Der Mönch stand vor Kälte bibbernd neben Gernots Pferd und hauchte: „Dann erfrieren wir bestimmt. Ich fühle jetzt schon kaum noch meine Füße."

Gernot winkte ihn energisch heran. „Kommt her, Hasenfuß! Und bringt gleich mein Pferd mit. Das kann auch ein wenig Wärme vertragen."

Das Drachenweibchen ringelte seinen Schwanz um die drei, blies heißen Atem in den Ring und fragte: „Gut so?"

„Fantastisch, meine Liebe. Aber nun berichte. Beginne am besten damit, was du hier mitten im Winter treibst, denn eigentlich solltest du doch jetzt ruhen." Gernot setzte sich entspannt auf Fünkchens Schwanzspitze und lächelte aufmunternd.

Der Drache überlegte einen Moment. Dann entschied er sich, die nackten Fakten aufzuzählen. „Also", begann er, „ich töte jeden, den ich erwischen kann, der dieses Tal betritt."

Gernot nickte, weil er das schon geahnt hatte. Der Mönch begann wieder zu zittern, was diesmal ganz sicher nicht an der Kälte lag.

„Die Tiere esse ich, die Menschen verbrenne ich zu Asche. Die vielen Waren, das Gold und die Juwelen lässt Ritter Willibald von seinen Leuten abholen", fuhr der Drache fort.

„Und weiter?", fragte Gernot.

„Nichts weiter", murmelte Fünkchen schuldbewusst, ihren Kopf an seiner Schulter reibend.

Der Ritter kraulte seine ungewöhnliche Freundin erneut zwischen den Hörnern. „Wie kam es dazu? Eine Riesin, wie du, und so sanft wie du, macht das doch sicher nicht freiwillig. Was springt für dich heraus?"

„Er hat mein Ei gestohlen", wisperte Fünkchen kaum hörbar. Eine dicke Träne rann aus ihrem Auge, fiel in den Schnee, wo sie sich in eine große reine weiße Perle verwandelte.

Kuno bückte sich danach. Nicht etwa, weil er das Kleinod begehrte, sondern weil er es nicht fassen konnte, was soeben geschehen war. Fünkchen schien es nicht einmal zu bemerken. Sie begann so herzzerreißend zu schluchzend, dass sogar der ängstliche Kuno tröstend ihre schuppige Klaue streichelte.

„Ich bekomme es erst wieder, hat er gesagt, wenn ich ihm so viel Besitz zusammenraube, dass er bis an sein Lebensende in Saus und Braus leben kann", stammelte Fünkchen und begann erneut zu weinen.

Gernot schüttelte fassungslos den Kopf. „Warum hast du den Dreckskerl nicht als Ersten pulverisiert?"

„Er ist der Einzige, der weiß, wo mein Ei versteckt ist!"

Ritter Gernot klappte der Unterkiefer bis auf die Spitzen seiner metallenen Schuhe, sein Helm polterte zu Boden. „Ja, weißt du denn nicht, dass das Junge, falls denn eines im Ei war, schon lange tot ist?"

Fünkchen schrie auf. „Nein, nein, Papa Gernot! Das kann nicht tot sein! Mich hast du doch auch gerettet, als meine Mama nicht mehr nach Hause kam."

„Da waren es nur ein paar Stunden", erklärte Gernot. „Das Ei, in dem du stecktest, war noch ganz warm. Einen Tag später hätte ich nichts mehr für dich tun können."

„Ach herrje", murmelte Kuno und zweifelte langsam an seinem Verstand. Da unterhielten sich doch tatsächlich der tapferste Ritter des Landes und ein Drache wie Vater und Tochter miteinander! Und, als wäre das nicht schon seltsam genug, standen sie inmitten eines wahren Teppichs aus schimmernden Perlen, ohne diesem auch nur einen Blick zu schenken.

„Papa, hilf mir!", flehte der Drache soeben und Gernot schwor ohne Umschweife, alles zu tun, was irgendwie in seiner Macht stehe.

„Was habt Ihr vor?", fragte Kuno, der Mönch, vorsichtig.

Gernot hob die Schultern. „Erst einmal in Fünkchens Höhle Schutz vor Nacht und Kälte suchen. Außerdem habe ich Hunger. Ein leerer Magen ist ein schlechter Ratgeber."

„Darf ich deinen Michel tragen?" Fünkchen deutete auf den Rappen.

„Gern. Aber lass weder ihn noch uns fallen." Ritter Gernot kletterte auf den Rücken des Drachen. Kuno zögerte etwas, nach seiner helfend ausgestreckten Hand zu fassen. Die Frage, ob das alles ernst gemeint sei, verkniff er sich lieber. Drache, Ritter und Ross schienen ein eingespieltes Team zu sein. Er glaubte auch dann noch, zu träumen, als sich die riesige Echse mit ihnen und dem Pferd in die Lüfte schwang. Wie er in die Grotte des Drachen gekommen war, hätte Kuno nicht erklären können. Er wachte aus seinem Tagtraum auf, als er an einem wärmenden Feuer saß und ein großes Stück gegrilltes Wildschweinfleisch in der Hand hielt.

In einer Ecke der Höhle knusperte Michel an etwas Heu, Gernot hatte sich seiner Rüstung entledigt und lag in einer Schwinge des Drachen, wie andere in einer Hängematte. Feierabendidylle wie im sichersten Burghof.

„Alles gut?" Fünkchen stupste Kuno mit der Nasenspitze an.

Der nickte. „Geht schon. Ich bin noch etwas aus dem inneren Gleichgewicht, aber langsam fängt der Denkapparat wieder an, zu arbeiten. Wie geht es dir?"

„Nicht so gut." Fünkchen schniefte. „Wenn Papa Gernot recht hat, und das hat er immer, dann hat mich dieser Willibald auf das Allergemeinste betrogen!"

Kuno schaute das verzweifelte Fünkchen mitleidig an. „Das sehe ich ganz genau so. Aber kannst du denn kein neues Ei legen?"

„Das geht nur alle 300 Jahre", ließ sich Gernot vernehmen. „Das ist ja das Tragische an der Sache. Wer weiß, ob es dann überhaupt noch Drachen gibt! Ich habe vor vielen Jahren, als kleiner Bub, zufällig einen Nistplatz mit einem Ei entdeckt. Das Muttertier duldete mich, weil ich es nicht störte und schwor, niemandem et-was zu verraten. Sie erzählte mir alles über das Geschlecht der Bergdrachen. Eines Tages kam sie von einem Jagdzug nicht mehr zurück. Was sollte aus ihrem Küken werden? Ich nahm das angebrütete Ei an mich und brachte es heimlich in mein Zimmer. Ganz hinten im Kamin, da wo sich die Glut am längsten hält, habe ich es warmgehalten, wie es seine Mutter mit ihrer Flamme zu tun pflegte."

Gernot hielt Kuno beide Hände entgegen, die großflächig vernarbte Brandwunden zierten. „Eines schönen Tages, oder besser gesagt, mitten in einer ziemlich stürmischen Nacht, knackte und knirschte es im Kamin. Plötzlich piepste es laut und vernehmlich: Papa, Papa! Da tauchte auch schon der rußverschmierte winzige Drache in einem Funkenregen aus glimmendem Holz auf, was ihm den Namen Fünkchen einbrachte."

Das Drachenweibchen rieb dankbar den Kopf an seiner Schulter. „Papa Gernot hat mich beschützt, gefüttert und mir sogar das Fliegen beigebracht, als ich alt genug war. Was hat er nicht alles auf sich genommen, damit mich keiner entdeckte! Je größer ich wurde, umso schwerer war es für ihn, mich vor der Welt zu verstecken ..."

„Und dann?" Kuno schaute sie neugierig an.

„Bin ich der Duftspur eines männlichen Drachen gefolgt." Fünkchen schaute in weite Ferne. „Es war wie ein Rausch ... irgendwann habe ich mein Ei gelegt ... und das hat, am selben Tag noch, Ritter Willibald gestohlen."

Kuno knirschte mit den Zähnen: „Auge um Auge, Zahn um Zahn."

Gernot drückte stumm seine Hand und Fünkchen umschloss beider Hände mit ihrer Klaue. Kriegsrat wollte man erst am Morgen halten und so bettete sich auch Kuno unter Fünkchens Schwingen zur Nachtruhe. Er hatte endlich die Angst vor ihr verloren und war meilenweit davon entfernt, das unglückliche Wesen für das zu verdammen, was es aus purer Verzweiflung getan hatte. Strafe verdiente aber der, der durch seine Habgier andere dem Tod auslieferte.

Ein lautes Rauschen weckte die Männer im Morgengrauen. „Ich habe eine Überraschung für euch!", erklang es von draußen.

Gernot eilte vor die Grotte, wo Fünkchen Kunos Pferd festhielt, welches sie mit einigen Mühen unversehrt eingefangen hatte. Zwischen den Zähnen trug sie zudem ein erlegtes Reh, das sie ihm vor die Füße warf.

„Kannst du mir mal den verrückten Gaul abnehmen?", bat sie. „Das Gezappel macht mich ganz nervös."

Gernot lachte. Fünkchen wirkte in der Tat etwas ratlos. Schließlich wollte sie Kunos Pferd nicht verletzen. Die Männer zerrten das widerstrebende Tier gemeinsam in die Grotte zu Michel und banden es fest. Den Rappen schien das alles nicht zu interessieren, der war schon wieder mit seinem Heu beschäftigt.

Noch während eine Rehkeule am Spieß über dem Feuer briet, begannen die drei, einen Plan zu schmieden.

Dass Fünkchen sich einfach davon gemacht hätte, wäre nicht gerade sinnvoll gewesen. Willibald würde sie jagen und zur Strecke bringen lassen.

„Na, dann jagen wir eben ihn!", rief der Drache. „Irgendwie kriegen wir ihn schon."

„Dazu müsstest du wohl die ganze Burg ausräuchern", sagte Kuno resigniert.

Gernot spitze abschätzend die Lippen. „Versuchen wir es. Zwar hat Willibald eine machtvolle Waffe auf den Zinnen seiner Burg, aber wenn wir uns heimlich anschleichen und das Ding verbrennen, ist Fünkchen fast unverwundbar."

Den ganzen Tag feilten sie an ihrem Plan und mit Einbruch der Dunkelheit setzten sie ihn in die Tat um. Da es völlig unmöglich war, einen schwarzen Drachen vor weißem Schnee unsichtbar zu machen, ritt Kuno allein und gut sichtbar auf die Burg zu, wobei er Gernots Michel am Zügel mit sich führte. Die beiden anderen versteckten sich hinter ein paar Felsen und warteten ab, was geschehen werde.

Kaum hatten die Wachen den Mönch erspäht, öffneten sie das Tor. Kuno sang ihnen und dem herbeigeeilten Willibald ein Jammerlied, das sie alles andere völlig vergessen ließ. Fünkchen schwang sich fast lautlos in den Himmel. Im Tiefflug glitt sie, Gernot auf dem Rücken, auf die Mauer zu, um beinahe senkrecht an ihr emporzusteigen. Ein schneller Blick in die Runde, ein gezielter Feuerstoß auf die gewaltige Speerschleuder und schon war Fünkchen wieder verschwunden. Jetzt brach Panik in der Burg aus. Alles, was Waffen trug, eilte auf die Wehrgänge. Doch da tauchte der schwarze Racheengel Fünkchen genau vor ihnen auf und dem verzehrenden Drachenfeuer hatte keiner etwas entgegenzusetzen. Fünkchen war nicht daran interessiert, Fliehende zu verfolgen, sie wollte einzig Ritter Willibald an den Kragen. Doch dieser Feigling hatte sich in die Geheimgänge unter der Burg verzogen.

Das Drachenweibchen ließ sich nicht beirren. Was das Feuer nicht schaffte, beendete es mit seinen mächtigen Klauen. Es riss in wenigen Tagen Stück für Stück die Burg nieder und verschütte so gleichzeitig alle Ausgänge. Oben-drein belegte Kuno die Ruine mit einem Bann. Willibald verdurstete schließlich in seinem Versteck. Selbst in unseren Tagen sieht man seinen Geist in Vollmondnächten durch die alten Mauerreste streifen, die er niemals verlassen kann.

Und auch heute kann man noch, wenn man ganz großes Glück hat, zwischen den Felsen glitzernde Drachenperlen finden – die Tränen die Fünkchen um ihr verlorenes Ei geweint hat.

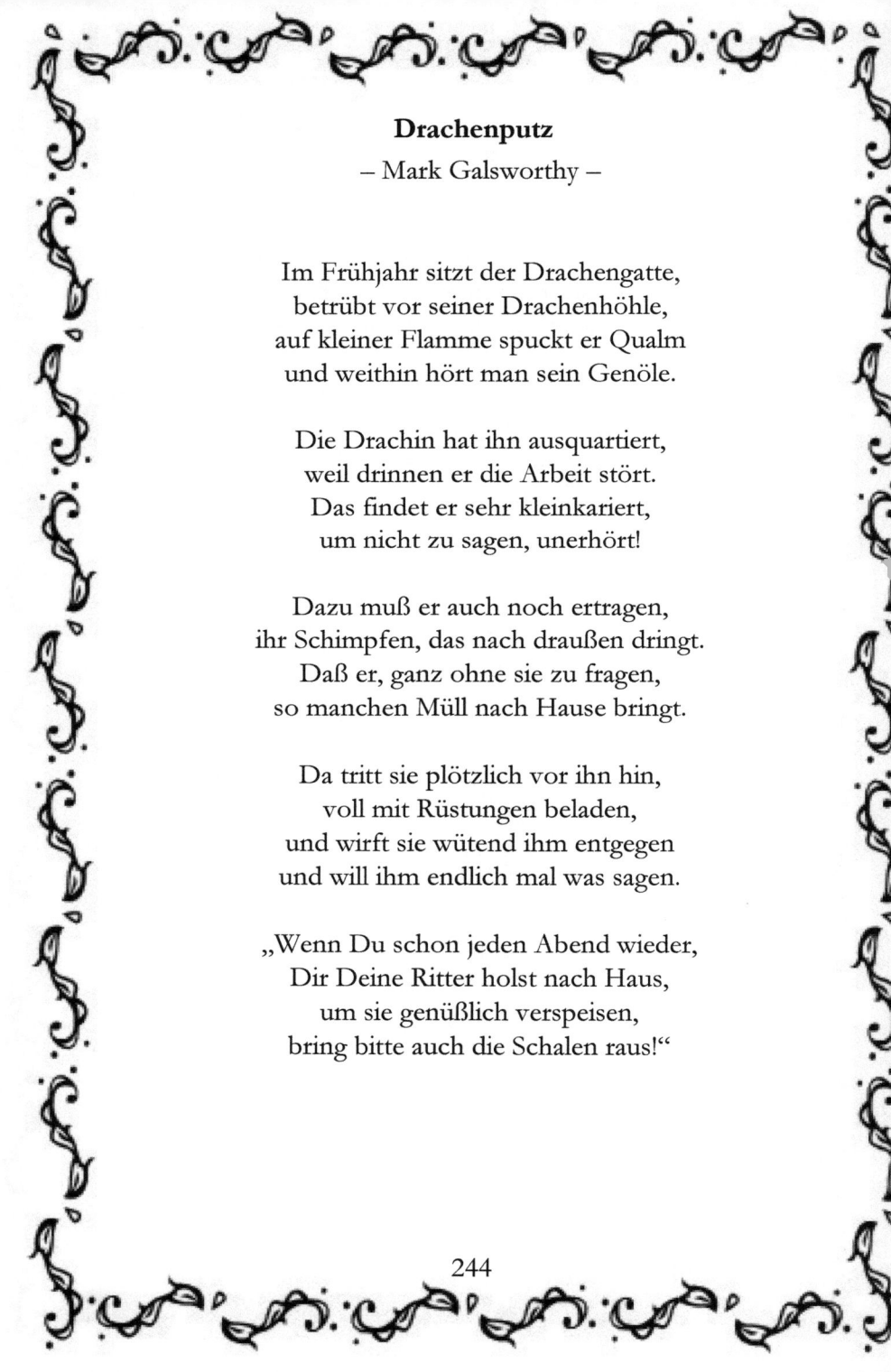

Drachenputz

– Mark Galsworthy –

Im Frühjahr sitzt der Drachengatte,
betrübt vor seiner Drachenhöhle,
auf kleiner Flamme spuckt er Qualm
und weithin hört man sein Genöle.

Die Drachin hat ihn ausquartiert,
weil drinnen er die Arbeit stört.
Das findet er sehr kleinkariert,
um nicht zu sagen, unerhört!

Dazu muß er auch noch ertragen,
ihr Schimpfen, das nach draußen dringt.
Daß er, ganz ohne sie zu fragen,
so manchen Müll nach Hause bringt.

Da tritt sie plötzlich vor ihn hin,
voll mit Rüstungen beladen,
und wirft sie wütend ihm entgegen
und will ihm endlich mal was sagen.

„Wenn Du schon jeden Abend wieder,
Dir Deine Ritter holst nach Haus,
um sie genüßlich verspeisen,
bring bitte auch die Schalen raus!"

Jungfer Hildegard

– Sina Blackwood –

Die alte Jungfer Hildegard
ist in den Drachen Kurt vernarrt.

Der konnte mit 'nem Loch im Zahn
nicht an die dürre Wachtel ran.

Dann tat's ihm leid, sie aufzufressen
und schließlich hat er's ganz vergessen.

Nun liebt sie ihn – was soll man machen –
den großen unentschloss'nen Drachen.

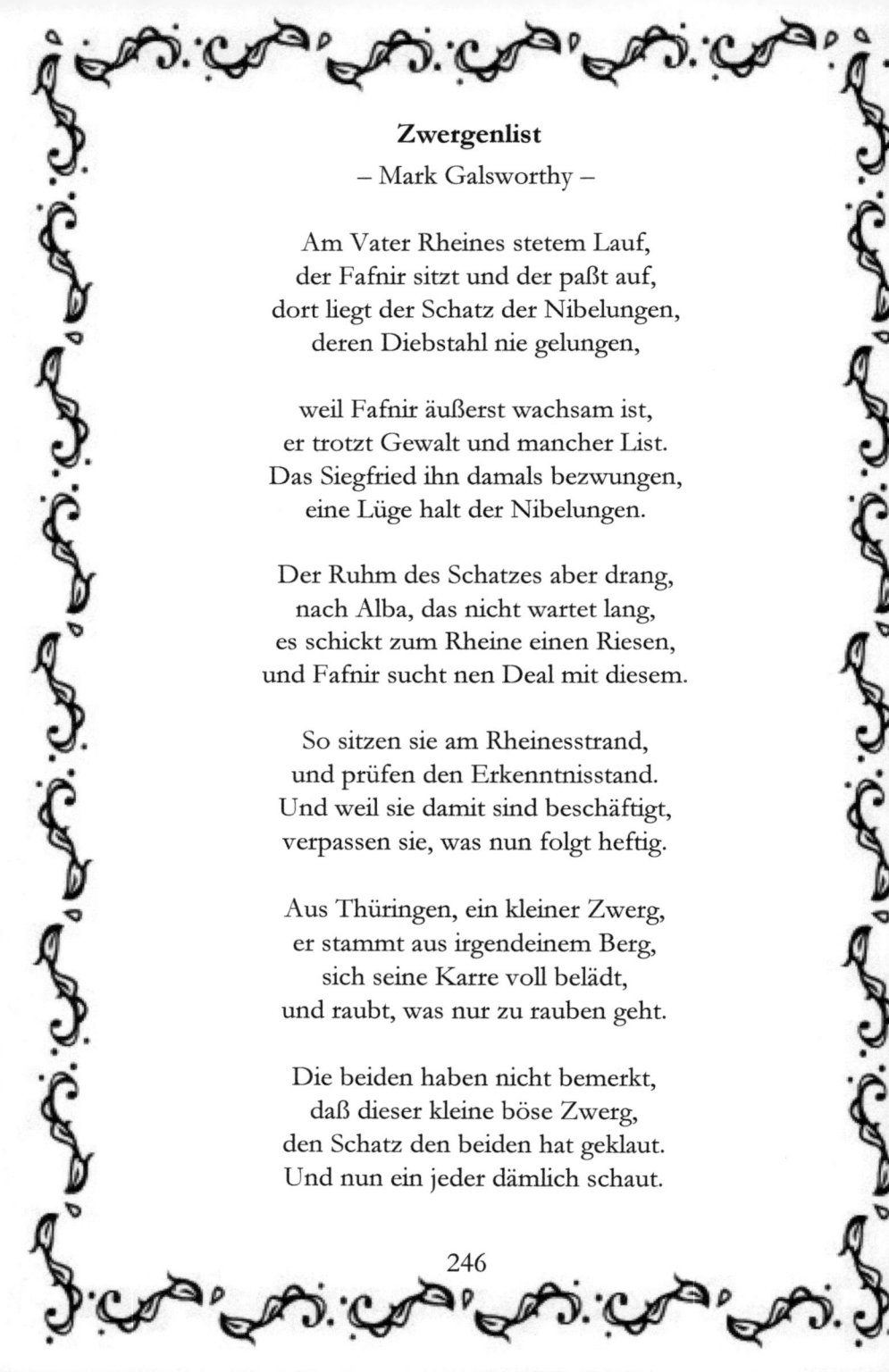

Zwergenlist

– Mark Galsworthy –

Am Vater Rheines stetem Lauf,
der Fafnir sitzt und der paßt auf,
dort liegt der Schatz der Nibelungen,
deren Diebstahl nie gelungen,

weil Fafnir äußerst wachsam ist,
er trotzt Gewalt und mancher List.
Das Siegfried ihn damals bezwungen,
eine Lüge halt der Nibelungen.

Der Ruhm des Schatzes aber drang,
nach Alba, das nicht wartet lang,
es schickt zum Rheine einen Riesen,
und Fafnir sucht nen Deal mit diesem.

So sitzen sie am Rheinesstrand,
und prüfen den Erkenntnisstand.
Und weil sie damit sind beschäftigt,
verpassen sie, was nun folgt heftig.

Aus Thüringen, ein kleiner Zwerg,
er stammt aus irgendeinem Berg,
sich seine Karre voll belädt,
und raubt, was nur zu rauben geht.

Die beiden haben nicht bemerkt,
daß dieser kleine böse Zwerg,
den Schatz den beiden hat geklaut.
Und nun ein jeder dämlich schaut.

So wird Geschichte umgeschrieben,
nicht im Rhein wird er nun liegen.
Auch wenn Experten Hände ringen,
das Rheingold liegt nun in Thüringen.

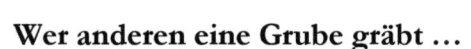

Wer anderen eine Grube gräbt …

– Sina Blackwood –

Als die Männer das Feuer sahen, war es zu spät, um noch ausweichen zu können. Es brannte ihnen in sekundenschnelle das Fleisch von den Knochen. Die kläglichen Überreste landeten auf dem Haufen Gebeine derer, die vor ihnen versucht hatten, den Drachen zu töten.

Dabei waren sie sich ihrer Sache so sicher gewesen! Außerdem hatten sie gehofft, durch diese Tat dem Galgen zu entgehen. Statt Ruhm zu ernten, hatten sie den Tod gefunden.

Sie waren im Auftrag des Grafen Hajo unterwegs gewesen, um eine Plage zu tilgen, die in Wahrheit gar keine war. Die Einheimischen mieden ganz einfach den Berg und den Wald, in denen der olivgrün geschuppte Gigant sein Re-vier hatte. Er war ihnen noch nie wirklich in die Quere gekommen. Die zwei oder drei Schafe, die er sich im ganzen Jahr holte, zahlten sie ihm gern als Tribut, um anderweitig unbehelligt zu bleiben.

Wer das Märchen erfunden hatte, er hole sich Jungfrauen, die er verspeise, konnte auch keiner erklären. Der Haufen morscher Knochen vor seiner Grotte setzte sich ausschließlich aus männlichen Gerippen zusammen und nicht einer war unschuldig umgekommen.

Zudem hatten Hajos Leute absolut nichts auf dem Grundbesitz des Ritters von Tiefengrüntal zu suchen. Im Augenblick begnügte sich der Drache noch damit, die Angreifer zu töten. Nur werde das nicht ewig so bleiben, befürchteten die Bauern aus der Talsenke. Und sie sollten sich nicht geirrt haben. Nachdem sich der Drache einige Wochen später der letzten sechs Männer entledigt hatte, begann er im Tiefflug über seinem Heimatareal zu kreisen. Hin und wieder spie er Feuer, was die Dorfbewohner nicht Gutes ahnen ließ.

„Wir müssen etwas unternehmen", forderten die Bauern von ihrem Herrn, dem gütigen Ritter Markus.

„Soll ich den Drachen etwa umbringen?", fragte der erstaunt.

Die Mönche aus dem nahen Kloster schüttelten die Köpfe. „Gott bewahre! Durch seine Anwesenheit hat er uns immer vor Feinden beschützt! Es wäre aber an der Zeit herauszufinden, warum ihm der Graf ans Leder will."

Markus kratzte sich am Kinn. „Die Frage habe ich mir auch schon gestellt. Ich habe den Drachen nie Reichtümer heranschleppen sehen …"

„Eben drum! Hier muss es aber etwas geben, was Hajo um jeden Preis haben will!" Ein alter Schäfer stampfte mit seinem Wanderstab auf den Boden. Als wäre das ein Zeichen gewesen, landete draußen ziemlich geräuschvoll der Drache. Die Männer zogen erschreckt die Köpfe ein. Hajo war nicht nur ein gütiger Herr, in seiner Brust schlug auch ein Kämpferherz. Ehe ihn irgendjemand zurückhalten konnte, hatte er die Tür aufgestoßen, war aus dem Haus getreten und ein paar Schritte auf den unerwarteten Gast zugegangen.

Er wusste, dass sein Schwert nicht mehr als ein Zahnstocher gegen einen Drachenpanzer ausrichten konnte. Also schnallte er das ganze Gehänge ab und legte es hinter sich auf den Boden, wobei ihn der Drache stumm beobachtete.

„Ich weiß nicht, ob dir unsere Sprache geläufig ist", sprach der Ritter an den Giganten gewandt, worauf dieser einmal kurz nickte.

„Oh!" Markus riss die Augen auf. „Kannst Du auch sprechen?" Der Drache wiegte verneinend den Kopf.

„Gut, dann will ich versuchen, so mit dir zu kommunizieren, dass wir uns trotzdem verstehen können", worauf der Drache erneut nickte. Ein paar ganz Mutige waren inzwischen ebenfalls aus dem Haus gekommen, blieben aber in gebührendem Abstand stehen und beobachteten mit großen Augen das Geschehen.

„Zuerst möchte ich dir für deine unendliche Geduld danken. Es wäre dir ja ein Leichtes, in wenigen Sekunden unser ganzes Dorf zu vernichten."

Nicken.

„Ist dein Besuch eine letzte Warnung an uns?"

Kopfschütteln. Gleichzeitig streckte der Drache eine Klaue aus, mit der er den Ritter ganz sacht antippte.

„Brauchst du Hilfe?"

Heftiges Kopfnicken.

„Ach herrje", murmelte Markus. „Wie können wir kleine Menschlein einem so großen Drachen helfen?"

Der Drache legte seinen Kopf vor Markus auf die Erde und schaute ihn aufmunternd an.

„Ich soll auf deinen Rücken steigen?"

Zustimmendes Brummen.

Markus zögerte nicht.

„Aber Herr!", riefen die Männer.

„Keine Sorge, es wird mir sicher nichts geschehen. Er will mir wohl etwas zeigen." Da saß der Ritter auch schon auf dem riesigen Tier und klammerte sich an dessen Hals fest. Einen Lidschlag später verschwanden sie bereits hinter dem nahen Wald. Markus genoss den Flug. Zum ersten Mal konnte er von oben sehen, wie wundervoll sich seine alte Burg in eine Landschaft einfügte, die ihm von hier wie der Garten Eden erschien. Ein paarhundert Meter vor der Grenze zu Hajos Ländereien ging der Drache tiefer. Markus begriff schnell, dass er einem Bach folgte, welcher im Gebirge entsprang. Überall war der Boden aufgewühlt. „Was ist das?", sagte er mehr zu sich.

Der Drache fauchte und landete. Mit der Nase schob er Ritter Markus direkt auf eine dieser Gruben zu. Als der nicht sofort begriff, packte ihn der Drache am Kragen und stellte ihn mitten hinein. Er deutete sogar an, dass Markus graben solle.

Der tat es auch und schrie überrascht auf. Er hatte ein recht großes Nugget aus glänzendem Gold gefunden. Sein geschuppter Begleiter schnaufte überaus zufrieden. Der Flug hatte sich also gelohnt.

„Hier macht sich also jemand auf meinem Land zu schaffen?", wandte sich der Ritter an den Drachen.

Ein schnelles Nicken.

„Von da drüben? Von Hajos Leuten?"

Wieder bejahte der Riese.

„Und deshalb will er dich umbringen lassen, damit er mich leichter vertreiben kann?"

Ein tiefes Grollen aus dem Echsenrachen, das Markus' schlimmste Vermutungen bestätigte. „Kämpfen wir gemeinsam?"

Der Drache hielt Markus die Klaue hin, um den Pakt zu besiegeln. Er wusste, dass man ihn nicht betrügen und nach dem Sieg wieder auf seinem Berg ganz in Ruhe lassen werde.

Eine halbe Stunde nach ihrem Aufbruch landeten sie genau an jener Stelle, von wo sie auf-gebrochen waren. Alles, was Beine hatte, stand vor dem Haus, um den kühnen Drachenreiter zu empfangen. Das heißt, bis zum letzten Knecht waren sämtliche Dorfbewohner hier, weil sie den gigantischen Drachen wenigstens ein einziges Mal von ganz Nahem sehen wollten.

Markus sprang vom Rücken des Tieres, welches sich ganz entspannt auf die Wiese hockte. Er winkte die Männer heran.

„Unser Drache hat mir des Rätsels Lösung gezeigt. Hajo lässt das Gold aus meinen Bergen stehlen. Er trachtet unserem großen Freund nach dem Leben, weil er mich hier vertreiben und sich Grund und Boden aneignen will."

„Aber dann sind wir ja alle in Gefahr!"

„Richtig! Und deshalb werden wir mit unserem Drachen einen Schlachtplan gegen Hajo aufstellen." Ein alter Bauer zupfte sich am Ohr. „Ein Krieg? Jetzt wo die Ernten eingebracht werden müssen?"

Der Drache schüttelte den Kopf und tupfte Ritter Markus mit der Nasenspitze an.

„Was bedeutet das?", fragte ein Mönch.

„Dass er es für besser hält, wenn ich zuerst allein Graf Hajo meine Aufwartung mache."

„Aber dann nimmt er Euch gefangen und lässt Euch im Kerker verrotten!", befürchteten die Männer.

Markus begann zu lachen. „Glaubt ihr denn, ich ginge allein? Mit ihm", er klopfte den Hals des Drachen, „wiege ich doch ein ganzes Heer auf. Wir werden zu Hajos Burg fliegen und sehen, was dann geschieht. Ich will ihn zu einem dauerhaften Friedensvertrag zwingen. Unterschreibt er nicht, dann brennen wir alles nieder, was sich uns in den Weg stellt. Er hat unsere Geduld schon genug strapaziert."

Zwei Tage später machte sich Ritter Markus auf dem Rücken seines mächtigen Verbündeten auf den Weg zu Graf Hajo.

Der ging gerade seiner Lieblingsbeschäftigung, dem Essen, nach, als ihn der Ruf, „Der Drache, der Drache kommt", erreichte.

„Verdammt! Also haben auch diese sechs Galgenvögel versagt", brummte Hajo unwillig. „Bindet Martha auf dem höchsten Turm an den Fahnenmast. Vielleicht verschont er uns, wenn er sie bekommt."

„Aber Herr, sie ist Eure einzige Tochter!"

„Das ist ein Befehl!"

Die beiden Wächter zerrten das junge Mädchen aus seiner Kemenate, schleppten es auf den Turm und fesselten es an den Mast. „Tut uns leid, Jungfer Martha. Befehl von Eurem Vater."

Ritter Markus erspähte die Unglückliche im gleichen Moment wie der Drache. „Was soll denn das werden?", sagte er mehr zu sich. Und an den Drachen gewandt: „Kannst du versuchen, sie nicht zu verletzen?"

Der Drache nickte und begann den Turm zu umkreisen, als wolle er seine Beute betrachten. Markus konnte deutlich die Angst in den Augen des Mädchens sehen. Stumm zerrte sie an den Stricken, die sie festhielten. Ich werde nicht um mein Leben winseln, dachte Martha. Dem Untier wird es gleich sein, ob ich weine, schreie oder ohnmächtig in seinem Rachen lande.

Inzwischen hatten sich die Männer des Grafen bis an die Zähne bewaffnet und auf den Wehrgängen Posten bezogen. Was war das? Martha traute ihren Augen nicht. Auf dem Rücken des Drachen schien jemand zu sitzen. Und dieser Jemand rief ihr nun zu: „Fürchtet Euch nicht. Wir werden Euch retten."

„Dann müsst Ihr diesen ganzen feigen Haufen hier zum Teufel jagen!", rief sie und zerrte weiter an den Stricken.

„Euer Wunsch ist mir Befehl!", antwortete Markus, worauf der Drache ohne Vorwarnung angriff. Er mähte mit wenigen Feuerstößen die Bewaffneten nieder, um sofort im Burghof zu landen.

„Kommt heraus, Hajo, elender Feigling", rief Markus, sein Schwert aus der Scheide ziehend. „Zeigt Euch, oder wir legen Eure Burg in Schutt und Asche!"

Hajo saß zitternd im Palas und wagte kaum noch, zu atmen.

„Na gut, dann eben anders", seufzte Markus. „Wärest du so liebenswürdig, mein Guter, mir die Tür zu öffnen", bat er den Drachen.

Der spaltete mit einem Schlag seiner Klaue die dicke Eichentür und stocherte, weil er zu groß war, den Raum zu betreten, blind darin herum. Graf Hajo traten die Augen aus den Höhlen, als er die riesigen Krallen gewahrte. Er drückte sich an der Wand entlang, um eine andere Tür zu erreichen. Doch da erwischte ihn der Drache zufällig und zog ihn am Wams ins Freie.

Hajo hielt noch immer eine Gänsekeule in der Hand. Die schleuderte er nun, in Ermangelung einer anderen „Waffe", dem Drachen ins Gesicht. Der ertastete das duftende Etwas mit seiner

Zunge, beförderte es ins Maul und schluckte es deutlich hörbar hinunter.

„Na, wenigstens bewirtet er dich", schmunzelte Markus. Mit einer Behändigkeit, die man Hajo nie zugetraut hätte, gab dieser Speckwanst Fersengeld. Er hastete auf den Turm, wo sich Martha noch immer zu befreien versuchte. Unterwegs riss der Graf den Dolch eines, seiner toten Männer an sich.

Markus, der nicht wusste, welches Ziel der Graf ansteuerte, rannte hinter ihm her. Keuchend erreichte Hajo die Spitze des Turmes und Martha glaubte, er habe es sich anders überlegt und wolle sie retten.

Es sah ja auch ganz danach aus, als er sie losschnitt. Doch fast im gleichen Augenblick spürte sie die Klinge an der Kehle und ihr Vater schleppte sie rücklings an eine Schießscharte.

Ritter Markus hielt sich zurück, um das Leben des Mädchens nicht zu gefährden. Was dann kam, spielte sich so schnell ab, dass einem glatt schwindlig werden konnte: Martha trat ihrem Vater mit aller Kraft auf den Fuß. Vor Schmerz und Schreck ließ Hajo das Messer fallen. Martha konnte sich losreißen. Markus sprang mit einem Panthersatz auf den Grafen zu und stürzte ihn vom Turm. Allerdings hatte er so viel Kraft in die Aktion gelegt, dass ihn das Gewicht seiner Rüstung mit in die Tiefe riss.

Martha schrie entsetzt auf. Sie eilte an die Schießscharte, um einen Blick voller Trauer auf den kühnen Ritter zu werfen. Da hörte sie ein lautes Rauschen und Sekunden später schob sich von außen der riesige Kopf des Drachen über die Mauer. Auf seinem Rücken saß Markus, etwas blass aber sonst unverletzt. Die paar blauen Flecke, die er sich beim Sturz zugezogen hatte, fielen nicht wirklich ins Gewicht.

Der Drache hatte ihn auf halber Strecke aufgefangen und Schlimmeres verhindert.

„Wundervoll", hauchte Martha ganz entzückt.

„Meint Ihr meinen großen Verbündeten oder mich?", fragte Markus, lachend vom Rücken des Drachen springend.

Jungfer Martha wurde flammend rot und schlug die Augen nieder. „Wohl beide, mein hoher Herr", stammelte sie verlegen.

Markus hob ihr Kinn an, schaute tief in ihre seegrünen Augen und meinte: „Ein Kompliment, das ich gern zurückgeben möchte."

Als er sich nach dem Drachen umwandte, schien ihm, als habe der soeben schelmisch mit einem Auge geblinzelt.

Ritter Markus führte Martha am Arm hinunter in den Burghof, wo schon der Drache auf sie wartete.

„Ich war eigentlich gekommen, um mit Graf Hajo einen Friedensvertrag auszuhandeln", erklärte er nachdenklich. „Es war nicht meine Absicht, die Burg einzunehmen."

Martha seufzte. „Es musste wohl so kommen. Wohin es mein Vater und seine Berater gebracht haben, seht ihr ja selbst."

„Ihr seid Hajos Tochter?!"

Markus musste wohl so ungläubig aus der Rüstung geschaut haben, dass es Martha hoch und heilig schwor. „Ich glaube Euch ja!", rief Markus. „Ich kann es nur nicht fassen, dass er seine eigene Tochter opfern wollte, um selbst ungeschoren davonzukommen!"

Wenn er sie so anschaute, dann wusste er jetzt schon, dass er sehr leicht nachgeben werde, sollte sie Forderungen stellen. Ganz tief in ihm brannte ein Flämmlein, das seit jenem Moment züngelte, als er sie auf dem Turm gesehen hatte.

„Was wird nun mit mir geschehen?", flüsterte Martha. „Werdet Ihr mich jetzt in Euren Kerker werfen?"

Markus traf blitzschnell eine geniale Entscheidung: „Nein, Euch stehen goldene Ketten besser. Ich werde Euch heiraten."

So kam es also, dass nicht Hajo Markus' Land, sondern Markus das von Hajo in Besitz nahm. Schon die bloße Ankündigung einer rauschenden Hochzeit mit der liebreizenden Martha wahrte den Frieden im Land.

Das Wappen der neuen Dynastie zierte ein Drache, der mit den Vorderklauen zwei Schilde mit den alten Familienwappen fest umklammerte.

Wie es dem Drachen erging? Der dehnte ab sofort seine Jagdzüge auf ein paar Quadratkilometer mehr aus. Solange er lebte, wagte auch niemand mehr, Ritter Markus und nachfolgenden Generationen auch nur eine Kartoffel vom Acker zu stehlen.

Nessie
– Mark Galsworthy –

Es war kurz vor Sonnenaufgang, als Nessie aus ihrer hohen Höhle tief unter Urquhart Castle heraus schwamm, um ihre Morgenrunde zu drehen.

Die Luft über dem Loch Ness war feucht und schwer, wie immer um diese Tageszeit. In einem weiten Bogen schwamm sie zur Mitte des Sees. Ausgelassen drehte sie sich mehrmals um ihre Längsachse und erzeugte so dieser typischen Wellen, die von den vielen Touristen immer wieder dem Monster zugeschrieben wurden.

Dann streckte sie ihren langen Hals ganz weit in den Morgenhimmel, den die Dämmerung inzwischen grau-grün eingefärbt hatte. Richtung Osten sah sie das Fischerboot von MacNail der, wie jeden Tag, seine Netze auswarf und sie schwamm auch wie jeden Tag auf das Boot zu, um es zu umrunden.

Der alte Fischer schaute kurz in ihre Richtung und tat auch wie jeden Tag, als wenn er sie nicht sähe. Diese Prozedur hatte sich bei beiden eingeschliffen.

Sie drehte ab, nach Süden, als sie ein Motorengeräusch hörte. Abermals reckte sie ihren langen Hals, um die Quelle dieses Geräusches zu lokalisieren. Da sah sie ein weißes Motorboot näherkommen, welches, außer dem Klang des Motors, auch noch eine Vielzahl von Stimmen mit sich brachte.

Touristen auf Monstersuche, dachte Nessie und verdrehte die Augen. Sie war da nicht anders als menschliche Prominente. Einerseits genossen sie ihre Popularität, andererseits nervte sie genau dieses.

Na sie sollten ihren Spaß haben. Sie schwamm zum Ufer und suchte sich einen der dort treibenden Äste. Mit der Schnauzenspitze schob sie vor sich her in Richtung Touristenboot. Kurz vorher ließ sie ihn los, tauchte darunter hinweg und schwamm ganz nah an die Ausflügler. Sie wartete, bis einer der Neugierigen alleine an der Bordwand stand, um dann ganz dicht vor seiner Nase aufzutauchen.

Und wie immer schien der überraschte Betrachter zu erstarren, bis er sich genügend gesammelt hatte, um seine Beobachtung lautstark zu verkünden.

In diesem Moment tauchte Nessie ab und schwamm zum Ufer. Von dort aus sah sie vergnügt zu, wie es auf dem Boot hektisch wurde und sie in Richtung Ast zeigten, der dort immer noch vor sich hin dümpelte. Ja, da hatte wohl wieder jemand einen Ast für das Monster von Loch Ness gehalten.

Ausblick auf die Zukunft

— Sina Blackwood —

Wir zählen das Jahr 17 unseres dritten Zeitalters. Drachen haben die Dinosaurier überlebt, die Zeit der ägyptischen Pharaonen überstanden und im südamerikanischen Dschungel die Azteken das Fürchten gelehrt. Dann begann der Mensch, uns unsere Nahrungstiere streitig und schließlich Jagd auf uns zu machen. Wir hielten es für ratsam, uns in die Tiefen der Meere zurückzuziehen. Hier fristen wir nun ein Leben in Dunkelheit. Unsere gewaltigen Flügel sind zu winzigen Rudern verkümmert und das Feuer gehorcht uns nicht mehr uneingeschränkt. Nur alle zehn Jahre, nach der Zeitrechnung der Menschen, können wir für ein paar Stunden an die Oberfläche kommen und uns an Sonne, Mond und unzähligen Sternen erfreuen, deren sanften Glanz wir niemals vergessen können.

In den finsteren Wassern haben wir tausend Möglichkeiten, von Euch unentdeckt zu bleiben. Noch, jedenfalls. An der Oberfläche gelingt uns das immer seltener. Und werden wir gesehen, reagiert Ihr hysterisch.

Warum eigentlich?

Wegen der Paarhundert, die wir von Euch gefressen haben? Die habt Ihr uns aber meist selber geschenkt. Noch dazu in so komischer Verpackung, dass wir ewig brauchten, um sie aus den Blechbüchsen zu pulen. Andere wiederum steckten in bunten Stoffsäckchen, die Ihr Kleider nennt, und hatten so lange Haare, dass einem glatt der Appetit vergehen konnte. Wären wir Eulen gewesen, dann hätten wir hinterher einen Haufen Gewölle ausgewürgt, groß wie ein Kürbis!

Wir haben uns oft gefragt, ob das wirklich Gastgeschenke sind oder nicht doch eher Giftköder.

Na, wie auch immer – die, mit dem Blech außen herum, brachten stets recht leckere Pferde mit. Da war richtig Fleisch dran.

Wirklich delikat! Vor allem auch maulgerecht! Bei den Pott- und Blauwalen, von denen wir uns hier unten hauptsächlich ernähren, müssen wir als Rudel auf die Jagd gehen, obwohl wir eigentlich Einzelgänger sind. Die Biester sind einfach zu groß und zu schnell. Da helfen nur Auflauern, Einkesseln und Zuschnappen. Allerdings gibt es ordentliche Kopfschmerzen, wenn man nicht aufpasst. Falls die sich wehren und mit ihren riesigen Schwanzflossen zuschlagen, verhindert der harte Drachenpanzer nur, dass sie einem nicht gleich den Schädel spalten.

Mit der Aufzucht unserer Jungen ist es hier unten fast noch einfacher als an Land. Wir Mütter suchen uns einen Schwarzen Raucher, der um die 400 Grad Celsius bringt, deponieren unsere Eier genau in dem Temperaturbereich darum herum, der uns am sinnvollsten erscheint. Ach! Ihr wisst von unserer Kontrolle darüber, ob es männliche oder weibliche Nachkommen werden sollen???

Dann ist wohl auch der Bericht eines Alpha-Männchens wahr, das Eure Maschinen an einem solchen Hotspot gesehen haben will!

Könnt Ihr uns nicht wenigstens hier unten in Ruhe lassen? Ihr werdet uns und die anderen, die hier in den Tiefen leben, doch sowieso nie verstehen.

Was versteht Ihr überhaupt?

Ihr seid die einzigen Lebewesen, die andere aus purer Gier töten, die einzigen, die ihre eigene Lebensgrundlage zerstören und wohl auch die Einzigen, die ihren ganzen Planeten vergiften.

Vielleicht hätten wir lieber Euch ausrotten sollen, statt uns zurückzuziehen?!

Na, was nicht ist, kann ja noch werden.

Die Befreiung der Prinzessin Irene

– Mark Galsworthy –

Als Irene an dem Bache sitzt,
zu pflücken Ackerwinden,
um sie danach mit großem Fleiß
zum Frühlingskranz zu binden.

Da schreckt ein Fauchen fürchterlich
die Jungfrau aus den Träumen.
Ein schrecklich anzuschau'ner Kopf
schält sich dort aus den Bäumen.

Ein Lindwurm feuerspeiend röhrt,
springt fauchend aus den Tannen,
ergreift Irene, die laut schreit,
und stürmt mit ihr von dannen.

Der König, dem das nicht gefiel,
der schickte seinen Ritter,
Irene sofort zu befrei'n,
denn der Verlust war bitter.

Irene war vom König selbst,
versprochen seinem Nachbarn,
damit die Reiche sind vereint,
sowie das an der Zeit war.

Der Ritter Ethelbert zieht los,
auf den verstaubten Wegen,
für ihn ein ganz normaler Job,
den Drachen zu erlegen.

Nach drei Tagen, langem Ritt,
erreicht er nun die Höhle,
aus der Irenes Schreie gell'n
und grusliges Gegröhle.

Er zieht sein Schwert und stürmt hinein
dem engen Gange folgend,
am Ende sieht er Lichterschein
sehr hell und rosagoldend.

Als er die Höhe nun betritt,
traut er kaum seinem Sehen,
alles rosa und viel gold,
er kann das nicht verstehen.

Da taucht ganz plötzlich neben ihm
der Drache auf und greint.
„Mein schönes Heim hat sie versaut",
der Lindwurm spricht und weint.

Da kommt Irene durchgehüpft,
mit frischen Efeuranken.
„Nimm die Irene wieder mit,
ich werde es dir danken."

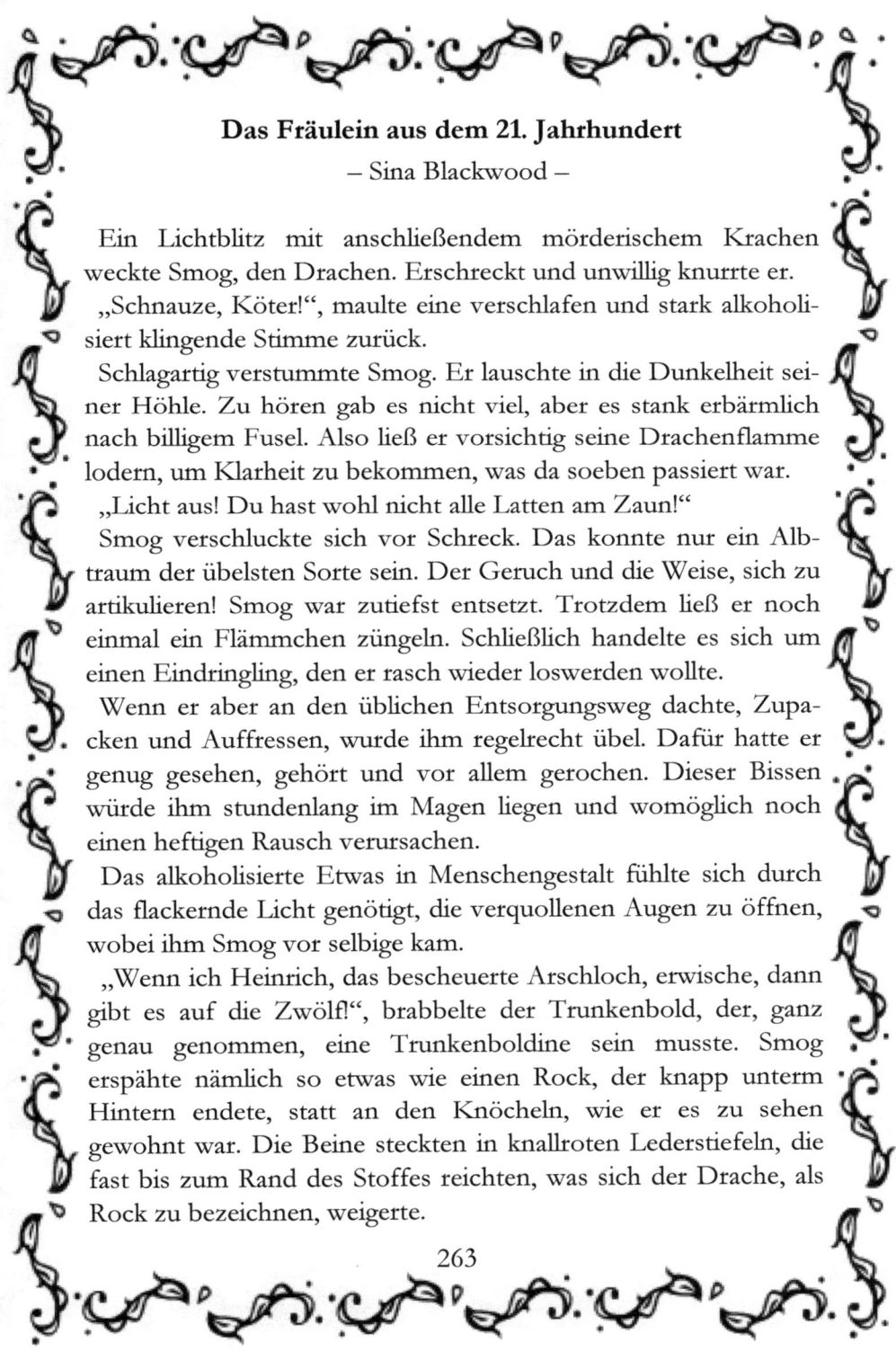

Das Fräulein aus dem 21. Jahrhundert

– Sina Blackwood –

Ein Lichtblitz mit anschließendem mörderischem Krachen weckte Smog, den Drachen. Erschreckt und unwillig knurrte er.

„Schnauze, Köter!", maulte eine verschlafen und stark alkoholisiert klingende Stimme zurück.

Schlagartig verstummte Smog. Er lauschte in die Dunkelheit seiner Höhle. Zu hören gab es nicht viel, aber es stank erbärmlich nach billigem Fusel. Also ließ er vorsichtig seine Drachenflamme lodern, um Klarheit zu bekommen, was da soeben passiert war.

„Licht aus! Du hast wohl nicht alle Latten am Zaun!"

Smog verschluckte sich vor Schreck. Das konnte nur ein Albtraum der übelsten Sorte sein. Der Geruch und die Weise, sich zu artikulieren! Smog war zutiefst entsetzt. Trotzdem ließ er noch einmal ein Flämmchen züngeln. Schließlich handelte es sich um einen Eindringling, den er rasch wieder loswerden wollte.

Wenn er aber an den üblichen Entsorgungsweg dachte, Zupacken und Auffressen, wurde ihm regelrecht übel. Dafür hatte er genug gesehen, gehört und vor allem gerochen. Dieser Bissen würde ihm stundenlang im Magen liegen und womöglich noch einen heftigen Rausch verursachen.

Das alkoholisierte Etwas in Menschengestalt fühlte sich durch das flackernde Licht genötigt, die verquollenen Augen zu öffnen, wobei ihm Smog vor selbige kam.

„Wenn ich Heinrich, das bescheuerte Arschloch, erwische, dann gibt es auf die Zwölf!", brabbelte der Trunkenbold, der, ganz genau genommen, eine Trunkenboldine sein musste. Smog erspähte nämlich so etwas wie einen Rock, der knapp unterm Hintern endete, statt an den Knöcheln, wie er es zu sehen gewohnt war. Die Beine steckten in knallroten Lederstiefeln, die fast bis zum Rand des Stoffes reichten, was sich der Drache, als Rock zu bezeichnen, weigerte.

„Oh, mein Gott", entfuhr es Smog, was reichlich entsetzt klang und all das widerspiegelte, was sich gerade in seinem Kopf abspielte.

„Ach, schau guck! Ne Geisterbahnfigur, die quatschen kann", klang es ihm soeben entgegen. „Bist trotzdem reichlich hässlich. Dachte der blöde Affe wirklich, dass ich wegen dir erschrecke? Heinrich, ich poliere dir die Fresse, wenn ich dich erwische! Brauchst gar nicht so dämlich zu gucken, du albernes Pappmachégespenst! Meine Güte! Bin ich besoffen! Ich finde nicht mal mein Feuerzeug, um den ganzen Rotz hier in die Luft zu jagen! Und nun lasst mich pennen, bevor ich richtig sauer werde."

Smog löschte sofort seine Drachenflamme und verhielt sich mucksmäuschenstill, bis das sabbernde Etwas eingeschlafen war. Dann huschte er mit angehaltenem Atem aus seiner Höhle, wobei er inständig hoffte, das merkwürdige Frauenzimmer am Abend nicht mehr darin vorzufinden.

Ob sein Wunsch in Erfüllung ging?
Das ist der Nachwelt leider nicht überliefert worden.

+++Eilmeldung+++Paff gibt Exklusivinterview +++Eilmeldung +++

– Mark Galsworthy –

Jahrelang galt Paff, der Zauberdrache, als verschollen. Man munkelte, er habe sich in einer Höhle verbarrikadiert, aus Gram über das Wegbleiben seines Freundes Jacky.

Nun hat ihn einer unser Reporter überraschend getroffen. Er war Teilnehmer beim großen Gender-Treffen der Fabeltiere. Im Kreise von King-Kong, Moby Dick, Nessie, Anaconda und anderen Fabelwesen, wurde über die oft falsche Zuordnung der Geschlechter in den Sagen und Erzählungen der Menschen diskutiert und am Ende ein Manifest für sexuelle Selbstbestimmung auch für Fabelwesen, verabschiedet.

Befragt, nach seinem plötzlichen Verschwinden, erläuterte Paff nun die wahren Hintergründe der Trennung von Jacky und seinem Verschwinden.

Jacky hatte sein Commingout und trennte sich von ihm, um nach einer Geschlechtsumwandlung einen späteren US-Präsidenten zu heirateten. Nach dessen Ermordung heiratete sie dann nach Griechenland, um dem Meer wieder näher zu sein.

Er hätte sie gerne dort besucht, hatte aber seine Fluglizenz verloren, weil er beim Feuerspeien, zu viel Feinstaub ausstieß.

Dann starb Jacky, und als die Drachme abgeschafft wurde, hatte er überhaupt keine Motivation mehr, nach Griechenland zu reisen.

Schließlich hatte er dann sein Burn out und konnte nur noch Wasser speien. Und nun lebt er als Dragon-Queen zurückgezogen als Veganer im Thüringer Wald und klöppelt Tischdeckchen.

Mitternacht in der großen Stadt

— Sina Blackwood —

Es gab Zeiten, da wohnte in beinahe jedem Gebirge ein Drache, in jedem Wald ein Lindwurm und in den Gewässern tummelten sich Hydren und Wasserdrachen.

Zumindest so lange, bis sie das gefährlichste Raubtier auf diesem Planeten, der Mensch, Stück für Stück zur Strecke brachte. Na, sagen wir mal so, er glaubt, sie alle erlegt zu haben. Wenn er sich da nicht mal ganz gewaltig irrt!

Nacht für Nacht kriechen sie aus ihren Schlupfwinkeln hervor und erschrecken vorübereilende Passanten. Ach? Ihr glaubt mir nicht? Dann sollten wir um Mitternacht gemeinsam durch Prag spazieren. Wenn ihr nicht schnell genug die Čechův-Brücke passiert, kann es sein, dass eine der Hydren zupackt und euch in der Moldau ertränkt.

Man wird von euch nicht mehr viel finden, von irgendwas muss die Hydra schließlich leben.

Ach, ihr dachtet, die wären aus Bronze? Na ja, irren ist menschlich. Spätestens, wenn Euch eines der jeweils drei Mäuler seine Zähne ins Fleisch schlägt, wisst ihr es besser.

Oder der Drache an einem Haus in der Pariser Straße, die nicht weit von der Brücke entfernt ist — glaubt ihr wirklich, der sei aus Stein? Wenn ihr vorbeiflaniert wird euch sein stechender Blick so auf dem Rücken brennen, dass ihr gar nicht anders könnt, als euch umzudrehen. Seid ihr schnell genug, dann könnt ihr noch sehen, wie er mitten in der Bewegung erstarrt, um euch zu täuschen. Der Schlingel macht, besonders in kalten Winternächten, gemeinsame Sache mit den Hydren. Wenn ihr nicht aufpasst, dann treibt er euch geradenwegs in ihre Fänge. Vom Festmahl bleiben bestenfalls ein paar Schuhsohlen zurück.

Über den Spuk auf der Karlsbrücke will ich gar nicht erst reden! Das tun die Steinfiguren, wenn die Dunkelheit hereinbricht.

Kaum sind die Touristen und letzten Künstler verschwunden, beginnen sie miteinander zu tuscheln. Hört ganz genau hin! Es ist nicht der Wind, der flüstert!

Zieht Nebel auf, könnt ihr vielleicht sogar einen der Wassermänner erspähen, die noch immer in und an der Moldau leben.

Höchstens in Paris kriecht euch nachts noch so eine Gänsehaut über den Rücken, wie hier.

Nämlich dann, wenn sich die unheimlichen Gargoyles des Notre Dame auf ihren stillen Flug begeben. Aus finsteren Winkeln beobachten sie euch, huschen von Baumkrone zu Baumkrone und verschwinden genau so unbemerkt, wie sie euch über viele Kilometer am Ufer der Seine entlang begleitet haben.

Wenn ihr sensibel genug seid, die uralten Energien derer zu spüren, die andere als Fabelwesen abtun, werden sie euch gern ihre Geheimnisse verraten. Sie werden euch als Freunde begrüßen, wenn ihr wiederkehrt. Und ihr werdet es eines Tages tun, weil sie euch sofort in ihren Bann gezogen haben, und euch die Sehnsucht immer wieder nach Prag oder Paris führen wird.

Jungfrauenraub

– Mark Galsworthy –

An Rügens fels'gem Ostseestrand,
im Kreideeinerlei,
ein Loch klafft in der Felsenwand
und grausam hallt ein Schrei.

Nach fünfhundert langen Jahren,
ist der Drache nun erwacht,
die Lebensgeister in ihn fahren,
und er startet in die Nacht.

In langem, wohlgeformtem Kreise,
schraubt sich der Lindwurm in die Lüfte,
gewinnt damit auf diese Weise,
Schwung und Kurs zur Festlandküste.

Die Burg von Schwerin ist sein Ziel,
gefüllt mit Edelleuten,
beim letzten Mal gab es sehr viel,
an Jungfern zu erbeuten.

Am Morgen dann, bei Sonnenschein,
sieht er die Festlandküste,
und dort am Strand ein Stelldichein,
das steigert seine Lüste.

Frei von Stoff und hüllenlos,
in Korbgeflecht aus Weiden,
liegt das Gesinde klein und groß,
den Anblick mag er leiden.

Warum den Weg bis nach Schwerin,
wenn hier die Jungfern liegen,
er schaut nun viel genauer hin,
eine leckere zu kriegen.

So landet erwartungsvoll,
den Leichtsinn dort zu sühnen,
zwischen all dem nackten Volk,
mitten in den Dünen.

Da kommt jetzt richtig Hektik auf,
den Drachen zu bestaunen,
die Nackten kommen nun zu Hauf,
und in der Mehrzahl Frauen.

Von solchem Service ganz verzückt,
erklärt er sein Begehren.
„Ey Alter, bist Du ganz verrückt?
Willst Jungfrauen verzehren?"

„Dann ist jetzt hungern angesagt",
juxt die nackte Meute,
und wenn sie sich nicht totgelacht,
amüsiert sie sich noch heute.

Drachenkomplott

– Sina Blackwood –

Genau zehn Jahre war es her, seit Black Thunder, der Drache, die Prinzessin zum ersten Mal gesehen hatte. Damals war sie ein kleines Püppchen gewesen, welches ihn mit viel Geplapper auf Distanz gehalten hatte. Inzwischen war König Wenzels Tochter zu einer eher stillen Schönheit herangewachsen, der sich nicht einmal ein Drachenherz verschließen konnte.

Der schwarze Riese fühlte sich seit Langem magisch zu ihr hingezogen und kreiste demzu-folge beinahe täglich über der Burg, um wenigstens einen kurzen Blick auf Prinzessin Grace zu erhaschen.

Heute wäre Black Thunder ihretwegen beinahe abgestürzt. Sie winkte ihm so deutlich zu, dass er glatt vergaß, mit den Flügeln zu schlagen und im allerletzten Moment die Kurve kriegte, ehe er an die Flanke des Burgberges krachte.

„Hallo Großer", hörte er sie hauchen, als er sich völlig konfus auf der Mauer niederließ.

Den Kopf zum Gruß neigend, antwortete er. „Guten Morgen, Schönste aller Frauen!"

Zwar spürte er durch den dicken Schuppenpanzer nicht, wie sie ihn gleich darauf streichelte, sah es aber umso deutlicher und mit riesiger Freude.

Da flötete sie auch schon. „Kannst du mir einen kleinen Gefallen tun?"

„Alles, was Ihr wollt, Prinzessin", hörte er sich sagen.

„Morgen kommt ein heiratswilliger Trottel. Kannst du den ein bisschen ärgern? Am besten so, dass er davon reitet und nie wiederkommt."

„Weiß Euer Vater, dass Ihr den Mann nicht mögt?"

„Nein. Muss er das?"

„Vielleicht wäre es besser."

„Komm schon! Sei kein Frosch!" Sie streichelte Black Thunders Nase, was der sehr wohl spürte.

„Wenn ich ein Frosch wäre, dann müsstet Ihr mich küssen", murmelte er grinsend und beschloss, sich der Sache mit dem unliebsamen Bräutigam anzunehmen.

„Ach, weißt du", lachte sie. „Würde das mit dem Kuss wirklich funktionieren, wärest du der Erste, dem ich die Verwandlung in einen Prinzen gönnte. Du bist groß, stark, siehst gut aus und bist sicher reicher als mein Vater."

Black Thunder klappte regelrecht der Unterkiefer herunter. War das Methode, um ihn gefügig zu machen? Oder meinte sie die Worte wirklich ernst?

„Na, geh schon", flüsterte sie, ihm einen flüchtigen Kuss auf die Nasenspitze hauchend.

Der Drache brachte irgendwie eine Verbeugung zustande, dann ließ er sich rücklings von der Mauer fallen und segelte im Tiefflug nach Hause. Dabei hätte er fast noch die Einflugschneise zu seiner Grotte verpasst.

„Teufel auch!", murmelte er, sich umschauend, ob das ja niemand gesehen habe. Wie er dann so in seiner Höhle hockte und darüber nachdachte, was passieren würde, wenn Grace einen der zu erwartenden Kandidaten freite, wurde ihm richtig flau im Magen.

Punkt Eins: Man würde sie von hier wegbringen. Punkt Zwei: Das Stillhalteabkommen galt nur zwischen ihm und Graces Vater. Das bedeutete, dass man als dritten Punkt an jedwedem anderen Ort Jagd auf ihn machen würde, ließe er sich blicken, um nach ihr zu schauen.

Fazit: Die Kerle mussten weg, noch bevor sie je die Burg erreichten. Besonders die richtig reichen. Punkt.

So kam es also, dass Black Thunder bereits im Morgenrot auf der Lauer lag, um bloß nicht den Falschen Richtung Burg vorbei zu lassen. Der Möchtegernbräutigam war jedenfalls nicht zu übersehen. Er hatte sich derartig herausgeputzt, dass ihn das Funkeln der Rüstung schon Meilen im Voraus verriet.

Der Drache legte sich mitten auf den Weg und wartete. Der Hufschlag der zehn Pferde weckte ihn zeitig genug. Außerdem war das Geschrei: „Ein Drache! Ein Drache!", kaum zu überhören.

Black Thunder erhob sich zu voller Größe, während die Pferde ängstlich schnaubend stehenblieben. Der Drache musste grinsen. Der, welcher auf Freiersfüßen wandelte, schaute so dumm aus der Rüstung, dass das Wort Trottel, welches Grace gebraucht hatte, noch stark untertrieben anmutete.

Man beäugte sich gegenseitig und schließlich ließ sich der Drache herab, zu sagen: „Hatte ich schon erwähnt, dass hier keiner lebend durchkommt?"

Um seinen Worten die rechte Würze zu verleihen, zog er ein Stück Blech zwischen den Zähnen hervor, betrachtete es mit einem zusammengekniffenen Auge und meinte: „Könnte eine Kniekachel gewesen sein."

Einen Wimpernschlag später deutete nur noch die langsam herabrieselnde Staubwolke an, dass einmal Reiter vor Ort gewesen sein mussten.

Grace belohnte Black Thunder mit einem erlegten Reh und einem goldenen Becher, welchen er sofort zu seinem Hort trug. Das Spiel, für sie ein paar Ritter aus dem Wald zu jagen, wiederholte sich fortan mehrmals die Woche. Langsam sprach es sich herum, dass die Königstochter wohl eher eine alte Jungfer werden würde, als dass jemand den Drachen besiegte.

König Wenzel war außer sich! Erst recht, als er merkte, dass Grace hinter der Sache steckte.

Nach fünf Jahren Ritterspaß begann Black Thunder intensiv nachzugrübeln, wie er die renitente Prinzessin doch noch verheiraten könnte, ohne selbst ins Visier der Häscher zu kommen. Wie er da so saß und nachdachte, sprach ihn jemand von hinten an.

„Sag mal, bist du nicht der Wachhund der Prinzessin?"

Der Drache fuhr herum und musterte den schwarz gewandeten Ritter. „Was heißt hier Hund? Und wer bist du? Hast du keine Angst, ich könnte zuschnappen oder meine Flammen lodern lassen?"

Der Ritter lehnte sich gemütlich an den nächsten Baum. „Ach, Feuer speien kannst du auch?"

Black Thunder öffnete das Maul, um den Fremden zu rösten. Der winkte müde ab. „Lass den Unsinn. Wie wäre es mit einem Deal von Mann zu Mann?"

„Hä?" Black Thunder riss die Augen auf. „Sehe ich aus, als ob ich käuflich sei?"

Der Ritter grinste. „Würde ich sonst fragen?"

„Schieß los. Irgendwie gefällst du mir."

„Gut, dass wir darüber gesprochen haben", feixte der Ritter. „Ich will Grace. Für dich springt ein Haufen Gold, und wenn du möchtest, eine sichere Höhle in meinen Wäldern heraus. Außerdem könnte ich mir gut vorstellen, dich als Leibwächter meiner zukünftigen Frau und zu erwartender Kinder zu sehen. Bis-her hast du ja alle durch deinen bloßen Anblick in die Flucht geschlagen. Na, wie stehen die Chancen?"

„Der Handel gilt!" Black Thunder hielt ihm die schuppige Klaue hin, in die der Ritter kräftig einschlug. „Steig auf meinen Rücken. Dann denken alle, du hättest mich besiegt und ich hab endlich meine Ruhe."

Bis auf Grace, dachten auch wirklich alle so. Die raunte Black Thunder, mit dem erhobenen Zeigefinger drohend, zu: „Sieh zu, dass du mir nicht im Dunkeln in die Finger kommst! Dann setzt es Saures! Was hat er dir geboten?"

„Einen lebenslangen Platz direkt in Eurer Nähe, meine Schöne. Und denkt daran, Jugend und Schönheit vergehen ziemlich rasch bei Menschen. Möglich, dass er Eure letzte Chance ist, einen wirklich stattlichen Mann zu bekommen. Zumal er richtiger Kerl ist, der sich nicht von einem zu groß geratenen Frosch abschrecken lässt."

Black Thunders Worte trafen Grace wie Pfeile und auch noch mitten ins Schwarze. Ihr Farbwechsel von Tomatenrot zu Leichenblass blieb auch den Herren nicht verborgen.

Am Ende des Tages trug der Drache gleich drei goldene Pokale in seine Grotte – einen von Grace, einen des Ritters und einen extragroßen von König Wenzel. Der hatte schon befürchtet, Grace werde bald graue Zöpfe flechten und allein in ihrer Kemenate versauern.

Und sich mit Black Thunder anzulegen, hatte er auch keine Lust gehabt. Er wusste aus eigenen Kindertagen noch ziemlich gut, welche Katastrophen der Drache heraufbeschwören konnte, wenn man ihn reizte. Da zahlte er doch lieber in purem Gold, um den Frieden zu wahren.

So hielt es auch der schwarze Ritter bis an sein Lebensende. Denn, den Drachen bei guter Laune zu halten, war allemal preiswerter, als einen Haufen Wächter zu bezahlen. Und rasselte wirklich ein Feind mit dem Säbel, dann schickte er ihm den fliegenden Riesen auf den Hals. Worauf das Rasseln ganz schnell verstummte und in das Klimpern von Gold überging, mit dem Black Thunder kontinuierlich seine Grotte füllte.

Konferenz der Drachen

– Mark Galsworthy –

Auf eine Insel irgendwo,
da kommt auf einmal Leben.
Von überall aus Meer und Luft,
Gestalten zu ihr streben.
Dort soll es nun zum ersten Mal
ein Drachentreffen geben.

Drachen leben gern allein
und mögen keine Massen.
Doch drang der Mensch in alles ein
was Drachen noch mehr hassen!
Mit den Problemen, die er schuf,
woll'n sie sich nun befassen.

Der erste der das Wort ergreift,
das ist der Lindwurm Fafnir.
Zum Schatzhüter war er gereift,
doch Siegfried schlug ihn dafür
Mord und Totschlag man begreift
als der Menschen Panier.

Da klagt der Fuchur seine Not,
entstellt von Michel Ende,
hat er den Nimbus nun verlor'n,
ihn streicheln Kinderhände,
die ihn als Fifi auserkor'n.
Welch schlimme Drachenwende!

Was soll ich sagen, sprach der Paff,
ich suche meinen Jack,
mach mich für diesen Balg zum Aff,
bin dann nun erst mal weg!
Ich such doch nicht in jedem Kaff,
und gebe hier den Jeck.

Da tritt gezogen an viel Fäden,
das Urmel aus dem Eise,
ermuntert von der and'ren Reden,
in den Drachenkreise.
Wir werden hier auf ewig leben,
ob uns'rer Drachenweise.

Da hebt der gold'ne Drachenchef,
sein Haupt zum Kommentar.
Das Urmel hat vollkommen recht
und unser Auftrag klar
Im Traum der Menschen sind wir echt,
es bleibt so, wie es war!

Dietlinde, die Liebreizende

– Sina Blackwood –

Dietlinde, die ausnehmend hübsche, aber überaus zickige Königstochter ist verschwunden. Und zwar genau seit jenem Tag, als der Drache aus den nahen Bergen plötzlich über der Burg aufgetaucht ist.

„Oh, Gott! Der Ärmste! Ob er sich das gut überlegt hat?" König Friedrich kann ein breites Grinsen nicht ganz unterdrücken.

Nach fünf Tagen beginnt er allerdings, sich langsam Sorgen zu machen. Am achten Tag ruft er seine Ritter zusammen. Er rechnet mit dem Schlimmsten. Normalerweise hätte der Drache Dietlinde laufen lassen und wäre froh gewesen, die Nervensäge los zu haben. Doch die Prinzessin bleibt verschwunden.

Also machen sich die Herren, kriegstauglich geharnischt, auf die Suche nach der Drachenhöhle, wobei jeder von ihnen eine andere Route nimmt. Keiner kehrt zurück.

So verspricht König Friedrich die Hand seiner Tochter dem, der sie rettet, egal, in wessen Diensten dieser Ritter steht.

Der Erste erreicht nach zwei Tagen das Gebirge und findet sogar einen Pfad, der ihn bis vor die Grotte bringt. Offensichtlich lebt Dietlinde noch und hat sogar den Hufschlag vernommen, denn ihre schrillen Hilferufe hallen schaurig in den Felsen wider. Der Ritter steigt vom Pferd und tastet sich, das Schwert in der Hand, in die finstere Felsenspalte. Er findet Dietlinde in einem Käfig vor, verzweifelt an den Gitterstäben rüttelnd und zeter und mordio kreischend.

„Pssst!", raunt er. „Ich bin gekommen, Euch zu retten, liebreizende Prinzessin. Wenn Ihr so schreit, hört uns noch der Drache und alles ist verloren." Er reißt die Tür des Käfigs auf, um sie zu befreien.

In diesem Augenblick taucht das Untier auf.

„Sitzt du auf deinen Ohren?", herrscht Dietlinde es an. „Ich röhre mir hier fast die Lunge aus dem Leib! Dein Frühstück wartet."

Sie steigt in den Käfig zurück, schlägt die Tür zu und schnauft: „Friss ihn draußen und schmatz nicht so laut!"

Unterweisung

– Mark Galsworthy –

Die Drachengattin ist verdrießt,
weil der Vater ihres Knaben,
wieder mal verschwunden ist,
edles Weibsvolk zu erjagen.

Ihr Junge ist nun in den Jahren,
die Drachenkünste zu erwerben,
die stets der Väter Gabe waren,
die die Söhne nun ererben.

Nun ist der Nachwuchs etwas eigen,
schluckt haufenweise Ritalin,
um es den Alten zu beweisen,
gibt er sich voll dem Zeitgeist hin.

Da faßt die Mutter den Entschluß,
wenn schon der Vater abseits weilt,
daß sie den Sohn nun lehren muß,
wie ein Drache Feuer speit.

Sie läßt ihn erst an Ästen proben,
entlockt ihm manchen Feuerstoß,
Ruß entweicht und Funken stoben,
die Wirkung ist indes nicht groß.

Zwar konnte er gar furchtbar brüllen,
und trampeln, daß die Erde bebt,
die Luft mit Feuersbrunst zu füllen,
hatte er bis jetzt noch nicht erlebt.

Die Drachenmutter rollt die Augen,
und bildet eine Zornesfalte,
zum Drachen wird er niemals taugen,
hat kein Talent, ganz wie der Alte.

AbgeNICKt

– Sina Blackwood –

„Was tust du hier?", der Drache spricht.
„Fürchtest du meine Flammen nicht?
Nicht meine Zähne, meine Klauen?
Man nennt mich hier das Schwarze Grauen!"

„Mich ruft man Nick, den Ungelenken.
Ich will dir gern mein Leben schenken.
Friss mich doch auf. Dann ist vorbei,
der andern Ritter Hänselei."

Der Drache hockt sich auf die Keulen.
„Hör auf zu jammern und zu heulen,
denn du hast Mut – stehst ja vor mir,
dem viel gefücht'en Riesentier.

Die anderen, kaum seh'n sie mich,
schon rennen sie, verstecken sich.
Du hast ein wahres Löwenherz,
ich lache gern – das wird ein Scherz!

Auf meinen Rücken, flugs, Herr Nick,
das wird unser Husarenstück!
Halt dich an meinen Hörnern fest.
Wir fliegen einen kurzen Test."

Schon steigt der Drache hoch zum Gipfel,
sie gleiten über Baumeswipfel,
erschrecken, nur zum Zeitvertreib,
den Köhler und ein Bauernweib.

Am Ende drehen sie fast eine Stunde
über Wald und Feld Runde um Runde.
„Damit die Ritter nicht mehr lachen,
werden wir nur dies hier machen!"

Sie kreisen um des Königs Hallen.
Die Wachen fast in Ohnmacht fallen.
Den Drachen stört kein Speer, kein Pfeil,
zieht seine Bahn ganz ohne Eil'.

„Auf seinem Rücken sitzt doch Nick?",
erkennt man rasch mit einem Blick.
„Versprich mich ihm! Dann ist hier Ruh'",
ruft Anna ihrem Vater zu.

Sie liebt schon lange Ritter Nick.
Doch im Turnier hat der nie Glück
und keine Chance um ihre Hand,
das ist im ganzen Land bekannt.

„Du siehst doch, ihm gehorcht der Drache.
Es wäre eine tolle Sache,
wenn du ihn für uns Milde stimmst,
indem du Nick für mich annimmst."

Rasch wird der Frieden ausgehandelt,
die Anna mit dem Nick verbandelt.
(Damit der Drache bleibt so brav,
bekommt er wöchentlich ein Schaf.)

Das Drachenschwert

– Mark Galsworthy –

Der Waffenschmied von Mittelerde,
hatt' die Idee, wie reich er werde.
Ein Schwert zu schmieden, welches immer,
alles teilt, doch sich selbst nimmer.

Zu härten dieser Waffe Eisen,
um sie im Zweikampf zu beweisen,
sie zu kühlen bis sie gut,
kann man nur in Drachenblut.

Und die Hitze, die es braucht,
bis der Stahl im Feuer raucht,
bis zum Härten er bereit
erreicht nur der, der Feuer speit.

So ist des Waffenmeisters List,
den Drachen, der sehr einfach ist,
zu diesem Zwecke zu mißbrauchen,
in dessen Höhle nun zu krauchen.

Er hat das Schwert, um das es geht,
vorgeschmiedet und es geht
nun mit dem Hammer und Gesellen,
den Weg hinab, den Lindwurm stellen.

Da schimmert in der Höhle Dunkel
Im Feuerschein mit viel Gefunkel,
die Drachenhaut dem Schmied entgegen,
der Lindwurm schläft, das kommt gelegen.

Er nimmt das Schwert, hält es aufrecht
Gibt Zeichen seinem Waffenknecht,
der nun zum Schwanztritt ist bereit,
damit der Drache Feuer speit.

Der Knecht, der tritt, der Drache brüllt,
der Schmied das Schwert hält wie ein Schild,
Dann hüllt des Drachen Feuerspein,
den Schmied am ganzen Körper ein.

Es qualmt, es riecht, dann fällt herab,
das Schwert; vom Schmied nur Asche ab.
Ein Häuflein Asche bleibt zurück,
von des Schmiedes Traum vom Glück.

Der Drache dreht sein mächtig Haupt,
dem Knecht nun zu, der nun abhaut,
doch endet seine Flucht sehr schnell,
als Sushi dient nun der Gesell.

Aus den Resten des Gemetzels,
nimmt der Lindwurm nun das Schwert,
die Überreste des Gesellen,
sich aus seinem Zahn zu pellen.

Hausdrache Mathilda

– Sina Blackwood –

„Der Drache kommt! Der Drache kommt!" Der olivgrüne Riese scherte sich nicht um das Geschrei. Er glitt im Tiefflug über die Männer, griff sich zwei Pferde und verschwand genau so schnell, wie er gekommen war.

„Hast du diesmal wenigstens welche ohne Zaumzeug genommen?", maulte seine Gattin, als er zu Hause ankam.

„Noch ein Wort und du kannst dein Essen selber suchen!" Drache Leopold schlug seine Zähne in einen der Gäule. Er bereute schon lange, sich ausgerechnet an Mathilde gepirscht zu haben. Madame stammte aus den wildreichen Wäldern drei Königreiche weiter und war es gewohnt, Hirsche, Rehe und Elche zu fressen. Wobei sie sich da nicht mal über die Geweihe beschwert hatte.

Hier, am Fuße des Berges, konnte man bestenfalls Wildschweine fangen oder den Bauern Schafe und Kühe stibitzen. Nun lag seit Wochen ein riesiges Heer vor der Burg und Leopold sah dies als reinen Glücksfall an. Er brauchte nur zuzufassen und sich aller paar Tage zwei Pferde zu holen. Meist musste er sie nicht mal erlegen. Auf dem Schlachtfeld sah es auch sprichwörtlich so aus. Dutzende Pferdekadaver luden regelrecht zum Festmahl ein.

Mathilde rümpfte die Nase, mäkelte an jedem Stück Fleisch herum und Leopold wurde langsam sauer. Nicht einen Drachentanz hatte sie jemals mit ihm bis zum Ende getanzt. Meist hatte sie sich schon hundert Meter über dem Boden zeternd von ihm gelöst. Leopold wunderte sich, warum er diese Furie nicht schon lange davon gejagt hatte. Zumal sie auch ständig etwas an seiner geliebten Grotte herumzunörgeln hatte. Jeder zweite Satz lautete in etwa: „In meinem alten Zuhause ist alles viel besser gewesen."

„Dann geh doch. Nicht eine Träne werde ich um dich weinen", murmelte er.

Auch hier hatte Mathilde noch etwas nachzusetzen: „Denkst du, dich nimmt eine andere? Sei froh, dass du überhaupt ein Weibchen abbekommen hast."

Leopold kroch ins Freie. Er hatte die ewigen Streitereien satt. Zwar flog es sich nicht gut mit vollem Magen, aber die kühle Nachtluft tat ihm gut. Mit trägem Flügelschlag hob er ab. Weshalb er den Weg zu den Kriegsgebieten einschlug, hätte er nicht einmal sagen können. Die Schwingen nahmen von ganz allein diese Route.

Inmitten der Leichen gähnte ein dunkler Fleck. Zumindest sah es von Weitem so aus. Beim Näherkommen entpuppte sich das als fremder Drache, der eilig die kläglichen Reste fraß, die Leopold übrig gelassen hatte.

„Auf Revierübertretungen steht der Tod!", fauchte Leopold noch in der Luft und ließ sich wie ein Stein zu Boden fallen.

Der fremde Drache fuhr völlig entsetzt herum, schob die angenagte Pferdekeule auf den Angreifer zu und flüsterte: „Tut mir ganz furchtbar leid."

Leopold zügelte sein Verlangen, den Fremden zu rösten, der aus der Nähe ziemlich anziehend nach Weibchen duftete. Dessen Chance, zu entkommen, wäre der nach der reichlichen Mahlzeit auch bei null gewesen.

„Wer bist du?", fragte Leopold interessiert, statt den Fremdling zu vertreiben.

„Lia, aus dem Nebelsumpf", hauchte es ihm entgegen, wobei sich der fremde Drache noch kleiner machte, als er eh schon war.

Aha, also doch ein Weibchen und noch dazu ein wirklich Hübsches, stellte Leopold mit tiefer Zufriedenheit fest.

„Gibt wohl nicht viel zu beißen bei euch?", schmunzelte er, denn Lia schielte mit noch immer knurrendem Magen nach der Pferdekeule.

„Nein. Zuerst fressen die großen Drachen und für mich bleibt selten etwas übrig. Dann fange ich Hasen und Enten, um nicht zu verhungern." Sie schaute ihn aus großen traurigen Augen an. „Ach bitte, schenkst du mir die Keule? Dann verspreche ich auch, dich nie wieder zu stören."

„Na, aber ganz im Gegenteil. Ich möchte gern von dir gestört werden! Iss dich richtig satt." Er schob ihr den Knochen zu und noch ein paar leckere Stücke, die gerade in der Nähe lagen.

Bis nach Mitternacht saßen sie zusammen und Leopold klagte Lia schließlich sein eigenes Leid.

„Willst du um mich kämpfen oder darf ich gleich hierbleiben?", fragte sie am Ende. „Ich bin die Nummer neun im Harem unseres Männchens. Dem wird es nicht mal auffallen, wenn ich nicht wiederkomme."

„Bei mir bist du ab heute die Nummer eins", strahlte Leopold und griff noch ein Viertel Pferd, um es mitzunehmen. Mit den ersten Sonnenstrahlen landeten sie vor der Grotte, wo Hausdrache Mathilde schon missmutig auf ihn wartete, bereit, ihm die nächste Szene zu machen.

Leopold ignorierte sie und legte Lia seine Beute zu Füßen. „Ein kleines Willkommensgeschenk. Such dir ein heimeliges Plätzchen und richte es dir gemütlich ein."

Mathilde fielen bald die Augen aus dem Kopf, besonders, als er an ihr vorbei der Neuen hinterher schlüpfte und mit einer angedeuteten Verbeugung eiskalt, statt guten Morgen, „Guten Abflug!", wünschte.

Liebelei

– Mark Galsworthy –

Das Drachenfräulein sitzt am See,
hält beide Füße in die Höh',
einmal im Jahre muß es sein,
da macht sie sich zur Minne fein.

Zur Dragonqueen sich zu entpuppen,
poliert sie alle ihrer Schuppen.
Da bleibt kein Teil am Körper trocken,
die Drachenjungen anzulocken.

Sie ist noch voll am Trockenwischen,
da hört von hinten sie ein Zischen.
Sie schlägt die Augenlider nieder,
es regt sich was im Schuppenmieder.

Da tritt er in die Morgensonne,
der Stifter ihrer Frühlingswonne.
Er ist sehr schlank und gut gebaut,
auch wenn er nicht nach Drache schaut.

Die Schuppen sind eh'r klein nun niedlich,
für'n Drachen wirkt er fast zu friedlich.
Was sie nicht wirklich wissen kann,
er ist statt Drache ein Waran.

Statt Feuer spucken züngelt er,
kommt ohne Flügel gar daher.
Da spricht sie: „Lieber Drachenjunge,
ich mach es niemals mit der Zunge"

Da fragt er „Lady hast Du schon,
gehört vom Thema Migration?"
Da spannt sie ihre weiten Flügel
Und entschwebt gen Drachenhügel.

Inhaltsverzeichnis

Mehr Lesestoff für Erwachsene, Jugendliche und Kinder unter:
www.reni-dammrich-geschichtenzauber.de
www.sinas-drachen.com
und natürlich im gut sortierten Handel.